KB069337

마즐거환특

마졸귀환록 3

초판 1쇄 인쇄일 2014년 8월 27일 | **초판 1쇄 발행일** 2014년 8월 29일

지은이 주작 | **펴낸이** 곽중열 | **담당편집 팀장** 이범수
편집부 신연제 이윤아 김호성 김은경

펴낸곳 (주)조은세상 | **출판등록** 제 2002-23호
주소 경기도 연천군 미산면 청정로 1355
TEL 편집부 02)587-2966 | FAX 02)587-2922
e-mail bukdu@comics21c.co.kr

ⓒ주작 2014
ISBN 979-11-5512-581-6 | ISBN 979-11-5512-578-6(set) | 값 8,000원

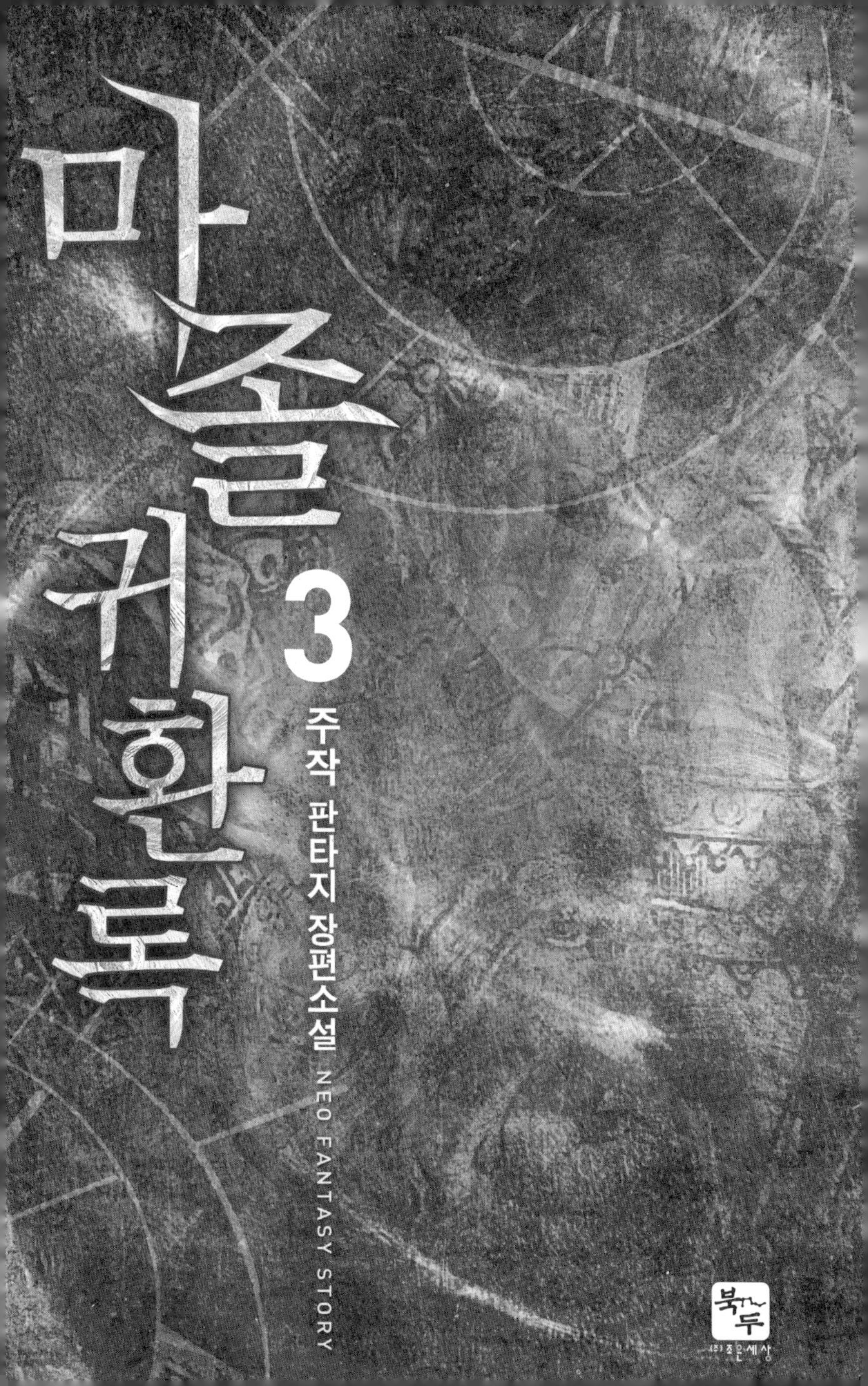

마존귀환록
3
주작 판타지 장편소설
NEO FANTASY STORY
북두
(주)조은세상

CONTENTS

#1. 사신

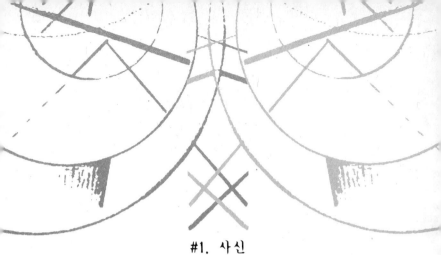

#1. 사신

그것은 그저 수정구에서 흘러나오는 영상일 뿐이었다. 하지만 그럼에도 불구하고 마치 현장에 서 있는 것 같은 오싹함을 선사했다.

충격. 공포.

이 두 단어가 너무도 어울리는 장면이었다.

"으음……."

가면사내는 저도 모르게 새나온 신음성에 깜짝 놀라서는 이를 악물었다.

'내가…… 내가 저 자를 두려워하는 것인가.'

과거의 잔재는 분명 극복해냈다. 하지만 새로이 드러난 현실에게 다시 잡아먹힌 것이다.

"대단하군."

문득 들려온 굵직한 음성에 가면사내가 시선을 돌렸다. 그와 함께 수정구를 보고 있던 거구사내의 얼굴이 눈에 들어왔다.

굵직한 음성과 강한 턱선 그리고 거친 수염, 그야말로 사내답다는 인상이 강렬한 거구사내였으나, 이런 그를 더욱 남자답게 만드는 건 부리부리한 두 눈이라 할 수 있었다.

그런 거구사내의 자랑거리가 불안하게 흔들리는 것이 아닌가.

두려움.

가면사내를 삼킨 그 불쾌한 감정이 거구사내에게도 영향을 끼친 모양이었다.

'마을에 깔린 마법진으로 잡을 수 있을 거라 여기지는 않았지만, 그래도 어느 정도 피해는 입힐 수 있을 거라고 믿었는데.'

게다가 마을에 준비된 이들이 마법진의 힘을 받는다면, 제법 큰 부상도 입힐 수 있을 거라 여겼다.

하지만, '그'는 너무도 압도적인 모습으로 준비해 놓은 것들을 깨버렸다.

'대마도사가 전력을 기울인 마법진으로도 상대가 안 될 줄이야.'

절로 이가 갈렸다.

'그랜드 마스터.'

그 강렬함이 새롭게 각인되는 순간이었다.

'어쩌면……그가 기준 이상으로 강한 것일지도.'

그랜드 마스터에 근접한 이들을 몇 알고 있지만, 그들은
저 정도로 압도적이질 않았다. 아랫입술을 질끈 깨문 그가
영상 속 흑발 사내를 노려봤다.

'검은 사신!'

흑발 사내의 전투를 보고 있노라니, 괜히 목 언저리가
서늘해졌다. 영상을 넘어 그에게도 사신의 낫이 드리운 듯
싶어, 자꾸만 목가에 손이 갔다.

"아무래도……."

거구사내의 나직한 음성이 들렸다.

"우리가 그를 잘 못 생각한 것 같군."

절대적인 존재감.

적임에도 불구하고 경외감이 생길 정도였다.

❦

겨우 백여 걸음 남짓.

흑발의 사신이 그 거리를 좁혀올 때면, 블룸과 그의 수
하들은 절로 어깨가 묵직해지며 내부가 진탕되는 걸 느껴

야만 했다.

저벅, 저벅…… 저벅……

'이 소리!'

귓전을 울리는 이 지긋지긋한 발자국 소리가 문제였다. 블롬은 당장에라도 튀어나가 발자국의 주인을 베어버리고 싶었다. 하지만 감히 생각을 실천하지는 못했다.

검은 사신.

그들에게 다가드는 흑발 사내는 그야말로 현 대륙의 전설이라고 할 수 있는 최강자이기 때문이었다.

'버틴다!'

마을에 깔려있는 마법진의 힘을 얻어야했다. 그래야 저 사신에게 도전할 최소한의 자격이 생긴다.

그 '힘'이 없다면, 그들은 그저 개죽음만 당할 뿐이었다.

'버티고야 만다!'

그렇게 한 걸음 한 걸음, 지긋지긋한 발걸음 소리로 인해 점차 내부가 엉망이 되고, 정신이 피폐해져 갈 무렵,

"제법이군."

그가 마을 안으로 발을 들여놨다.

'드디어!'

두 눈이 번쩍 뜨였다. 어느새 입가에 흘러넘치는 핏물 때문에 잠깐의 걱정이 있었으나, 어차피 이다음은 생각하

지 않았다.

'이판사판이지!'

그렇게 생각하며 품 안에서 검은빛 단검을 꺼내들며 힘
차게 외쳤다.

"시작하라!"

동시에 그의 수하들이 일제히 품 안에서 단검을 꺼내들
었다. 똑 닮은 검은빛 단검이었는데, 블롬과 수하들은 그
단검을 동시다발적으로 복부에 찔러 넣기 시작했다.

〈이것은 잠력을 끌어다 쓰는 도구입니다.〉

그들에게 이 힘을 주었던 이의 설명과 함께, 이 '잠력'
을 잠시나마 경험하며 적응하던 기억이 떠올랐다.

'잠력?'

당시 겪었던 것 이상의 어마어마한 힘이 복부에서부터
솟구쳐 오르는 걸 느꼈다. 잠력 그 이상의 무언가가 담겨
있는 것 같았다. 의심이 드는 순간, 뱃가죽에 찔러 넣은 단
검이 마치 액체마냥 그 안으로 흡수되는 게 보였다.

'어엇!'

깜짝 놀라서 그걸 바라보는데, 문득 이런 생각이 들었
다.

'아무려면 어때!'

어차피 이번 일을 시행하면서 뒤는 없다고 결심하지 않
았던가.

'마지막 상대가 사신이라면.'

어째서인지 더할 나위 없이 최고라는 생각이 들었다.

블룸과 수하들이 동시다발적으로 떠올린 생각이며 마음 가짐이었는데, 그들은 이미 이 순간 '죽음'을 당연하다는 듯 받아들이고 있었다.

어느새 단검의 흡수가 끝난 블룸이 나직하니 입을 열었 다.

"간다!"

그의 수하들이 일제히 외치고,

"명!"

전투가 시작되었다.

천마군림보!

그건 하나의 보법이며 동시에 절정의 신공이기도 했다. 매 걸음걸음마다 내공, 즉 오러를 극한으로 실어 그 파동 을 소리에 담아서 쏘아내는 것으로써, 절정의 천마군림보 를 견디는 건 매 순간순간 장풍에 버금가는 일격을 버티는 것과 같았다.

'힘 조절을 했다고는 해도, 이 정도로 잘 버틸 줄이야.'

저들 개개인의 역량이 그만큼 뛰어나다는 이유도 있겠 으나, 그 이상으로 마을에 깔린 마법진의 힘이 대단하다고 봐야 했다.

'어느 정도이려나.'

얼추 짐작은 할 수 있었지만, 그래도 직접 몸으로 확인하기 전에는 확신해서는 안 될 일이었다.

어느새 마을이 코앞에 다다랐고, 마을의 사내들이 일제히 피를 흘리는 게 보였다.

'안 되지. 겨우 이걸로 쓰러지면 큰일이지.'

이 광경을 지켜보고 있을 그림자들에게 제대로 된 공포를 심어주려면, 이 같은 간접적인 압박이 아닌 직접적인 현장감이 필요했다.

이를 위해서는 필히 손을 움직이고 피를 흩뿌리는 잔혹한 장면은 필수였다.

'삼보…….'

마을까지 남은 걸음의 숫자로써, 원래라면 이 마지막 세 걸음으로 적을 쓰러트려야 했다. 그것이 천마가 부리는 전장의 유희였다. 하지만 제튼은 그럴 생각이 없었다.

훌쩍.

그래서 세 걸음을 한 걸음으로 좁히며 단번에 마을 안으로 들어왔다. 천마군림보 역시 끝이었다. 그와 동시에 마을의 사내들이 눈을 빛내는 것을 봤다.

'마법진을 믿는 것인가.'

상관없었다. 저들이 희망을 품고 발악을 하면 할수록 그의 무서움을, 전쟁영웅의 공포감을, 천마의 존재감을 확실히 각인시켜 줄 뿐이었다.

'음?'

문득 마을의 사내들이 단검을 꺼내는가 싶더니, 일제히 복부에 박아 넣는 게 보였다.

'저건……'

동시에 마을 전체에서 피어나는 검은빛 오오라가 눈에 들어왔다. 아니, 그것은 눈이라기보다는 감각에 잡혔다고 보는 게 더 정확했다.

실질적으로 눈에 담긴 것은 어스름한 연기, 혹은 안개나 수증기 같은 종류의 것으로써, 밤의 어둠에 가려서 그 정확한 실체가 눈에 비치지도 않았다.

하지만 제튼에게는 그 모든 걸 감안하고서도 확인할 수 있는 '특별한' 안력이 있었다. 일종의 심안 혹은 신안이라고 부를 법한 것으로써, 이 역시 천마신공이 지닌 공능의 하나였다. 그것은 눈이면서 동시에 감각이기도 한 오감 그 이상의 것이었다.

물론, 그게 아니었더라도 지닌바 경지에 의해서 어느 정도 느껴지는 것도 있을 터였다.

'오르카 정도만 되어도 충분히 인지할 수 있지.'

그리고 이렇게 보고 느끼고 인지한 것을 통해서, 제튼은 마을을 뒤덮기 시작한 이 찝찝한 기운의 정체를 명확히 파악할 수 있었다.

'마기!'

암흑마나를 지칭하는 단어가 아니었다. 그것은 말 그대로 '마계'의 마기였다. 아다만티움에서 느낄 수 있었던, 바로 그 정통의 마기였다.

'어떻게?'

라는 의문과 동시에 하나의 예상안이 도출됐다.

'암흑마나 속에 숨겨놨던 것인가.'

너무도 짙게 깔린 암흑마나가 마기의 존재유무를 감춰준 것이다. 마법진이 발동되기 전에는 알아차리지 못했던 걸 생각한다면, 암흑마나의 밀도가 얼마나 높았는지는 충분히 상상할 수 있었다.

'호?'

제튼의 눈가에 이채가 어렸다. 마을의 사내들이 단검을 흡수하는 걸 본 까닭이었다. 그와 동시에 마을 사내들의 기질이 바뀌었다.

그 순간 이어진 어마어마한 무게감에 어깨가 뻐근해지는 걸 느꼈다. 또한 괴상한 파동이 전신가득 밀려들며, 그가 지닌 오러를 흩어놓으려 하고 있었다.

그것은 마치 고위마법 중 하나인 '마나 억제'를 연상케 했다.

'드디어 시작인가.'

생각하기 무섭게 마을 사내들이 그에게로 신형을 던져

17

오는 게 보였다. 시작은 선두의 블룸부터였다.

전에 봤던 몽둥이 검이 번뜩이며 날을 드리우는데, 그 위로 덮인 오러가 시선을 사로잡았다. 그도 그렇게 전과 달리 그 색이 너무도 탁하게 물들어 있기 때문이었다.

'마기에 영향을 받은 것인가.'

단검을 흡수한 뒤로 기질만 바뀐 게 아니라, 내부 기운의 흐름마저도 크게 뒤바뀐 듯 보였다.

'어찌한다.'

블룸의 공격에 반격을 해야 할까? 아니면 피할까? 흘릴까? 다양한 생각들이 빠르게 머릿속을 스쳐갔다. 그리고 나온 결론은 의외의 것이었다.

'맞아주자.'

압도적인 강함.

그것을 표현하기 위한 밑거름이었다.

카카카카카캉!

찰나의 순간 그의 육신에 내리꽂히는 무수한 오러의 칼날들이 보였다. 하나같이 탁한 검은빛으로 물들어 있었는데, 그 색과는 달리 그 안에 담긴 오러의 양 만큼은 어마어마해서, 그 하나하나가 마스터의 상징인 오러 블레이드라 해도 믿을 것 같았다.

"헛!"

"이럴 수가!"

동시에 터져 나오는 경악성이 들렸다. 블롬과 그의 수하들의 것이었는데, 그들이 놀란 이유는 크게 세 가지로 나눌 수 있었다.

　먼저, 그들의 공격을 제튼이 무방비하게 서서 맞이하던 부분이 그 첫 번째였고, 뒤이어 맨몸으로 이를 받아들인 게 두 번째였으며, 그럼에도 불구하고 아무런 상처도 내지 못한 것이 세 번째였다.

　"말도 안 돼!"

　"어찌…… 이 무슨……."

　훌쩍 물러선 그들의 동공이 크게 흔들리는 것이 보였다. 몸 안에 침입한 마기로 인해 일부 이성이 마비되었던 그들이지만, 너무도 충격적인 장면에 잠시간 이성이 회복된 모양이었다.

　이러한 블롬들의 모습에 제튼이 싸늘한 미소를 지어보였다. 의도적인 것으로써, 이러한 미소가 저들을 더욱 압박할 것을 알기 때문이었다.

　그렇게 웃어보이는 그의 머릿속으로 하나의 육신의 상태가 떠올랐다.

　'천마지체(天魔之體)!'

　이 역시 천마신공의 공능이라고 할 수 있는 부분으로써, 전신 육체를 마치 무쇠처럼 단단하게 만들어주는 것이었다.

'무쇠로는 부족하려나.'

미스릴 혹은 그 이상으로 몸이 강화된 지금의 그의 육신이었다. 오러의 흐름과 상관없이 육신의 자체적인 변화인 까닭에, 마나 억제의 마법으로도 이를 제어할 수는 없었다.

'게다가 저런 어설픈 오러 블레이드로는 흠집하나 낼 수도 없지.'

마기의 영향으로 한층 강렬해졌다고는 하나, 저들의 오러 블레이드는 결국 반쪽짜리일 뿐이었다.

"이건…… 말도 안 되는 일이다."

"믿을 수 없어!"

"으드득…… 죽여!"

"죽인다!"

문득, 블룸과 수하들의 눈가에 광기가 어리는 게 보였다. 잠시 돌아왔던 이성이 다시금 밀려나며, 그 위로 더욱 선명한 마기의 후유증이 어리기 시작한 것이다.

하지만 그럼에도 불구하고 선뜻 앞으로 나서는 이들이 없었다. 저들의 본능이 제튼을 경계하는 까닭이었다.

절대적인 강자.

이미 단 한 번의 부딪침으로 저들은 대적불가의 거력을 느낀 것이다.

'훈련이 잘 돼있군.'

실전적인 부분의 경험치도 상당한 것 같았다. 그렇지 않고서야 그 찰나의 순간에 적의 역량을 알아챈다는 건 불가능했다.

물론, 워낙 격차가 큰 까닭에 전체를 보지는 못했을 터였다. 하지만 그 잔재만이라도 보고 위기를 감지했다는 건, 충분히 칭찬해 줄만 했다.

"와라."

제튼이 손을 들어 앞뒤로 까딱이며 말을 걸었다.

"안 와?"

하지만 여전한 경계심에 선뜻 움직이는 이들이 없었다. 마기의 후유증에 당장이라도 달려들 듯 흥분하고 있었으나, 그들이 갈고 닦은 본능이 이를 자꾸만 거부하고 있기 때문이었다.

"그럼, 내가 가지."

탁.

가볍게 발을 박찬 듯싶었건만, 어느새 저들의 한 가운데로 파고들어 있었다. 전, 후, 좌, 우 사방 어느 곳을 돌아봐도 적들뿐인 장소에서 제튼이 뒷짐을 진 채 입을 열었다.

"머리가 높군."

그러더니 대뜸 주먹을 휙 하니 뻗어 한 바퀴 빙글 도는 게 아닌가.

퍼퍼퍼퍽!

마치 수박이 터지는 것 같았다.

제튼의 주변에 서 있던 이들 여섯의 머리는 그렇게 수박
마냥 사방으로 깨져버렸다.

"내 주먹보다 높은 곳에 있는 걸 허락하지 않겠다."

그렇게 말한 제튼이 이번에는 주먹의 위치를 가슴 쪽으
로 옮겼다. 그리고 다시금 빙글 돌았다.

퍼퍼퍼퍼퍽!

이번에는 아홉이었다.

가슴 어림을 기준으로 분리된 그들의 육신이 거짓말처
럼 허물어지는 게 보였다. 경악하는 그들을 향해 제튼이
재차 말을 건넸다.

"꿇어라."

짤막한 한마디 이후 다시금 주먹이 내려왔다.

이번에는 복부에 위치해 있었다.

"으…… 으으으…… 으아아아!"

누군가의 외침.

그것은 공포에 찬 발악과도 같은 괴성이었으나, 그 안에
는 두려움을 이겨내고자 하는 일종의 의지가 깃들어 있었
다.

그리고 이러한 의지는 마치 들불처럼 번지며 사방으로
뻗어나갔다.

"크아아아아아악-!"

"끄으아아-!"

비명과도 같은 외침을 내뱉으며, 블롬과 그의 수하들이 제튼에게 달려들었다.

무너진 열 다섯의 신형 너머로, 가장 가까이에 있던 사내가 검을 휘둘러 왔다. 오러가 가득 담긴 그 검은빛 칼날이 사선으로 떨어져 내렸다.

덥썩.

제튼이 그걸 잡아냈다. 그것도 맨손으로. 하지만 이미 맨몸으로 오러를 받아내던 모습 때문인지 앞서보다 충격은 적었다. 하지만 이어진 행동으로 인해 재차 동공을 부릅떠야만 했다.

까앙!

쇳덩이가 부러지는 소리가 터지며 검이 박살났다.

'검이?'

'오러가?'

믿을 수 없는 광경이 펼쳐졌다.

오러에 덮인 검이 부서진 것이다. 그것도 맨손으로 이뤄냈다는 점이 정녕 기겁할 만한 장면이었다.

'펠무드는?'

제튼에게 오러가 꺾인 사내, 펠무드에게로 시선이 모아졌다.

"쿨럭!"

한 줌의 핏물을 쏟아내는가 싶더니 비틀거리며 물러나는 게 보였다. 오러가 부서지며 일어난 충격이 내부로 파고든 것이다.

"어딜."

그 말과 함께 제튼이 주먹을 뻗었다.

복부에 일권!

퍼엉……!

폭음이 이는가 싶더니 펠무드의 몸체가 통째로 터져나가는 게 보였다. 동시에 사방으로 비산하는 핏물에 시선이 어지럽게 흔들렸다.

피의 비에 정신을 빼앗긴 순간, 이미 제튼은 다음 목표물을 향해 걸어가고 있었다. 전광석화니 바람이니 하는 그런 쾌속한 움직임이 아니었다. 말 그대로 그냥 걷는 것이다.

덕분에 블롬들은 그의 움직임을 포착해냈고, 빠르게 대응을 준비할 수 있었다. 하지만 그 대응이라는 게 앞전과는 달랐다.

앞서 그들의 모습에서는 저돌적인 공격성이 비쳤으나, 지금 그들은 검을 세우고 웅크린 몸을 최대한 가린 것이, 방어적인 성향이 강해 보였다.

그 모습에 제튼이 실소하며 말했다.

"어디 막아봐."

그리고 재차 뻗어지는 일권.

쿠르르릉⋯⋯.

마치 뇌전이 몰아친 듯, 벼락이 떨어진 듯, 우레가 쏟아진 듯, 한 줄기 거대한 광망이 이는가 싶더니, 이내 제튼의 전방으로 거대한 빛의 길이 열렸다.

이내 빛이 사라진 장소로 핏빛 안개가 가득 흩뿌려지며 어두운 밤하늘에 녹아들어갔다.

일격에 무려 스무명에 달하는 인원이 당해 버렸다.

'저⋯⋯ 저게 인간의 힘이라고?'

스물의 동료가 당했다. 하지만 동료들이 죽어나간 그 뒤편에는 족히 백여미르 이상의 거대한 길이 열려 있었다.

마치 대마도사가 궁극의 마법이라도 시전한 듯, 실로 경이로운 광경이었다.

너무도 충격적인 장면에 마기와 광기 그리고 본능까지. 그 모든 것들이 제압당해버린 듯, 블롬들은 더 이상 움직이질 못했다. 아니, 지금 이 순간만큼은 숨마저도 제대로 쉬질 못한 채 죽을 것 같은 침묵만을 지키고 있을 뿐이었다.

이런 그들의 모습에 제튼이 고개를 휘휘 흔들며 물었다.

"하! 뭐야? 겨우 이 정도로 나를 긁은 거냐?"

"허어어억⋯⋯."

"허억…… 허억……."

물음에 그제야 정신을 차린 듯, 블롬들이 일제히 숨을 터트렸다. 갑작스런 호흡의 공백이 제법 컸던지, 하나같이 거친 숨을 몰아쉬며 표정 가득 고통을 호소하고 있었다..

"하핫! 뭐야? 이건 또. 나를 웃겨서 죽일 셈이야?"

이어지는 질문에도 불구하고 누구도 입을 열 수가 없었다. 호흡을 고르느라 바쁜 이유도 있었으나, 제튼이라는 존재에게 정신적으로 굴복당해 버린 까닭이었다. 제대로 말을 받을 용기가 나질 않는 것이다.

"이거 참."

제튼이 주먹을 내리는 게 보였다. 이 갑작스런 행동에 잠시간 '끝인가?' 라는 생각을 한 것인지, 얼굴빛이 돌아오는 이들이 몇몇 있었다.

하지만 이내 제튼이 오른발을 들어 까딱이며 말했다.

"여기. 여기 아래로 지나가는 거야. 어때?"

제튼이 말한 '아래' 는 정확히 그가 든 발의 아랫편을 의미하는 것이었다.

푸스스스스스…….

동시에 잦아들었던 투기와 마기 그리고 광기가 다시금 솟아나기 시작했다.

기사!

그들이 비록 지금은 이런 모습으로 정체를 감춘 채, 비겁한 협공을 계획하고 있으나, 그 본질은 '기사' 였다.

그것도 왕궁의 정점을 지키던 한 나라의 대표 격인 기사들이었다. 그런 그들에게 제튼이 말하고 있었다.

"기어라."

마지막 남은 자존심마저 짓밟히고 싶지 않았다.

'나라를 앗아간 적국 최대의 원수에게 머리를 숙이라고?'

블롬이 흉흉한 안광을 터트리며 외쳤다.

"죽자!"

죽여라가 아니었다. 말 그대로 죽으러 가자는 의미였다. 이미 이번 일을 시행하면서 살겠다는 생각은 없었다.

잠력을 폭발하는 마법시술을 받았고, 단검을 통해 이를 시행하기까지 했다. 게다가 이미 몇 차례 적응을 위해 가볍게나마 잠력을 끌어 썼었다.

일이 잘 풀려도 생존에 대한 희망은 버려야 했던 그들이었다. 하지만 누구하나 '죽음' 이라는 단어를 입 밖에 내는 이가 없었다.

그 단어로 인하여 '절망' 에 빠져들까 우려한 것이다. 하지만 진정 최악의 최악까지 치닫고 나니, 그 절망이었던 단어를 동해 눈앞의 절망을 이기고 싶어졌다.

"죽여주라!"

"죽어 보자!"

아니나 다를까. 일제히 그 단어를 입에 올리며 오러를 한껏 부풀리는 게 아닌가. 마치 이 일검에 모든 것을 걸겠다는 듯, 지닌바 모든 오러를 검 위로 뽑아내고 있었다.

한줌 숨결마저도 그 안에 쏟아 부은 듯, 순식간에 창백해지는 그들의 안색이 보였다. 하지만 그에 대비되듯 더욱 활활 불타오르는 오러의 모습은 그야말로 장관이었다.

탁한 검은빛으로 가득하던 오러 위로 언뜻 붉은 기운이 어리는 게 보였다.

'마지막 생명의 불꽃인가.'

제튼이 눈을 빛냈다.

'다행이군.'

아무런 저항도 하지 못하는 이들에게 손을 쓰고 싶지는 않았다. 그것은 말 그대로 학살일 뿐이었다.

'나는 천마가 아니니까.'

지금은 비록 천마를 연기하고 있다지만, 완벽히 그가 되고 싶지는 않았다.

크르르르…….

물론 몸 안에 담긴 '녀석'은 전혀 다른 생각인 듯, 당장이라도 튀어나가고 싶다는 기색이 역력했다.

'망할 천마신공!'

그래도 녀석 덕분에 전투의지가 없는 그의 개인적인 마음과 달리, 육신만큼은 투기를 한껏 발산해내고 있었다.

이러한 분위기 위에 슬쩍 한마디만 더해주면 되는 것이다.

"언제 기어올 셈이니?"

제대로 먹힌 것인지 저들의 기운이 한층 거세지는 게 보였다. 끝이라고 여겨졌던 생의 불꽃이 그 한계의 너머까지 뻗어 타오르고 있는 것이다. 더 이상 저들에게 '생'이란 없었다.

필사(必死)!

저들의 운명이었다. 만약 여기서 제튼이 훌쩍 피해버린다면, 저들은 허무한 죽음을 맞이하게 될 터였다.

'그럴 수는 없지.'

제튼이 발을 까딱이며 물었다.

"나 그냥 갈까?"

당연히 허락할 리가 없었다. 블롬과 그의 수하들이 일제히 몸을 던졌다.

'제법…… 위험하려나.'

저들의 검 위로 씌운 저것은 분명 오러 블레이드가 아니었다. 하지만 저들의 생이 모두 담겨진 저 불꽃은 오러 블레이드 이상의 뜨거운 '의지'를 품고 있었다.

아마 천마라 해도 이 순간만큼은 뒤로 물러서지 않을 터였다.

〈진심에는 진심으로!〉

그것은 절대자이기 보여줄 수 아량이었다.

번쩍!

일흔 네 개의 불꽃이 떨어져 내렸다.

그리고,

어둠이 빛을 삼켰다.

❖

꽈르르릉……

소름끼치도록 전율스러운 광경에 잠시지간 무릎이 풀려버린 듯, 휘청거리는 육신을 다잡기가 어려웠다.

할 수 없이 나무에 몸을 기댄 파스카인 공작이 하얗게 질린 얼굴로 뒤를 돌아봤다. 그를 따라왔던 직속의 수하들 역시 마찬가지로 나무에 몸을 기댄 모습이 보였다.

'으음……'

저들 중 몇몇은 방금 전 그 충격적인 광경을 일으킨 존재의 아래에서 일하던 이들도 있었다. 그리고 그들 대부분은 조금 전 광경에 진정 놀란 듯, 반쯤 넋을 일은 모습들이었다.

자신들이 배신한 옛 주인이 이 정도로 강할 줄은 예상도 못했기 때문이다.

'과거의 모습은 전부 거짓이었단 말인가.'

겨우 3~4년 사이에 이 정도로 강해질 수는 없었다. 전쟁 당시만 해도 그 뒷덜미가 보였다고 여겼다. 때문에 아등바등 뒤를 쫓은 것이 아니던가.

하지만 지금 눈앞의 광경은 과거의 자신감을 송두리째 흔들고 무너트렸다.

'차원이 다르다…….'

종족이 다른 것은 아닐까 하는 의심마저 들었다. 진정 마계에서 올라온 마족일지도 모른다는 생각마저 일었다.

'마왕!'

저 말도 안 되는 존재가 진정 인간일까? 인간이 저럴 수 있는 걸까?

이런저런 생각들로 머리가 어지러워졌다.

"괘…… 괜찮으십니까?"

문득 들려온 음성에 고개가 돌아갔다. 그의 최측근이라 할 수 있는 기사 '칼로인'이 힘겹게 묻고 있었다. 이에 고개만 끄덕여 답을 한 파스카인 공작이 다시금 시선을 돌려 저 멀리 보이는 마을을 바라봤다.

마을의 중심.

거대한 어둠을 피어내는 흑발의 사내가 보였다.

마치 밤하늘과 동화되듯, 피어난 어둠의 줄기는 하늘 끝까지 솟구쳐 오르고 있었다.

'그들은?'

헌데, 흑발 사내에게 대항하던 이들이 안 보였다. 문득 사내가 흩뿌리는 거대한 어둠으로 시선이 갔다.

'설마⋯⋯.'

안력을 한껏 키우자 어둠의 정체가 선명히 드러났다.

'피?'

검다 여겼던 것이 사실은 붉었다. 안개처럼 흩뿌려진 핏빛 잔재가 허공중으로 흩날리고 있는 것이었다.

'으으으음⋯⋯.'

이를 악 물며 새나오려는 신음성을 삼켜내야만 했다.

◈

천마신교!

무림 최강의 단체.

하지만 동시에 하나의 종교이기도 한 그곳에는 신성한 불길이 존재한다.

성화(聖火)!

정화의 불길이라고도 불리는 것으로써, 이를 피워내기 위해서는 필히 익혀야 할 것이 있었다.

천마신공!

그리고 제튼에게는 바로 이 천마신공이 존재했다. 신공

의 마수를 통해 불길을 일으켰다. 마에 가득 물들어 검은 빛으로 타오르는 성화가 전신으로 일어났고, 폭발적으로 피어난 정화의 불길을 통해 일흔 네 개의 생명을 재로 만들어버렸다.

그 흔적마저 남기지 않을 수 있었으나, 지금 제튼에게 필요한 건 절대적인 힘을 보여주는 것이기에 일부러 흔적을 남겼다.

그리고 가벼운 바람을 일으켜서 그 흔적들은 사방으로 날려 보냈다.

'이 정도면 충분히 볼 수 있겠지.'

숨어있는 이들에게 알리는 것이다.

이게 바로 나다!

내 힘이 이 정도다!

그러니 까불지 마라!

이 압도적인 힘을 본 이상, 아마 더 이상 그를 자극하려 하지 않을 것이다. 만약 저들에게 생각이 있다면, 분명 그럴 터였다.

'이 모습을 보고도 덤빈다면……'

그건 정말 미친 것이다.

하지만 제튼은 그럴 리가 없다고 믿었다. 이유는 간단했다.

'가진 게 많으니까.'

저들은 분명 몸을 사릴 것이다.

거기까지 생각하던 제튼이 시선을 들어 마을 밖을 쭈욱 훑었다. 상당한 거리를 두고 그를 훔쳐보는 기척들이 느껴졌다. 그런 그들의 위치를 하나하나 바라보며 가볍게 미소를 지어줬다.

충분히 경고가 됐을 터였다.

'마무리도 확실히 해야겠지.'

다시금 시선을 마을 안으로 되돌린 뒤 성화의 불길에서 벗어난 시체들을 바라봤다.

"무덤은 선물이다."

그리고 이내 발을 들어 가볍게 바닥을 굴렀다.

터엉!

마치 북을 치는 것 같은 소리가 나는가 싶더니, 이내 그를 중심으로 은은한 진동이 사방으로 퍼져나가기 시작했다.

그리고 얼마 지나지 않아 마을 전체로 뻗어나간 진동이 점차 격렬해지는 게 보였다.

드드드드드드…….

뒤이어 땅거죽이 뒤집히고 흙더미가 비산하는 등 아찔한 현상이 벌어졌다.

지진!

대자연의 분노라는 거대한 지진이 일어난 것이다. 그리

고 이내 거대한 대지의 비명성이 마을을 통재로 삼켜 버렸다.

◈

어두운 밤하늘의 끝자락, 별에 닿을 듯 높은 창공위로 한 사내가 별빛을 등지고 서 있었다. 대륙에서도 보기 드문 흑발을 길게 늘어트린 20대 후반의 미청년이었는데, 그 고운 얼굴 위로 한 줄기 불편한 주름이 잡혔다.

"나를 봤어?"

저 멀리, 갑작스런 지진으로 인해 흙먼지가 어지럽게 피어나고 있는 장소, 청년의 미간에 주름을 만든 존재가 바로 그 현장의 중심에 있었다.

"하!"

그의 입술을 비집고 한 줄기 탄성이 터져 나왔다.

"과연, 현 대륙 최강자라 이건가."

거리도 거리였으나, 그 이상으로 육신에 두른 마법의 힘을 믿었다. 헌데, 그 마법들을 꿰뚫고 자신을 본 것이다.

"브라만 대공."

일반적인 수준 이상의 강함을 지니고 있을 거라고 예상을 하기는 했다. 하지만 직접 눈으로 확인하니 이건 뭐, 상상 그 이상이었다.

"생각을 좀 달리할 필요가 있으려나."

청년은 흙먼지가 흩날리는 장소에서 시선을 거둬, 그 주변의 산으로 돌렸다.

'삼공작.'

대륙 최강의 강국이라는 칼레이드 제국.

그곳의 귀족들을 이끄는 세 명의 수장들이 곳곳에 숨어서 마을에서 벌어진 일들을 훔쳐보고 있었다.

'충격이 컸겠군.'

그들의 기운들이 하나같이 크게 흔들리는 걸로 봐서, 조금 전 마을의 일로 적잖게 놀란 모양이었다.

"그나저나…… 저들이 왜 이곳에 있는 것이지?"

원래의 계획대로라면 삼공작은 마을에서 벌어진 일을 '보고'로써 전해 받아야 했다. 헌데 뜬금없이 현장에 나타나다니.

"적당히 지원을 받는 형식으로 저들과 연계를 하기로 되어 있었던 것 같은데, 정보가 새어버린 것이려나."

분명 삼공작들과 은밀한 거래를 하고 있기는 했다. 하지만 그들도 이곳 마을의 정체에 대해서는 모르고 있었다. 그렇게 계획을 꾸몄기 때문이다.

"이래저래 꼬이는 게 많군. 쯧!"

짧게 혀를 찬 그가 삼공작 외에도 산중에 숨어서 현장을 지켜보는 이들을 바라봤다.

"이렇게 보는 이가 많아서는 안 되건만……."

특히, 지금처럼 강렬한 힘을 직접 목격해서는 안 될 일이었다. 그래야 자신감 있는 모습으로 저돌적인 모습들을 보여줄 수 있지 않겠는가.

그 역시 대공의 힘을 확인하니 여러모로 생각의 변화를 느끼는 중인데, 저들은 어떠하겠는가. 얼핏 느껴지는 기세로만 봐도 저들의 사기가 얼마나 꺾였는지 짐작이 갔다.

여러모로 계획이 뒤틀렸다 여기던 그의 시선이 다시금 마을로 향했다. 어느새 흙먼지가 가라앉고 있는 까닭이었다.

⬦

조금 전까지 마을이 있던 장소라고 믿기지 않을 정도로, 아주 깔끔히 뒤집혀버린 장소의 한 가운데로 한명의 사내가 서 있었다.

제튼.

현 상황을 만들어낸 인물이었다. 그토록 요란스러운 대지진이었음에도 불구하고 그의 옷깃에는 먼지 한 톨 묻어 있지 않았다. 마치 그가 서 있는 장소만 전혀 다른 세상인 듯, 여겨지는 그런 분위기마저 풍겨내고 있었다.

"후……."

그는 가벼운 한숨과 함께 전신을 은밀히 감싸고 있던 오러의 막을 거둬들였다. 그리고는 가만히 주변을 돌아봤다.

'결국…… 해버렸네.'

입맛이 썼다.

천마가 떠난 뒤, 본의 아니게 천마신공의 기운을 통제하지 못 해 피를 본 적이 있기는 했다. 물론 무의미한 피를 본 것은 아니었다. 하나같이 악인들이었고 만남을 가졌던 장소 역시 전장의 한가운데였다.

하지만 천마신공을 통제하고, 스스로를 완전히 제어할 수 있게 된 뒤, 이처럼 피를 본 것은 오늘이 처음이었다.

'온전한 내 의지로 피를 본 것인가.'

무려 일백여의 목숨을 맨손으로 끊은 것이다. 가장 싫어하던 천마의 방식을 흉내내가며 손을 썼다.

'학살.'

저들이 전의를 일으킬 수 있도록 의도하기는 했지만, 결국 이 어마어마한 힘의 차이를 생각한다면, 이건 전투라고 부를 수가 없었다.

'살인이지.'

천마로 인해 그의 영혼력이 커지지 않고, 여전히 나약한 마음가짐을 지니고 있었더라면?

'생각하지 말자.'

쓸데없는 상상으로 자신을 다그칠 시기는 이미 오래전

에 지났다.

'그나저나 생각보다 많은데.'

현 상황을 지켜보는 무리의 숫자가 예상 이상이었다.

'삼공작 정도만 생각했는데.'

마법적인 기운이 곳곳에서 느껴지는 걸 보자면, 패밀리어나 그와 비슷한 마법적 방식으로 상황을 훔쳐보는 이들이 제법 있는 것 같았다.

지금 이 순간에도 천마신공 덕분에 한층 예민해진 감각이, 숨어있는 모든 것들을 세세히 분류해주고 있기에 알수 있는 내용이었다.

'천마에게 당한 세력들이겠지.'

대충 예상되는 이들이었다.

'삼공작이야 전부터 천마를 적대하는 이들이었으니, 어찌 보면 당연한 거고.'

나머지는 아마도 제국전쟁에 희생당한 왕국의 잔존세력이거나, 천마에게 이용당한 단체들의 집합체 같은 것이리라.

'쯧! 망할 놈. 제 놈 뒤치다꺼리를 내가 왜 해야 하는 건데.'

절로 인상이 구겨지려 했으나, 그래서는 안 될 일이었다. 지금 이 상황에 필요한 건 절대자다운 무게감과 오연한 표정이기 때문이었다.

묵직하니 마을의 풍경을 감상하듯 돌아보며 싸늘한 미소를 띄워야했다.

"그럭저럭 볼 만 하군."

이 따위 대사도 대충 흘려준 뒤, 태연한 걸음걸이로 마을을 벗어나면 되는 것이다.

❦

떨림이 멈추질 않았다. 억지로 양 손을 부여잡은 채, 스스로를 통제하려 하지만 도통 쉽지가 않다.

리베란 공작은 자신이 두려움에 빠졌다는 걸 깨달았다. 인정하기 싫었으나 인정해야만 했다. 그는 믿기 싫다고 해서 현실을 부정하지 않는다.

마법이라는 학문을 탐구하며 진리를 파헤치는 그이기에 무엇이듯 받아들일 줄 알았다. 그것이 설령 수치스런 감정일지언정, 결코 부정할 생각이 없었다.

'대단하군.'

그리고 또 하나 더 인정해야만 했다.

'과연…… 검은 사신!'

브라만 대공의 존재감이 새삼 각인되었다. 그러면서 슬쩍 자신의 팔을 내려다봤다. 여전히 떨리는 양 손이 보였다.

'마도에 이른 뒤, 더 이상 두려울 게 없을 거라고 여겼건만.'

진리에 한 걸음 다가갔음에도, 여전히 전쟁영웅은 불가해한 존재인 모양이었다. 이해할 수 없기에 더욱 두려운 것일지도 몰랐다.

'오러일까?'

대지진을 일으켰던 그 힘은 다시 생각해도 오싹했다. 전율이 일 정도였다.

'지옥의 불길이라면 저런 힘을 낼 수 있을까?'

헬파이어!

마도의 길에 오른 대마도사들 중에서도, 진정 진리의 끝자락까지 닿은 이들만이 사용할 수 있다는 궁극의 마법이었다.

역사상 그러한 경지에 오른 마법사는 손가락으로 꼽을 정도로써, 그 중에서도 온전히 개인의 힘만으로 지옥의 불길을 일으킨 이들을 찾으려면, 그 숫자는 더욱 줄어든다고 알려져 있었다.

'대다수의 마도사들이 도구의 힘을 빌어서 사용했다고 전해지니까.'

물론, 그럴 수 있다는 것만으로도 충분히 대단한 것이기는 했다.

'브라만 대공.'

육신이 두려움에 침식당해서 경련을 일으키듯 불안함을 비치고 있었으나, 그의 두뇌는 차가운 이성을 번뜩이며 쉼 없이 생각을 강요하고 있었다.

'계획을 수정해야 하는가.'

애초에 구상하기를 전쟁영웅을 거꾸러트리는 것이야말 로 제국을 발아래 두는 시작점으로 여겼었다. 하지만 지금 눈에 담긴 저 소름끼치는 강함을 보고 있자니, 이 모든 것 들이 불가능하게 느껴졌다.

'어찌한다……'

등 뒤로 마법전단의 신음성이 들려왔으나, 깊은 고민에 빠진 그에게 이미 수하들은 뒷전일 수밖에 없었다.

❖

똑같이 오러를 쓰는 기사이기에 절망하는 파스카인 공 작.

마도에 이른 힘마저 넘어서는 파괴력에 몸서리치는 리 베란 공작.

그들 두 공작과 다른 의미로 트라베스 공작은 공포라는 감정을 겪고 있었다.

'사람의 힘으로 이럴 수가 있단 말인가. 어찌, 대자연 을, 재앙을, 홀로 부릴 수 있단 말이냐……'

전율했다.

다른 누구보다 자연의 위대함을 알고 있다고 여기는 까닭에, 그가 느낀 공포심은 어마어마했다.

'나라면 가능할까?'

스스로에게 물은 뒤, 이내 고개를 흔들었다.

'지금 지닌 힘만 가지고서는 어렵다.'

여기서 한 단계 더 발전한 힘을 지닌다고 해도 자신이 없었다. 그가 자신의 가슴팍을 바라봤다.

'두려워 하는가.'

그가 다른 두 공작들과 대등할 수 있게 만들어준 힘이 품 안에서 떨고 있었다.

정령!

우연찮게 얻은 그의 새로운 능력으로써, 이 힘을 얻고 지니게 된 감각 덕분에, 그는 조금 전 상황에 더욱 큰 절망을 느껴야만 했다.

대자연의 지배자.

브라만 대공이 보여 준 마지막 한 수는 정녕 그 말 외에는 어울리는 게 없었다.

'정령의 힘도 아닌, 일개 오러의 힘만으로 저럴 수 있다니.'

진정 충격적인 장면이었다.

"괜찮으십니까?"

문득 들려오는 음성에 고개가 돌아갔다. 자신의 후계 자인 '헤룬 트라베스'가 걱정스런 얼굴로 쳐다보고 있었다.

그 역시 정령과의 소통을 이룬 까닭에, 조금 전 상황이 충격적이었을 것이건만, 빠르게 정신을 차린 뒤 상황 수습에 나서고 있는 것이다.

절로 고개가 끄덕여졌다. 의도적으로 전장에 참여를 시키는 등, 다양한 경험을 하게 한 것이 제법 성장의 밑거름이 된 모양이었다.

'하긴, 이 녀석 말고는 후계자로 쓸 만한 놈들이 없지.'

다른 두 아들들이 부족한 건 아니었으나, 그의 후계자라면 역시 상재가 있어야 했다. 그런 면에서 헤룬은 만족스러운 재능을 지니고 있었다.

'거기에 정령의 능력도 뛰어나니까.'

그 귀한 정령석을 무더기로 사들여서 지금의 경지를 이룬 자신과 달리, 헤룬은 단 한 개의 정령석 만으로도 그 자신과 동급의 정령을 품고 있을 정도였다. 여러모로 뒤가 든든한 마음이었다.

"괜찮다. 너는 괜찮으냐?"

"예. 그보다…… 설마 이 정도로 무시무시한 능력자일 줄은 몰랐습니다."

"그래. 그리고 보니 넌 이번이 처음이었지?"

이래저래 공부를 시킨다고 외부로만 돌렸던 까닭인지, 헤룬은 후계자이면서도 브라만 대공을 직접 본 적이 없었다.

"과연, 대륙 최강자라 칭해질만 하더군요. 두려울 정도였습니다."

그렇게 말하면서도 두 눈에는 언뜻 투지가 비치고 있었다.

'호?'

놀라웠다. 자신의 아들이 상당한 승부욕을 지니고 있다는 건 알았지만, 조금 전 그 장면을 보고서도 꺾이지 않을 줄이야.

절로 미소가 지어졌다.

'과연, 내 아들이다!'

이런 부친의 마음을 아는지 모르는지, 헤룬은 저 멀리 보이는 흑발의 사내에게로 시선을 주고 있을 뿐이었다.

'브라만 대공.'

그의 두 눈 위로 야릇한 불길이 피어올랐다.

'그대를 치워야만 황제를 가질 수 있다면…….'

지닌 모든 것들을 동원해서라도 반드시 이루고자 하는, 반드시 꺾고 싶은 꽃이 있었다.

이를 위해서라도 사신을 지옥으로 돌려보내야만 했다.

째잭…… 쩍쩍…….

동이 터오르고 점차적으로 밀려드는 빛 무리에 살짝 미간에 주름이 잡히며 눈이 떠졌다. 그러다가 이내 비치는 광경에 와락 표정을 구겨버렸다.

나신.

그야말로 티끌 한 점 없는 백옥 같은 피부가 눈에 들어왔다. 그 위로 덮인 이불보가 슬며시 들춰지며 자극적인 살덩이 두 개가 고개를 내밀었다. 누구의 것인가?

'오르카…….'

여인의 이름을 머릿속에 떠올리며 현 상황을 가만히 되짚어봤다.

'미쳤지.'

자연스레 떠오르는 단어였다. 지끈거리는 이마를 부여잡은 채 조심스레 자리에서 일어나려는데, 아뿔싸! 옷가지가 보이질 않았다.

'젠장!'

저 멀리 내던져진 속옷이 보였다. 상, 하의는 어디로 간 것일까? 이리저리 고개를 돌려보니 오르카의 이불보 아래 살짝 보이는 옷가지가 자신의 것 같았다.

'끄응…….'

어쩌다 이런 상황이 된 것일까?

'망할 놈의 똥개자식!'

천마신공에 살짝 몸을 맡긴 결과였다.

'본능에 충실한 미친 똥개!'

약간의 흥분작용이라고 해야 할까? 천마신공에는 그 비슷한 자극적인 흐름이 있었다. 신공이라고 불리기는 하지만, 어쨌든 마공의 힘 역시 담고 있는 까닭이었다.

게다가 천마로 인해 철저히 '마공'에 뿌리를 두고 완성된 천마신공이 아니던가. 천마가 막 떠났던 초창기 무렵에는 이를 제어하다가 피를 봤던 일도 적잖게 있었을 만큼, 만만치가 않은 힘이었다.

이런 힘을 오랜만에 개방했다. 그리고 그토록 피해왔던 피까지 봤다.

'천마의 흉내를 냈다는 게 좀 충격이었으려나.'

심적으로 우울한 상황이었다고나 할까?

'그런 때에 오르카가 덤벼들었으니.'

마을에서 보여줬던 전투장면과 그 압도적인 파괴력, 게다가 오랜만에 보여주는 옛 모습까지. 여러모로 그녀를 흥분하게 했던 모양이었다.

〈오랜만에 한 판 어때?〉

그러더니 대뜸 달려드는데, 마침 기분전환이 필요하던 찰나였기에 얼씨구나 하면서 넘어가 버렸다.

"후……."

입맛이 썼다.

'설마, 눈치 채진 않았겠지?'

아무리 천마를 흉내 내려고 한다지만, 이를 완벽히 따라
한다는 건 불가능했다.

'그래서 특히, 밤일은 피하려고 했던 건데.'

상대적으로 경험이 적은 그였다. 간접경험이야 천마 덕
분에 완벽하다 못해 넘칠 정도였지만, 직접 경험은 그리
많지가 않은 것이다.

물론, 그 얼마 안 되는 경험도 넉넉한 간접경험 덕분에
훌륭히 수행하기는 했다. 하지만 역시 진짜한테는 못 미칠
터였다. 때문에 오르카의 대쉬를 그간 나몰라라 해왔던 게
아니던가.

'괜찮았…… 겠지?'

걱정스런 얼굴로 오르카를 내려다보는데, 이런 그의 시
선을 눈치 챈 듯, 그녀의 눈꼬리가 조금씩 움직이는 게 보
였다.

"으음…… 음? 일어났네?"

아니나 다를까. 곧이어 눈을 뜬 그녀가 특유의 미소를
입에 걸친 채 물어오고 있었다.

"그래……."

저도 모르게 떨리려는 음성을 다잡으며 제튼이 대답했

다. 하지만 차마 시선을 마주칠 용기는 나지 않았던지, 어느새 고개가 반대쪽으로 돌아가 있었다.

그런 그의 뒷모습을 유심히 바라보던 오르카가 슬그머니 달라붙으며 귓속말을 건네 왔다.

"예전하고 좀 다르더라."

'젠장……'

절로 인상이 구겨졌다. 다행히 얼굴을 보이고 있질 않아서 들키지는 않았다. 그런 그에게 오르카가 재차 속삭였다.

"전보다 더 좋았어!"

조금 전 까지만 해도 구겨졌던 인상이 슬그머니 풀어졌다.

그리고 살짝 올라가는 입꼬리.

왠지 모를 뿌듯함이 가슴을 채우고 있었다.

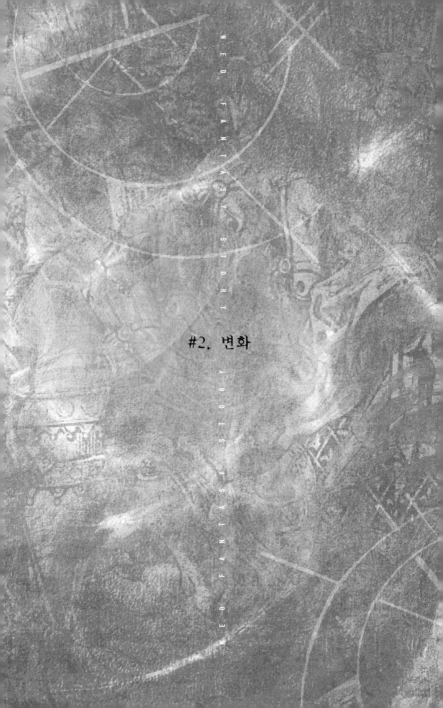

NEO FANTASY STORY

#2. 변화

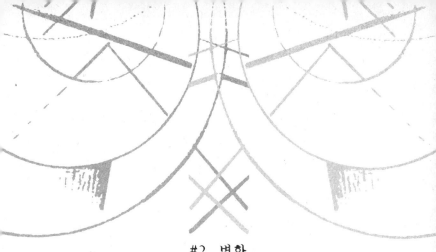

#2. 변화

　마치 태양이 내려앉은 듯, 찬란히 빛나는 황금빛 머릿결과 새하얀 백사장이 떠오를 것 같은 우윳빛 피부, 그리고 밤하늘 은하수를 그대로 담아놓은 것 마냥 반짝이는 눈동자.

　존재 자체로 세상을 압도하는 미의 화신.

　대륙의 가장 높은 곳에 핀 고고한 꽃.

　적 아군의 구분 없이, 마주하는 것만으로도 심장이 멎어버릴 것 같은 여인.

　황제!

　그녀는 그런 존재였다.

　"그가 왔다고?"

음성마저 기대를 배신하지 않았다.

마치 감미로운 과실주를 마신 것 마냥, 순식간에 취해버릴 것 같은 그 부드러운 미성은 듣고 있는 것만으로도 귓속이 간질거릴 지경이었다.

"예!"

하지만 황제의 앞에 부복한 사내는 이미 오랜 시간을 들여 여인에게 적응을 한 덕분인지, 아무런 무리 없이 여인의 질문을 받아낼 수 있었다.

그런 사내를 바라보며 여인이 재차 물었다.

"삼공작들의 반응은?"

"잔뜩 웅크리고 있습니다."

그 말에 여인, 황제의 눈에 이채가 돌았다.

"그를 부르기 위해서 그 소란을 떨더니, 아직 준비가 부족했나?"

"아무래도 그건 아닌 것 같았습니다."

당장 전날까지만 해도 당당한 모습으로 황궁을 활보하던 그들의 얼굴을 떠올린다면, 결코 준비가 부족했다고 여기기는 힘들 듯 싶었다.

"그렇다면…… 그가 뭔가를 한 모양이군."

"예."

황제는 잠시 '그'를 떠올렸다. 정식으로 식을 올린 것은 아니었으나, 누구나 그를 황제의 부군으로 놓고 보았고,

당연히 그녀도 그의 여인으로 여겼다.

브라만 대공.

전쟁영웅으로 더 유명한 대 제국 칼레이드의 자랑. 그게 바로 '그'의 정체였다.

"그에 대한 정보는?"

"다행히 구할 수 있었습니다."

사내가 품속에서 수정구를 하나 꺼내더니 조심스레 황제에게 건넸다. 영상이 저장되어 있는 마도구로써, 그 안에는 전날 밤 어느 특정 장소에서 일어났던 사건이 찍혀 있었다.

우우우웅…….

황제의 손에서 은은한 빛이 나는가 싶더니, 가벼운 울림과 함께 수정구가 빛을 내기 시작했다. 그리고 이어진 학살의 현장.

"놀랍군……."

영상이 끝났을 때, 그녀가 내뱉은 감상평이었다.

"여전히 대단해."

언제나 상상 그 이상을 보여주는 것 같았다.

"그의 이후 행적은?"

"죄송합니다……."

사내가 그리 말하며 깊숙이 고개를 숙여 보였다. 황제 역시도 기대하고 물은 건 아니었다.

'허락하지 않는 이상 뒤를 밟힐 리가 없지.'

괜히 대륙 최강자가 아닌 것이다.

"황자는 지금 뭘 하고 있지?"

"검술 수업 중이십니다."

"황자에게 그가 왔다간 흔적은?"

"없습니다……."

사내의 대답을 들은 그녀의 머릿속으로 황자의 최근 행동이 떠올랐다.

'유독 아빠를 입에 올린다고 했던가.'

뜬금없는 아들의 태도가 걸렸다.

'하고자 한다면 아무런 흔적도 없이 황궁을 넘나들 수 있는 능력이 있겠지.'

어쩌면 브라만 대공이 은밀하게 황자를 만나고 갔을지도 모른다는 생각이 들었다. 전날까지는 생각지 못했으나, 대공이 돌아왔다는 소식을 들은 이상 의심의 여지를 남겨 놔야 할 것 같았다.

"그리고, 검작의 위치는 찾아냈나?"

"죄송합니다."

바닥에 깊이 머리를 묻은 사내가 아랫입술을 질끈 깨물었다. 황제 직속의 정보부대이자, 그 유명한 까마귀의 수장인 그였다.

헌데도 모르는 게 이리 많다니. 민망함에 얼굴을 들 수가 없었다.

'전력의 절반이라도 남아있었더라면……'

그랬다면 이 정도로 비참한 보고를 올리는 상황까지 오
지는 않았을 것이다. 하지만 양 날개가 뜯겼다고 할 만큼,
인력이 확 줄어들면서 더 이상 까마귀는 날 수가 없게 되
었다.

얼마 남지 않은 몸통에도 삼공작이 수작을 부려오는 까
닭에, 황도 내의 정보를 수습하는 것도 버거울 지경이었
다.

'삼공작!'

배신한 수하들도 원망스러웠으나, 이런 수하들을 유혹
한 삼공작은 더욱 치가 떨리고 이가 갈렸다.

"하지만 검작공께서 부리는 정보원의 위치를 잡아냈으
니, 곧 검작공에게 연락이 닿을 것입니다."

그 말에 황제가 고개를 끄덕였다.

검작.

'맘에 안 들지만.'

그녀라면 충분히 믿을 수 있었다.

'황자의 검술 선생으로 딱이지.'

너무 뛰어난 실력자라는 이유로 삼공작의 반발이 있을
지도 몰랐다. 하지만 검작공 오르카가 전면에 등장한다면,
그 목소리가 한층 낮아질 게 분명했다.

브라만 대공 다음으로 피해야 할 존재가 바로 그녀이기 때문이었다.

물론, 그녀와 연락이 닿는다고 해서 모든 문제가 해결되는 건 아니었다.

'허락할지도 문제인가.'

아무래도 황제와 검작공 오르카의 관계는 물과 불의 사이처럼, 서로 섞이기가 어려운 관계였다. 특히 황자를 출산하고 난 뒤, 더욱 심한 거리감이 생겨버린 상황이었다.

하지만 오히려 이런 적대적인 부분에서 삼공작들이 한 발 물러서주는 효과가 있을지도 몰랐다.

거기까지 생각하자, 왠지 입맛이 썼다.

제국의 절대자.

지고한 위치에 올라 있으면서도 그녀가 마음대로 할 수 있는 건 많지가 않았다.

"후우……."

결국 한줌의 묵직한 숨결이 입술을 비집고 흘러나왔다.

◈

오랜만이라서 그럴까?

'정말 좋았지!'

오르카는 살며시 입술을 핥으며 지난밤을 떠올렸다.

'간만이라 그런 것도 있지만, 뭔가, 좀 바뀌었어.'

예전의 그와는 미묘하게 달랐다.

마치 한 마리 짐승을 보는 것 같았던, 그 격정적인 과거의 모습도 분명 남아 있기는 했다.

하지만 거기에 새로운 테크닉이 끼어들었다.

'테크닉이라고 하긴 좀 그런가.'

배려.

뜨거운 호흡을 나누는 중간 중간 그녀를 위해 움직여주던 자그마한 손길, 태도, 동작들이 색다른 절정을 느끼게 했다.

전처럼 일방적인 야수와 같은 정사가 아니었다.

"흐응~!"

절로 콧노래가 흘러나왔다. 할 줄만 알면 맛있는 요리라도 차려주고 싶은 기분이랄까? 입꼬리를 올린 채 절정의 순간을 음미하며 찬찬히 격정의 순간을 거슬러 올라가던 그녀가, 문득 고개를 갸웃거렸다.

'그 표정은 뭐였지?'

어떻게 봐도 만족스러운 밤이었으나, 그 출발점에 아주 조금, 약간 거슬리는 부분이 있었다.

'녀석 답지 않던 그 표정.'

항상 자기가 제일이라는 얼굴로 오만, 거만, 방자한 태도로 일관하던 그가, 한 순간이었지만 울적한 표정을 지어

보였다.

'잘 못 봤나?'

이내 고개를 흔들며 부정했다.

자신의 양쪽 시력은 그야말로 범인의 수준을 아득히 뛰어넘어 있었고, 기억력 역시 일반적인 기준치를 한참 벗어난 위치에 존재했다.

기사라고 하지만 제대로 단련된 육신과 잘 연마된 오러 덕분에, 여러모로 신체능력이 극한에 이른 그녀였다. 결코 잘 못 봤을 리가 없었다.

'거 참, 이상하단 말이야.'

고민해봤자 머리만 아플 뿐이기에, 훌훌 털어버린 그녀가 힘차게 자리에서 일어났다. 해가 중천에 뜬 시각이 되서야 침대에서 일어나는 까닭에, 여전히 헐벗은 상태로 적나라한 나신을 드러내고 있었다.

제튼은 이미 어디론가 나가버린 상황이었으나, 오늘 만큼은 그를 쫓지 않았다.

'하루 정도는 풀어줘도 괜찮겠지.'

이러한 마음 역시 전날 밤의 여운일지도 몰랐다.

'오기 전에 음식이나…….'

안타깝게도 그녀에게 요리의 재능은 없었다.

"사가지고 올까나."

콧노래를 부르며 샤워실로 향했다.

구름마저도 발아래로 지나가는 아득한 창공 위.

공기마저 희박한 그 장소로 하나의 그림자가 떠있는 게 보였다.

제튼.

아침 일찍이 거처를 나온 그가 뜬금없게도 하늘 위에서 모습을 드러내고 있었다.

'엉망이군.'

슬쩍 시선을 아래로 내리니, 저 밑으로 그가 벌여놓은 대참사가 보였다.

블룸과 그의 수하들을 묻어버렸던 그 마을이었다. 씁쓸한 얼굴로 한 차례 참사의 현장을 바라보던 그가, 이내 시선을 주변으로 돌려 창공을 찬찬히 훑어갔다.

'이 즈음이었는데.'

전날, 그의 전장을 지켜보던 이들은 상당했다. 개중 몇몇은 익숙한 기운들을 품고 있어서 대충 정체를 짐작할 수도 있었다.

그렇게 다양한 기운들 중, 유독 그의 시선을 잡아끌던 기운이 하나 존재했는데, 그 기운이 머물렀던 자리가 바로 이곳 구름 위였다.

'마법…… 이었지.'

희미하지만 분명 그건 마나의 향기였다.

'내 감각에도 쉬이 걸리지 않을 정도라……'

그 때문일까? 상당히 인상적이었다.

'최소한, 대마도사 수준은 되겠군.'

천마신공을 깨운 그의 감각에서 흐릿한 영상으로 남았다는 건, 그만큼 대단하다는 의미인 것이다.

'뭐…… 만전의 상태는 아니었지만.'

실제로 그는 천마신공이 진정으로 미친 '광견'이 될 것을 우려해, 일정부분 천마신공을 통제하는데 힘을 쏟아야 했다.

"누굴까?"

호기심이 일었다. 천마를 통해서 세상을 볼 때에도 이 정도로 뛰어난 마법사는 거의 본 적이 없던 것 같았다.

일곱 개의 고리.

흔히 7서클이라고 불리는 이 경지가 바로 '대마도사'라 불리는 영역이었다. 하지만 분명 이 장소에 떠있던 존재는 그 이상의 무언가를 느끼게끔 했다.

'설마, 여덟……?'

한 줄기 의문이 머릿속에 자리 잡아갔다.

'재밌군.'

그도 모르게 입꼬리를 올리다가 깜짝 놀라서 얼굴을 매만져야 했다.

'쓸데없는 생각!'

고개를 휘휘 저으며 호승심을 털어냈다. 그는 곧 이곳을 떠날 사람이었다. 괜히 더 얽히고 싶지 않았다.

'쯧!'

짧게 혀를 찬 그가 휙 하니 신형을 던졌다. 수도가 있는 방향이었다.

❖

황궁의 정문이 한눈에 보이는 찻집 '프리나'의 최상층 특실의 창가.

보기 드문 흑발을 길게 늘어트린 미청년이 그 창가의 한 편으로 어깨를 기댄 채, 황궁의 건축예술을 감상하고 있었다.

"몇 번을 봐도 질리지가 않는단 말이야. 반쪽 드워프들이 지었다고 하더니, 이건 순혈의 손길도 탄 것 같단 말이지. 네 생각은 어때?"

미청년이 황궁에서 시선을 떼며, 좌석의 맞은편으로 시선을 던졌다. 하지만 황당하게도 그의 맞은편에는 어떠한 사람도 앉아있질 않았다.

그렇다면 청년은 혼잣말을 한 것일까?

"저 역시 같은 생각입니다."

답은 즉각 나왔다. 맞은편 자리의 허공에서 거짓말처럼 음성이 흘러나온 것이다. 그러한 허공을 바라보며 미청년이 물었다.

"그런데, 언제까지 그러고 있을 셈이야. 어차피 개인실이라서 들어올 놈들도 없는데, 맘 편히 있어도 돼."

청년의 이야기에 돌연 허공이 흔들리는가 싶더니, 하나의 인영이 모습을 드러냈다.

헌데, 그 모습이 조금 기괴했다.

목재로 이루어진 가면을 얼굴에 뒤집어쓰고 있는 게 아닌가. 이렇게 되자 모습을 드러낸 의미가 일부 퇴색되는 느낌이었다.

"기왕이면 그 가면도 벗어주면 어떨까? 오랜만에 극상의 예술품을 보면서 차를 마시고 싶거든."

청년의 제안에 가면사내가 조심스레 고개를 저었다.

"이건 '그'를 마주하는 날, 그 때 벗기로 스스로에게 다짐했습니다."

"그녀가 아니라?"

"……."

이번에는 대답대신 침묵을 지켰다. 그 모습에 짧게 실소한 청년이 재차 황궁 방향으로 시선을 던지며 입을 열었다.

"뭐…… 너의 그녀도 확실히 예술적인 면에서는 세기의

걸작이라고 할 수 있지. 엘프들도 빛을 바랠 것 같은 그 미모라니. 황제라는 자리가 아쉬울 뿐이야. 하긴, 그런 미인이 황제라서 더 예술적인 것 같기도 하지만. 큭!"

그 부분에 대해서는 가면사내 역시 어느 정도는 동의하는 바였다.

"그래. 계획을 수정할 필요성이 느껴지던데. 어떻게 할 생각이지?"

물음은 가면사내에게 했으나, 그 시선은 여전히 황궁을 바라보고 있었다.

"시간을 좀 더 들여야 할 것 같습니다."

"얼마나?" "우선, 5년 정도를 보고 있습니다."

"충분하겠어?"

의외의 질문이었던지 가면사내가 조금은 놀란 눈빛으로 청년을 바라봤다.

'시간을 줄이라고 할 줄 알았건만.'

시선을 마주한 게 아니었음에도 이런 기색을 읽은 것인지, 청년이 그의 의문에 답을 해줬다.

"직접 보니까. 그거…… 완전 괴물이더라고. 대륙 최강자란 칭호가 괜히 붙은 게 아니었어. 단기간에 처리할 수 있는 작자가 아니더라."

이렇게까지 이야기를 해 준다면, 좀 더 여유 있게 계획을 짤 수 있었다.

"하지만 그래도 혹시나 해서 이야기를 해 주겠는데, 시간이 길어질수록 내 도움을 얻기가 어려워질 수 있다고, 명심해둬."

이미 한 차례 들었던 내용이었다.

"그러니 시간 분배를 잘 하는 게 좋을 거야."

"알겠습니다."

"그래. 좋아. 대충 할 이야기는 한 것 같으니까. 이만 자리를 끝내지."

청년이 그 말과 함께 먼저 자리에서 일어났다.

"마음 같아서야 저 멋진 예술품을 더 감상하고 싶지만, 어쩌겠어. 나도 할 일이 있는데."

그 말과 함께 청년이 특실의 문을 열고 나갔다.

가면사내는 특실의 문이 열리기가 무섭게 마법으로 자신을 감췄다. 잠시간 창가에 바람이 인 것으로 봐서, 그곳으로 몸을 빼낸 듯싶었다.

◈

그랜드 마스터.

전설이라 불리는 그 경지를 얕보지는 않았다. 하지만 직접 눈으로 보고 겪은 내용들을 토대로 나름의 정보를 추려냈다고 여겼다.

'숨겨진 힘이 있을 거라는 점도 예상했건만.'

파스카인 공작은 술잔을 들어 올리며 인상을 한껏 구겼다. 그리고는 휙 하니 잔을 넘기는데, 그의 주름이 한층 깊어져야만 했다.

"빌어먹을!"

잔에 술이 없던 것이다. 상념에 빠져 술을 따르는 것도 잊어버린 모양이었다. 휙 하니 잔을 내던지니 벽에 부딪혀 깨져나가는 게 보였다. 그답지 않은 흉폭한 모습이었으나, 주변에 널린 술병의 숫자를 생각한다면, 어느 정도 이해가 되는 부분이기도 했다.

헤아리기도 어려울 만큼 가득 너부러진 술병들을 생각한다면, 취기가 머리 꼭대기까지 차올라도 이상하지 않을 정도였다.

물론 마스터에 이른 그의 육신이라면 충분히 취기를 제어하는 게 가능할 것이다. 하지만 안타깝게도 지금의 그는 취하고 싶은 기분이었다.

"젠장!"

술병째로 가져다 입에 들이붓던 파스카인 공작이 재차 욕지거리를 터트렸다. 술병의 술도 이번 한 모금으로 끝나버린 까닭이었다.

고개를 돌려 방을 살펴보니 어느새 준비해놨던 술들이 싹 비어버렸다. 재차 수하를 불러 술을 가져오도록 명했다.

"술! 술을 가져와!"

맨 정신으로 버티기에는 이번 사건의 충격이 너무 컸다.

끼이익…….

잠시 후, 문이 열리면서 술이 한 가득 들어왔다. 그 중 하나를 집어 든 파스카인 공작이 손을 흔들며 말했다.

"나가 봐."

헌데, 어쩐 일인지 수하가 나가려 하질 않았다.

"나가라고 하잖아!"

눈살을 찌푸리며 시선을 돌리는데, 웬 낯선 사내가 서 있는 게 아닌가. 30대 중반으로 보이는 대머리 사내였는데, 머리위로 괴상한 형태의 문신을 새겨 넣은 게 유난히 눈에 띄었다.

하지만 그 독특한 문신 덕분에 사내의 정체를 짐작할 수 있었고, 덕분에 경계심을 풀어버릴 수도 있었다.

"많이 취하셨군요."

대머리사내의 물음에 파스카인 공작이 짧게 실소하며 술병을 입에 가져갔다. 마개를 이빨로 뽑아낸 그가 '퉤' 하니 마개를 뱉더니 그대로 술을 들이켰다.

벌컥 벌컥…….

한 번의 휴식도 없이 단번에 마셔버리려는 듯, 그렇게 순식간에 술병의 술이 비어버렸다. 이 모습에 대머리사내가 고개를 저었다.

"적당히 마시는 게 어떻겠습니까."

"큭……! 감히, 너 따위가 내 행동을 통제하려 들어?"

"저…… 따위라. 재미있군요. 제가 누구라고 생각하시기에 그런 말씀을 하시는지요?"

"잔챙이? 큭. 크하하핫―!"

스스로의 이야기가 재미있었을까? 파스카인 공작이 미친 듯 폭소를 터트리며 배를 잡았다.

"홋! 잔챙이라. 그렇다면 좀 굵은 잔챙이라고 해 두죠."

"굵은 잔챙이? 큭큭큭! 그것도 재밌네."

"수장을 오라 하셔서 제가 직접 왔습니다."

그 말에 파스카인 공작의 웃음이 뚝 하니 끊겼다. 그러더니 두 눈 가득 매서운 안광을 피어내는 게 아닌가.

"정말로 왔어?"

"예. 제가 공작님께서 보고자 하던 저희 일족의 대표입니다."

순간 방 안으로 뜨거운 열기가 차오르는가 싶더니, 아찔한 향기가 밀어닥쳤다. 파스카인 공작이 오러를 일으켜 술기운을 밀어낸 것이다.

하지만 워낙 많은 양을 무방비하게 마신 까닭인지, 단번에 몰아내지는 못한 듯, 그의 얼굴에는 여전한 취기가 남아 있었다. 불그스름한 기운이 역력한 게 그 증거였다.

"내 앞에 직접 모습을 드러냈다는 건…… 그만큼 자신이 있기 때문이겠지?"

물음에도 불구하고 대머리사내는 대답하지 않았다. 대신 자신감어린 눈빛으로 마주 볼 뿐이었다. 그거면 충분했다. 입꼬리를 말아 올린 파스카인 공작이 재차 물었다.

"하지만, 과연 너희가 자신하는 '그 힘'으로 내가 바라는 걸 이뤄줄 수 있을까?"

"바라는 것? 아! 브라만 대공의 영상. 저도 봤습니다."

"큭! 그걸 봤다니. 제법 능력이 좋군."

"쉽지는 않았지만, 그렇다고 아주 불가능한 건 아니니까요."

당시 그 사건을 본 단체는 의외로 제법 되었다. 때문에 삼공작 뿐만 아니라, 제국 자체적으로 제튼의 영상을 통제해야만 했다. 헌데도 불구하고 그가 마을에서 벌인 전투장면이 찍힌 영상을 구한 것이다. 이것만으로도 대머리 사내의 정보력이 보통을 넘는다는 걸 알 수 있었다.

"솔직히…… 자신하기는 어렵습니다. 인간이 그 정도로 강해질 수 있다는 건, 저희 측에도 충격이었으니까요. 대륙 최강자라는 칭호가 괜한 게 아니더군요."

"그런데도 나를 찾아왔다는 건, 계획이 있다는 소리겠지?"

대머리사내는 이번에도 대답 대신 눈빛으로 답을 했다.

"자신만만하군. 좋아! 맘에 들어."

한 차례 더 오르를 돌려, 남은 취기마저 몰아낸 파스카인 공작이 한결 선명해진 눈빛으로 대머리 사내에게 말했다.

"하나 더!"

"말씀하시지요."

"그 힘. 나도 가져야겠다."

파스카인 공작의 눈가에 언뜻 떠오른 붉은 기운에 대머리사내가 고개를 끄덕였다.

"원하신다면."

거래 성립이었다.

⁂

살아온 세월이 세월인 만큼, 이성적인 부분이 무너질 때가 있다는 것 정도는 잘 알고 있었다. 하지만 이리 주체할 수 없을 정도로 무너질 수 있을 줄은 몰랐다.

'이 내가!'

대 마도의 길에 들어선 자신이.

'그를 떠올리는 것만으로도 이렇게 두려워하다니.'

이성이 완벽하게 제압당해버렸다. 과거에도 한 차례 동일한 대상에게 공포심을 느끼기는 했다. 하지만 당시에는 그래도 고개를 들어 상대를 바라볼 수 있는 이성이 살아있었다.

그러나 이번에는 달랐다.

'상상조차 하기가 싫다!'

저절로 이가 악물렸다.

"리베란 공작님."

문득 들려온 음성에 고개가 돌아갔다. 그와 함께 마도의 길을 연구해 온 오랜 동지이자 친우이며 충성스런 수하인 '브레드'가 그를 걱정스레 바라보고 있었다.

"괜찮으십니까?"

예상했던 질문이 흘러나왔다. 리베란 공작이 쓰게 웃으며 고개를 저었다.

"안 괜찮네."

워낙 편한 상대이기에 이처럼 스스럼없이 대답할 수 있는 것이었다.

"그런 충격적인 장면을 봤는데, 괜찮을 수 있겠나."

"궁금하군요. 저도 그 현장에 있었어야 했는데."

영상으로 보기는 했으나, 아무래도 현실감이 조금은 부족했다.

"후…… 그건, 별로 추천하고 싶지 않은 경험이지."

"그래도 궁금한 건 어쩔 수 없네요."

"하긴, 그렇겠지."

아무리 두려운 미지의 것일지라도 과감히 발을 들이는 것, 그게 바로 마도를 추구하는 이의 자세였다.

"어떻게 하실는지요?"

앞으로의 행보를 묻는 것이었다. 브라만 대공에게 극도의 공포감을 느낀 나머지, 이성적인 사고를 제대로 하지 못할 지경인 상태였다. 이런 상황에서 브라만 대공을 계속 적대한다는 건 쉬운 일이 아니었다.

"계획을 수정해야지."

리베란 공작의 이야기에 브레드가 눈을 빛냈다. 그의 주인이 여전한 각오로써 공포와 맞서 싸우려 한다는 걸, 지금도 브라만 대공을 향해 도전하려 한다는 걸, 아직도 의지를 꺾지 않았다는 걸 느낀 까닭이었다.

하지만 이는 결코 쉬운 길이 아니었다.

"방도가 있겠습니까?"

그의 물음에 잠시 주저하는가 싶던 리베란 공작이 힘겹게 입을 열었다.

"또 다른…… 새로운 진리를 받아들여야 하겠지."

"으음……!"

브레드의 입술을 비집고 무거운 신음성이 새나왔다. 그런 그를 향해 리베란 공작이 쓰게 웃으며 말했다.

"이 역시 진리의 한 갈래가 아니겠는가. 그러니 피하려고만 하지 말자고."

할 수 없다는 듯, 브레드가 깊게 고개를 숙이며 리베란 공작의 길에 동참 의사를 건넸다.

◈

"우리는 발을 뺀다."

트라베스 공작의 이 한마디는 분명 충격적이었으나, 그의 가신들은 주저함 없이 그러하겠다며 고개를 숙인 뒤 물러났다.

당연했다. 그들은 근본적으로 상인의 위치에 있는 존재들로써, 손해가 날 것이 뻔한 장사에 끼어들 이유가 없었다.

"그럼…… 그럼, 앞으로 어쩌시려고요? 설마, 이제 와서 황제파에 들어가 그들의 비위라도 맞추시려는 겁니까?"

가신들이 나가기가 무섭게 후계자 헤룬이 사납게 물어왔다. 그 모습에 트라베스 공작이 고개를 저었다. 이제와 황제파에 발을 들이기에는 그들의 발언권이 너무 약해질 우려가 있었다.

"우리는 중도파로 돌아선다."

그나마 가장 만족스런 중재안이 그곳이었다. 하지만 헤룬은 전혀 그렇게 생각하지 않는 모양이었다.

"아버님!"

자꾸만 높아지는 그의 언성 때문일까? 트라베스 공작의

눈가에 조금씩 주름이 올라오기 시작했다.

"건방지구나."

그리고 결국 터져 나온 일갈이 헤룬의 분노를 가로막았다.

"감히, 내게 언성을 높여?"

그는 '대' 트라베스 공작가의 지배자였다. 가문의 주인 인 것이다. 그런 그에게 일원이 음성을 높이고 있었다. 비 록 후계자라고 하나, 아직 1인자는 아니었다.

이러한 부분을 되새기도록 하기 위한 일갈이었다.

"높일만 하니까 높이는 것입니다!"

헌데, 헤룬은 물러설 생각이 없는 모양이었다. 잠시 주 춤하는 것 같더니, 더욱 거센 음성과 눈빛, 태도로 트라베 스 공작을 향해 기세를 쏟아내고 있었다.

"네, 네가 감히……."

공작의 얼굴이 빠르게 달아오르기 시작했다. 벌떡 일어 나며 재차 일갈하려는 그의 모습에, 헤룬이 말문을 끊으며 외쳤다.

"약해!"

무슨 말을 하려는 것일까?

"너무 나약합니다. 아니, 약해진 것이겠지요. 아버님도 나이를, 세월을 거스르실 순 없는 모양이군요. 예전이라면 도박이라는 것을 알아도, 그 판에 세상이 걸렸다면 과감히 뛰어드셨을 것이건만, 이런 허약한 모습이라니요."

고국을 버리고 제국에 뛰어든 것 역시 이러한 결단성에 의한 것이지 않던가. 덕분에 그의 가문은 제국, 아니 대륙에서도 손에 꼽히는 명가가 되었다.

"이제, 연세도 있으시니. 그만 물러나시지요."

"네 이놈. 헤룬-!"

분노가 극에 다른 트라베스 공작이 이마위로 핏대를 세우며 아들의 이름을 불렀다. 동시에 방안으로 거친 바람이 휘몰아치기 시작했다. 창문도 없는 밀실이건만, 이 무슨 괴현상이란 말인가.

"정령입니까?"

헤룬이 바람의 정체를 눈치 채고는 입에 올렸다.

"이 강렬한 힘으로도 그의 기세를 감당하는 건 불가능하다. 그런데, 여기서 더 나아가자고? 다른 두 공작들을 믿는 것이냐? 그들의 힘을 믿으라고? 그래! 분명, 그들은 강하다. 하지만 브라만 대공에 비하면 태양 앞의 반딧불일 뿐이다. 멍청한 호승심 따위로 가문을 말아먹을 셈이더냐?"

아무래도 그간 아들을 잘 못 본 모양이었다. 게다가 더욱 충격적인 부분은 따로 있었다.

"게다가. 감히. 내게. 자리를 내놓으라고? 건방진 놈!"

"풉! 푸하하핫-!"

트라베스 공작의 기세가 절정에 이를 때, 돌연 헤룬이 폭소를 터트리며 배를 부여잡았다.

"강렬한 힘이라고요? 푸하하하! 아버님. 진정 그 힘이 강하다고 믿으시는 겁니까?"

"뭐라……?"

뜬금없는 아들의 태도에 분노 위로 황당한 감정이 솟구쳤다.

"아버님. 이제야 말씀 드린 것이지만, 설마…… 정말로 아버님께 정령의 '재능'이 있으시다고 여긴 건 아니시겠지요?"

당연히 그런 믿음 따위는 없었다. 애초에 그런 재능이 있었더라면, 이 나이가 먹기 전에 꽃을 피웠을 것이다. 그와 그의 가문에는 그만한 능력이 있기 때문이다. 비록 제국에 합류한 지금 정도는 아니지만, 과거에도 제법 성세를 누리던 집안이 아니던가.

"아니면, 설마, 그 우스꽝스런 서적의 도움으로 정령의 능력을 얻었다고 여기시는 겁니까?"

이번에는 아니라 여길 수 없었다.

실제로 그가 '힘'을 지니게 된 것은, 고대의 것으로 여겨지는 서적 덕분이지 않던가.

"이런, 이런. 아버님. 조금 이른 감이 있지만, 저와 의견을 달리 하시니, 일찌감치 말씀을 드리죠."

무엇을 말하겠다는 것일까?

"아버님이 얻은 그 정령. 그것은 제가 '허락'했기 때문에 지닐 수 있는 능력입니다."

"그게…… 그게 무슨 말이냐?"

이해할 수 없는 황당한 내용이었다. 하지만 아들의 눈과 얼굴 태도에서 비치는 기색에서 '진실'을 일부 읽어버렸다. 상인의 눈이 이 순간 정령의 힘을 빌어 극한까지 발휘된 것이다.

"아버님께는 여러모로 감사할 따름입니다. 그 막대한 금력으로 대륙 곳곳을 안전하게, 편안하게 돌아다닐 수 있었으니까요."

그리고 그 덕분에 '고대 던전'도 발견할 수 있었다.

"바람의 상급 정령이었죠?"

트라베스 공작이 품은 힘의 정체였다.

"이상하지 않으셨습니까? 정령에게는 이름이 있다는데, 아버님의 정령은 이름이 없으니까요."

그 부분이 미스터리이기는 했으나, 편법으로 얻은 힘이기에 정령이 이름을 허락하지 않은 것이라고 여겼다.

"큭! 아버님이 생각하는 것과 전혀 다릅니다."

그럼 무엇인가?

"이름이 없는 것이지요."

'없다고?'

"좀 더 정확히는 빼앗겼다고 할 수 있습니다."

괴상한 소리만 줄기차게 늘어놓고 있었다. 온 몸으로 '진실'을 드러내고 있었고, 극한까지 오른 상인의 눈으로 이를 확인하고 있음에도, 슬슬 의심이 가기 시작했다.

"황당하구나. 혹여, 네 말이 전부 다 맞다고 치자. 그렇다면 누가 정령의 이름을 빼앗는단 말이냐."

그들은 진정 자유로운 이들이었다. 정령사들도 계약으로 그들과 교류를 한다고 하나, 이는 '소통'일 뿐이지 '억류'가 아니었다. 정령들이 떠나고자 '강하게' 마음먹는 순간, 그들은 연결점을 잃어버리게 되는 것이다. 물론, 이는 정령들에게도 나름의 피해가 있기 때문에, 쉬이 이뤄지는 상황이 아니기는 했다.

하지만 분명, 고대에는 정령들에게 버림받는 이들도 있었다.

"누가 뺏을 수 있냐고요? 큭큭!"

헌데, 헤룬은 여전한 미소를 머금은 채, 당당한 태도로 그의 주장을 맞이하고 있었다. 순간 그의 등 뒤로 검붉은 빛의 오오라가 피어나는 게 보였다.

느껴지는 감각으로 대략정인 정체가 파악됐다.

'정령……?'

의아했다. 분명 헤룬이 품은 정령은 저런 게 아니었다. 더 밝고 따뜻한 느낌의 그런 정령이었다. 저처럼 어둡고 탁하며 칙칙한 기운과는 거리가 멀었다.

"소개해 드리죠."

헤룬이 입꼬리를 한계까지 끌어 올리며 말했다.

"탐욕! 이 녀석의 이름입니다."

순간 밀실 가득 욕망의 그림자가 밀려들었다.

◈

어둠만이 가득했던 밀실이었다. 하지만 오늘만큼은 불빛에 공간을 허락해야만 했다. 덕분에 눈이 밝아진 거구사내가 가면사내를 바라보며 물었다.

"계획은 중단인가?"

이에 가면사내가 고개를 저으며 답했다.

"중단이라기보다는 수정이라고 말씀드리고 싶군요."

"기간은?"

얼마나 기다려야 하는 것인지를 묻는 것이었다.

"그를 처단하는 건, 솔직히 확답을 드리기는 어렵습니다."

"상관없다. 기간은?"

"최소로 잡았을 때, 5년 정도를 보고 있습니다."

"충분한가?"

브라만 대공의 저력을 본 이상, 5년은커녕 50년으로도 불가능할 것 같았다.

"안 되도 되게 해야지요. 길어도 10년을 넘기지는 않을 생각입니다."

진정 그것으로 가능하단 말인가? 거구사내의 눈빛에 담긴 불신을 읽은 듯, 가면사내가 가볍게 고개를 흔들며 말했다.

"믿지 않으셔도 됩니다. 하지만 포기하지는 않으셨으면 좋겠군요."

"……."

"당신은 저희 '그레이브(Grave)'의 최고대표입니다."

"나 말고도 대표들은 많다."

그들은 망국의 사자라 불리는 이들로써, 제국전쟁에 의해 패망한 국가들의 잔존세력들이었다.

그런 만큼 각 국가별로 대표자라 할 법한 이들이 제법 존재했다.

"하지만 당신만큼 정통성 있는 이들은 없습니다."

또한, 거구사내의 명성을 따를만한 대표자 역시 존재하지 않았다. 이런저런 사항을 고려해서 뽑힌 최고대표가 바로 거구사내인 것이다.

이런 사정을 떠올린 거구사내가 쓴웃음을 머금으며 물었다.

"솔직히…… 브라만 대공이 그 정도로 대단할 것이라고는 생각지도 못했다."

과거, 한 차례 전장에서 마주친 적이 있었다. 하지만 당시의 느낌으로는 언제가는 오를 수 있는 산이라 여겼다.

하지만 이번에 느낌 감정은 전혀 달랐다.

"그는, 하늘이다."

오를 수가 없었다. 그저 바라만 보는 게 할 수 있는 것의 전부였다. 이제라도 물러나는 게 그나마 남은 망국의 후인들을 위한 길이 아닐까?

최근, 부쩍 그런 생각이 들었다.

"아시지 않습니까."

국가, 부모, 형제, 자매, 친구, 동료. 잃어버린 것을 찾기 위해 싸우는 게 아닙니다. 이미 그것들은 돌려받을 수 없는 것들이었다.

"저희는 그저 화풀이를 하려고 모인 것이라는 걸."

복수라는 이름의 치열한 화풀이다.

"그렇지 않은 이들도 있다."

"상관없습니다."

이미 화살은 시위를 떠났다. 계획의 전면수정으로 인해, 화살이 닿는 거리가 생각보다 멀다는 걸 알았으나, 여전히 화살은 날아가는 중이었다.

"그가 강하다는 건, 이번 일로 확실히 깨달았습니다. 하지만 이미 새로운 계획이 구상에 들어갔고, 일말의 가능성도 계산 중에 있습니다.

목재가면 속의 두 눈빛이 너무도 선명하게 빛을 뿜어내고 있었다. 잠시 이를 마주하던 거구사내가 고개를 절레절레 흔들었다.

"후우…… 어쩔 수 없나."

이미 진창 깊숙이 발을 담가버린 이상, 빠져나오기에는
너무 늦었다. 거구사내는 한숨을 길게 늘어트리며 걸음을
옮겼다.

항시 어둠만이 가득 했던 밀실.

그 공간에 채워져 있던 물품들을 포장해야 하는 까닭이
었다. 불빛을 들인 이유가 바로 이 때문이었다.

"우선은 이곳을 떠나는 게 중요하니까. 빨리빨리 짐을
싸시죠."

가면사내의 재촉에 거구사내의 손이 한층 날렵해졌다.

"그런데, 굳이 여기를 버릴 필요가 있나?"

"리베란 공작의 측근 브레드 남작이 코앞까지 쫓아왔었
습니다. 비록 연계를 하고 있다고는 하지만, 그들도 결국
우리의 원수입니다."

그러니 빨리 짐이나 싸라는 눈빛을 진하게 던져 줬다.
수하들을 시키고 싶었으나, 수하들 역시 해야 할 일이 많
았다. 그나마 남는 여유인원들의 경우에는 외부정리에 정
신이 없었다.

'오늘 안에는 끝나려나?'

생각보다 많은 물건들을 바라보며, 거구사내의 한숨이
한층 더 깊어져갔다.

어느새 마지막 날이 다가온 것일까.

'오늘로써 휴가도 끝이구나.'

제튼은 창밖의 어둠을 바라보며 쓰게 웃었다. 고향까지 갈 시간을 생각한다면, 새벽같이 출발해야 할 것 같았다.

창에서 시선을 거둬, 다시금 방 안으로 돌리니 그로 하여금 발걸음이 무거워지게 만든 존재가 보였다.

황자 카이든.

열심히 손과 발을 움직이고 몸을 비트는 등, 다양한 동작들을 취하고 있었는데, 이것은 제튼이 최근들어 가르쳐준 체술이었다.

천마신공!

희대의 연공법을 익히고 있는 카이든이었기에, 앞으로 무엇을 배우건 무리 없이 받아들이는 게 가능할 터였다.

하지만 다시 생각해보니 그것은 천마에게서 전수된 것이 아니던가. 그가 비록 세부적인 내용을 전했다고는 하나, 결국에는 천마의 것이었다.

그래서 살짝 욕심을 부려봤다.

그가 배우고 익힌 모든 것들의 정화라 할 수 있는 것을 하나의 체술로써 승화시킨 것. 그것을 카이든에게 전수한 것이다.

워낙 재능이 출중한 까닭인지, 카이든은 유연하게 이를 받아들였다. 이제 남은 건 스스로 이것을 익히고 발전시키는 것뿐이었다.

'잘 할 수 있겠지.'

그가 전수한 것은 일종의 동공으로써, 움직임을 통해 기운을 제어하고 쌓는 공부였다. 그 증거로써 카이든의 움직임에 따라서 희미하게 일렁거리는 기운의 흐름이 느껴졌다.

마을에서의 사건이 있기 전, 대략 일주일 전 즈음부터 가르친 덕분인지. 겉으로 보이는 모양새는 제법 괜찮게 나왔다. 거기에 지금 같은 기운의 흐름까지 더해지니, 그저 겉모양만이 아니라는 걸 확인할 수 있었다.

"휴우우우······."

어느새 체술을 마친 것인지, 카이든이 가볍게 호흡을 고르는 게 보였다. 그리고는 제튼을 향해 시선을 던져온다.

나 잘 했어?

대충 이런 의미의 눈빛이었다. 제튼이 흐뭇한 미소를 지어보이며 고개를 끄덕였다.

"헤헷!"

아이가 웃음을 터트리며 안겨들었다. 가슴 가득 밀려드는 따뜻함에 그 뒷머리를 가볍게 쓰다듬은 제튼이 아이에게 물었다.

"아빠가 없어도 잘 할 수 있지?"

이미 제튼이 떠날 것을 알고 있는 카이든이었다. 그럼에도 불구하고 이토록 밝은 모습을 보여주고 있으니, 너무도 대견할 수밖에 없었다.

"응. 엄마 말도 잘 듣고 있을게."

"그래."

투정을 부리고 싶을 터이건만, 이처럼 참는 것을 당연하듯 행하고 있었다. 아이의 삶이 그려져서 심장이 욱신거릴 지경이었다.

그렇다고 해서 표정에 이런 감정을 드러내지는 않았다. 아이에게 안 좋은 얼굴을 보이고 싶지 않기 때문이었다.

"그런데…… 정말 엄마는 안 보고 갈 거야?"

카이든의 조심스런 물음에 제튼이 말을 아끼며 고개를 저어보였다. 황제와 관한 내용만큼은 아들에게도 섣불리 말하기가 어려운 까닭이었다.

황제와 제튼의 사이가 알려진 것 보다 좋지 않다는 걸 알기에, 카이든도 더는 묻지 않았다.

"또 오실 거죠?"

"당연하지. 시간 날 때마다 찾아오마."

슬슬 떠날 시간이 다가오고 있었다.

"가르쳐 준 것 잘 익히고 있어야 한다. 다음에 왔을 때 확인할 거야."

"걱정 마세요. 헤헷!"

다가온 이별의 시간을 직감한 듯, 애써 밝게 웃는 카이든의 모습이 새삼 안쓰럽게 박혀들었다.

평소라면 카이든이 잠들고 난 뒤에 떠났을 것이다. 하지만 오늘따라 유독 피로를 이겨내려 노력하는 아이의 모습에 쉬이 발을 떼기가 힘들었다.

머리를 한 차례 더 쓰다듬던 제튼이 자연스레 기운을 움직였다. 오러 운영을 통해 잠에 빠져들도록 유도한 것이다. 아니나 다를까. 더 이상 피로를 참아내지 못한 듯, 아이의 눈이 감기는 게 보였다.

아이를 침대에 눕힌 제튼이 그 모습을 동공 깊숙이 각인하려는 듯, 한참을 쳐다보고 나서야 발길을 돌렸다.

황성을 나오자 기다렸다는 듯 오르카가 다가왔다.

"끝난 거야?"

그녀의 물음에 제튼이 고개를 끄덕였다.

"그럼, 슬슬 가야지."

"너는 남아."

뜬금없는 이야기에 오르카의 눈가에 주름이 잡혔다.

"황제가 찾는다며."

까마귀들이 사반트를 통해 이야기를 전해왔는데, 그 내용을 제튼도 함께 들어서 알고 있었다.

"그래서. 나보고 황자의 검술선생이나 하라 이거야?"

"부탁 좀 하자."

오르카의 두 눈이 붉게 물들기 시작했다. 발광하려는 전조였다. 그럼에도 불구하고 제튼은 물러섬 없이 시선을 마주하며, 꿋꿋이 그녀에게 눈빛을 보냈다.

"후…… 정말 알다가도 모르겠다."

잠시 후, 그녀가 한숨과 함께 고개를 절레절레 흔드는데, 거짓말처럼 눈가의 붉은기가 걷혀있었다.

"너 정말 내가 알던 그 꼴통 맞니?"

'끄응…… 꼴통씩이나.'

제튼은 쓰게 웃으려던 걸 참으며 오르카의 다음 말을 기다렸다.

"그래. 네가 황자를 아끼는 건 이제 잘 알겠어. 아들이니까 그럴 수 있겠지. 하지만 나한테도 황자를 아끼고 돌보라고? 제정신이니?"

아끼라는 말까지는 안했다.

"내가 이런 말까지는 안 하려고 했는데, 황제 그년이랑 나는 연적이야."

그 중심이라 할 수 있는 제튼을 앞에 두고 꺼내기에는 조금 민망한 말이었다.

"미안하다."

"하! 정말…… 미쳐버리겠네."

제튼의 사과가 오르카를 더욱 열 받게 했다.

"대체, 뭐가……."

널 이렇게 변하게 만든 것이냐. 라는 뒷말은 삼켰으나, 그 의미는 충분히 전달되었다.

결국 씁쓸한 미소를 입가에 걸친 제튼이 그녀를 향해 눈빛을 던졌다. 끊임없이 이어지는 그 눈빛에 결국 항복한 듯, 오르카가 양 손을 활짝 피며 말했다.

"후…… 좋아. 해 줄게. 해 준다. 빌어먹을 검술선생!"

"고맙다."

솔직히 황제의 제안을 알게 되었을 때, 제튼은 깜짝 놀라야만 했다. 오르카. 그녀만큼 검술선생으로 적합한 이가 없기 때문이다.

그녀들 사이의 관계를 알기에 선뜻 떠올리지 못했던 부분이었건만, 황제가 먼저 이를 제안하고 나섰다고 한다. 그렇다면 제튼 역시 얼마든지 고려가능한 부분이 될 수밖에 없었다.

로판의 장미.

역사상 가장 위대했다고 알려진 여기사. 바로 그 로판의 장미 후예인 오르카가 아니던가.

여인으로써의 벽을 깨트리기 위하여, 그들 로판의 후인들은 상당한 공부를 쌓아왔다. 이렇게 쌓이고 쌓여 완성된 공부의 결정체가 바로 오르카였다.

제튼이 초급검술을 통해 하나의 길을 찾아냈다면, 오르카의 경우에는 초급검술 뿐만 아니라 중급, 상급 검술까지. 어지간한 검술은 전부 섭렵했다고 볼 수 있었다. 수백 년에 걸친 역사의 힘이었다.

'무림세계로 치자면, 걸어 다니는 무공비급 정도라고나 할까?'

제튼의 오러 운용을 빠르게 따라할 수 있는 건, 이런 그녀만의 개인사정 덕분이기도 했다.

"1년."

문득, 오르카가 손가락 하나를 펴며 말했다.

"대신, 딱 1년만 가르칠 거야. 황제가 싫다고는 하지만, 황자까지 싫은 건 아니니까."

물론, 아끼는 것도 아니었다.

"그러니까 1년 정도는 시간을 할애해 줄게."

아쉬운 마음이 들었으나, 이내 고개를 끄덕이며 합의를 봐야만 했다. 여차하면 다시 발을 빼버릴 수도 있기 때문이다. 짧은 기간일지언정, 황자의 재능이라면 충분한 배움을 얻어갈 터였다.

"그리고, 솔직히 1년이면 충분하잖아."

"알고서 이야기하는 거냐……?"

"당연하지. 삼공작 그놈들 반응 살피려고 그러는 거잖아."

그 말 그대로였다.

비밀 통로 위로 세워진 마을에서 사건이 발생하던 날, 제튼은 삼공작의 변화를 확실하게 잡아냈다.

크게 꺾여버린 그들의 기운에서 반항의지가 사라졌음을 알았다.

'하지만 세상일이라는 게 꼭 생각대로만 되는 건 아니니까.'

그의 압도적인 힘 앞에, 잠시 의지가 시든 것뿐일지도 모른다. 이를 확인하고자 사반트와 밀러에게 따로 지시를 내려놓았다.

'대가리가 확 돌아서 너 죽고 나 죽자며, 동귀어진(同歸於盡) 식으로 나오면 안 되니까.'

간혹 절망에 못 이겨 모든 걸 던져버리는 이들이 있었는데, 제튼은 이 부분을 우려해서 오르카를 남겨두고자 하는 것이다.

그녀라면 만에 하나의 사태가 벌어진다 해도, 충분히 대처할 수 있을 거라 여기기 때문이었다.

상인이라고 할 수 있는 트라베스 공작은 모르겠으나, 파스카인 공작과 리베란 공작의 경우에는 일말의 불안감을 감추기가 어려웠다.

'특히, 파스카인 공작이 문제지.'

이성을 앞세우는 리베란 공작과 달리, 파스카인 공작은

감정적인 부분이 좀 더 강한 기사였다.

게다가 기사로써 그의 본질은 저돌적인 불길과 같았다. 자리가 사람을 만든다고, 제국의 공작이라는 위치 때문에 많이 수그러들었다고 하나, 그 본질이 어디로 간 것은 아니었다.

'만에 하나라는 게 있으니까.'

오르카와 약조한 시간이 비록 1년 뿐이지만, 그가 떠난 뒤의 분위기를 유추하기에는 충분한 시간일 터였다.

"그럼. 부탁 좀 하지."

"귀찮게 그러지 말고 싹 쓸어버리면 안 돼?"

그녀의 여전한 태도에 제튼이 절레절레 고개를 저었다.

"말했잖아. 과거는 과거일 뿐이라고."

"그래도 이 정도로……."

"게다가."

눈살을 찌푸리는 오르카의 말문을 자르며 제튼이 이야기를 이었다.

"아직 삼공작은 제국에 필요한 존재들이다."

왕국에서 제국으로 커졌다고는 하나, 그 내부는 다양한 국가들을 집어삼킨 형태로써, 새로운 국가의 탄생이라고 할 수 있었다.

"제국은 아직 뿌리가 옅어."

그런 만큼 영향력이 큰 삼공작의 의미는 남다를 수밖에

없었다.

"그런 만큼 삼공작의 자리를 메울만한 이가 없으니, 섣불리 제거하기가 어렵다."

나름대로 쓸만한 이들이 몇몇 보이기는 했다.

'아직 덜 여물어서 문제지.'

"쯧! 복잡하게 구네. 싹 밀어버리고 대충 그럴싸한 놈 앉혀 놓으면 될 것을."

확실히 이런 부분은 천마를 꼭 닮은 것 같았다. 제튼이 고개를 저으며 대답했다.

"아직은 안 된다."

"에휴…… 그래. 그래."

한숨을 내쉬던 오르카가 문득 미간의 주름을 피더니, 입꼬리를 말아 올리며 물었다.

"그런데…… 알고 있지? 나 몸값 비싼 거."

'황제에게 받으면 안 되겠니?'

물론, 정말로 이렇게 물었다가는 당장 칼침을 맞을 수도 있었다.

잠시 가격 흥정의 시간이 흐른 뒤, 두 남녀는 각자의 길에 올랐다.

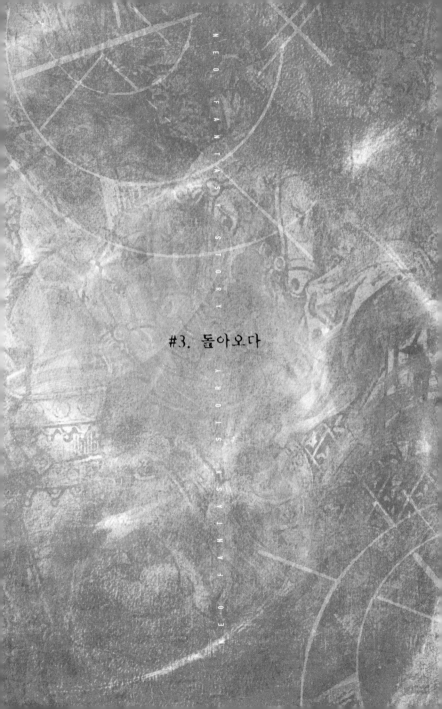

#3. 돌아오다

#3. 돌아오다

테룬 아카데미 기사학부.

잠시 뿐이라고는 하나, 그 이름이 한 차례 루마니언 지방을 제법 떠들썩하게 했다는 건, 분명 숨길 수 없는 사실이었다.

루마난 축제의 우승!

그것도 다른 두 아카데미를 제압했다고 해도 과언이 아닐 정도로, 조금은 압도적인 승리였다.

준결승에 오른 4인의 학생 중 3명이 테룬 아카데미의 학생이었을 정도니, 더 말해 무엇 하겠는가. 마법학부처럼 아카데미간의 치열한 승부는 아니었으나, 독주라고 부를 법한 상황은 그 나름대로 이목을 집중시키기에 충분했다.

무엇이 그들을 이리 바꾼 것일까? 아직까지는 명확한 이유가 드러나지 않았다.

"제튼 선생님 덕분이지!"

하지만 이렇게 생각하는 이들은 몇몇 있었고, 쿠너 역시 그러한 이들 중 한명이었다.

"설마, 그럴 리가."

쿠너의 한결같은 반응에 같은 동네 출신으로, 강제에 의해 제튼의 수업을 듣고 있는 미넨이 고개를 저어보였다. 이는 미넨과 같은 처지인 코룬 역시 마찬가지였다.

이런 두 친구들의 모습에 쿠너가 눈살을 찌푸렸다.

"준결승에 오른 3명 모두 1학기 때 제튼 선생님의 수업을 들었던 거 몰라?"

"알고야 있지. 하지만 겨우 그거 조금 배웠다고 실력이 늘었을 리는 없잖아. 게다가 했던 거 다시 배우는 복습인데, 발전이라니. 좀 과장된 생각 아니냐?"

코룬의 반박에 쿠너가 입술을 비죽 내밀며 말했다.

"에휴…… 이 은혜도 모르는 것들. 선생님 덕분에 실력이 늘고 있는 것도 모르면서."

"너야말로 망상이 너무 심한 것 같다."

두 친구의 일관된 반응에 쿠너의 입술이 불뚝 튀어나왔다.

"그런데, 왜 너는 안 나간 거야?"

문득 미녠이 쿠너를 향해 물었다.

"뭘?"

"이번에 루마난 축제."

"아아~. 그거?"

루마난 축제 기사학부전. 쿠너는 그 대전에 출전하지 않았었다.

"저번에 말 해주지 않았냐?"

"에~이. 설마, 그걸 믿으라고?"

"그래. 제튼 선생님이 나가지 말래서 안 나갔다니. 이유가 치고는 너무 약한 것 아니냐. 좀 더 그럴싸한 건 없어?"

친우들의 모습에 쿠너의 양 미간에 주름이 잡혔다.

'이것들이 정말!'

그토록 제튼에 대해 설명을 해 왔건만, 도통 먹혀들질 않았다.

"에휴…… 내가 더 말해서 뭐하겠냐. 멋대로 생각해라."

화가 나는 한편으로 지친 마음도 있었기에, 더는 설명하고 설득하기가 귀찮아졌다.

"에~이. 또 왜 삐진 건데?"

눈치 빠르게 쿠너의 상태를 알아 챈 미녠이 살살 달래기 시작했다.

"그런데 제튼 선생님은 어디로 휴가를 가셨기에 한 달이 다 되도록 안 보이는 걸까?"

제튼에 관한 화제전환은 쿠너의 비위를 맞춰주기 위한 나름의 묘수였다. 과연, 효과가 있던 것일까? 쿠너의 튀어나왔던 입술이 슬쩍 들어가는 게 보였다.

"듣자하니까. 예전에도 가출해서 20년 만에 돌아왔다고 하던데, 또 훌쩍 떠나버린 거 아닐까?"

하지만 뒤이어 흘러나온 코룬의 눈치 없는 이야기에 쿠너의 입술이 재차 전진했다. 이에 미넨의 눈에 불꽃이 튀었다. 그가 매섭게 코룬을 노려봤다.

그제야 코룬도 아차 싶었으나, 한 박자 늦은 깨달음이었다.

"너는 무슨 그런 말도 안 되는 소리를 하냐. 오늘이 휴가 마지막 날이니까. 분명 내일은 등교 하실 거야."

정확히 목요일에 걸쳐서 마지막 날로 짜였기 때문에, 금요일인 내일은 필히 출근도장을 찍어야만 했다. 다행히 이번에도 잘 먹힌 듯, 쿠너의 입술이 후퇴하는 게 보였다.

"혹시, 이미 돌아오신 거 아닐까?"

그 말에 쿠너가 고개를 저었다. 제튼의 집에 한편에서 같이 살고 있는 그가 아니던가. 제튼이 돌아왔다면 모를 이유가 없었다.

"뭐, 그래도 오늘 저녁 안에는 분명 돌아오실 거야."

"맞아. 어쩌면 지금쯤 고향에 다 도착하셨을 지도 모르지."

미녠과 코쿤의 이야기에 쿠너가 고개를 들어 멀리 시선을 던졌다. 아루낙 마을이 있는 방향이었다.

　'오늘은 꼭 돌아오시겠지?'

　또 다시 가출을 한 건 아닐까 하는 두 친구들의 이야기처럼, 쿠너 역시 이 부분에 심히 공감을 하고 있었다.

　때문에 더욱 걱정이 들 수밖에 없는 것이다.

◈

　다그닥, 따각, 따그닥…….

　한적한 산길 위로 나귀 한 마리가 수레를 끌며 나아가고 있었다. 아무런 지시도 없건만, 나귀는 너무도 익숙하게 수레를 끌며 산길을 나아갔다.

　덕분에 수레위의 노인은 맘 놓고 졸음운전을 하는 만행을 부릴 수 있었으나, 그렇다고 해서 깊은 잠에 빠진 건 아니었다.

　잠귀가 밝은 것인지 아니면, 오랜 여정의 습관이 되어버린 것인지, 반쯤 열어놓은 귀는 언제나 주변 상황을 빠르게 잡아채고 있었다.

　"푸르륵!"

　때문에 이처럼 가벼운 소리에도 번쩍 눈을 뜰 수가 있는 것이 아니겠는가.

"뭐냐?"

노인은 눈 뜨기가 무섭게 주변을 살펴갔다. 조금 전의 그 소리는 누군가가 나타났을 때, 나귀가 노인에게 보내는 일종의 신호인 까닭이었다.

"으잉?"

시선을 빙 돌리던 노인의 눈매가 얇아졌다. 저 멀리 왠지 모르게 눈에 익은 뒷모습을 봤기 때문이었다. 거리를 좁히니 앞에 걸어가던 인영도 접근을 알아챈 모양인지 슬쩍 뒤를 돌아보는데, 설마 하면서 예상하던 얼굴이었다.

"끼놈! 제른 반트."

노인이 수레 한쪽에 눕혀 놓은 지팡이를 잽싸게 휘둘렀다.

휘익!

하지만 아직 거리가 좀 남았던 것일까? 앞의 인영, 제른에게는 닿지 못했다.

"으익! 무스탄 영감님. 오랜만에 보는데, 너무하십니다."

"이놈아 너는 좀 맞아도 돼!"

그러면서 재차 지팡이를 휘두르는데, 어느새 가까워진 덕분인지, 아슬아슬 하게 머리끝을 스쳐가고 있었다.

'어우. 정정하시기도 하지.'

80을 넘긴 나이에도 저토록 팔팔하기는 쉽지가 않았다.

동네에서 알아주던 장사이던 무스탄이기에 가능한 일이었
다.

"집에 돌아온 지 얼마나 됐다고, 또 가출이야!"

"가출이라니요. 정식으로 휴가 받고 여행 좀 다녀온걸
요."

"끼놈! 가출이나 여행이나. 한 달이나 연락이 없었으면
다를 게 없다."

황당한 소리였다.

'그게 어떻게 같습니까?'

"끄응……."

앓는 소리가 절로 나왔다.

"그래서, 뭐 하러 다녀온 건데?"

"그냥 놀러 갔다 온 거죠."

"한 달이나?"

"뭐…… 그렇죠."

"이놈이 어디서 속여 먹으려고, 내 눈깔이 삔 줄 알어?"

허투루 산 세월이 아니었다.

"게다가 한 달이나 노는 게 쉬운 일인 줄 아냐?"

맞는 말이었다. 이래저래 의심의 여지가 있는 상황인 것
이다.

하지만 제튼이 대답 대신 씁쓸한 미소만 한 가득 베어
물고 있으니, 무스탄도 더는 무어라 할 수가 없었다.

"쯧! 똥 씹었냐? 얼굴 꼬라지하고는."

물론, 한마디 던지는 것도 잊지는 않았다.

'끄응……'

말 한마디 한마디가 참으로 가혹한 영감님이었다.

무스탄의 수레에 올라 탄 제튼은 찬찬히 지나는 풍경을
바라보며 지난 한 달간의 일을 되짚어갔다.

'삼공작.'

그들에 대한 부분에 도달했을 때 생각이 정체됐다.

'처리하는 게 나았을까?'

하지만 이내 고개를 저어야만 했다.

'아직은 그들이 필요하겠지.'

제국이 세워진지 얼마 되지도 않았는데, 그 꼭대기의 인
사가 바뀌는 건 옳지 않았다. 게다가 오르카에게 설명한
것처럼, 아직 그들의 빈자리를 메울만한 역량의 귀족들이
없었다.

나이가 있는 이들 중 쓸만하다 싶은 이들이 몇몇 있기는
했으나, 그들은 타왕국에서 제국에 합류된 귀족들이었다.

옛 고국의 뿌리가 깊이 남아있다고 해도 과언이 아니었
다. 최대한 젊은 층에서 제국의 교육을 받은 이들이 필요
했다.

과거의 잔재를 완전히 뿌리 뽑기는 힘들지 모르겠으나,

그래도 이 정도만 해도 제국이라는 뿌리를 키우는 데 큰 도움이 될 터였다.

이런 기준으로 봤을 때, 미래가 기대되는 이들이 제법 있기는 했으나, 아직은 시간이 좀 더 필요했다. 적당한 연령대 중에서는 지금 당장 삼공작에 비할만한 이들이 존재하지 않았으니 어쩌겠는가.

선뜻 손을 대지 못한 이유였다.

'아니지. 나 스스로가 자제하려 한 이유가 더 컸으려나.'

살생을 꺼려하는 건 아니지만, 그렇다고 반기는 것도 아니었다. 할 수 있다면 피하자는 게 그의 생각이었다.

일백 명의 목숨으로 충분히 경고를 해 줬다고 여겼다.

'그래도 반기를 든다면.'

불가피한 선택을 해야만 할지도 몰랐다.

'하나 정도는 지워야겠지.'

삼공작 전부를 처리한다? 아직은 시기상조였다. 아직은 제국의 뿌리가 옅기 때문이다. 필요악이라고 했다. 제국을 생각한다면 그들도 나름의 의미가 있었다.

하지만 그들 중 한 개 세력 정도는 없어도 제국운영에 문제가 없을 것 같았다.

'누가 좋을까?'

가만히 생각을 해 봤으나, 마땅한 답을 내리기는 어려웠다. 하지만 기본적으로 가장 만만한 이를 세울 수는 있었다.

'파스카인 공작.'

삼공작 중에서 누가 더 강하고 약한지를 따지기는 어렵다. 하지만 상대하기 편한 이를 굳이 뽑으라면 파스카인 공작이 나올 수밖에 없었다.

그가 검으로 경지에 오른 마스터이기 때문이다.

'비리비리한 마법사나, 상인을 베는 것 보다는 한결 마음이 편하니까.'

어쨌든 전투를 치른다는 느낌은 있는 게 바로 기사들이었다. 칼과 칼, 살과 살, 호흡과 호흡이 맞부딪치는 긴장감이 있는 게 그들이었다.

또한 가장 많은 배신자들을 품고 있다는 이유도 컸다.

흑사자 기사단을 비롯해서 천마가 키운 전력들을 '마스터'라는 이유 덕분에 가장 많이 끌어간 게 그였다.

본보기를 보여준다고 했을 때, 더없이 만족스러운 대상이 아니겠는가.

'우선은 지켜봐야겠지.'

오르카와 사반트 그리고 밀러가 어떤 소식을 전해올지가 관건이었다.

"뭔 생각을 그렇게 하는겨?"

문득 들려오는 소리에 제튼의 고개가 돌아갔다.

"이놈아. 다 왔다고."

어느새 수레를 멈춰 세운 무스탄 영감이 그를 부르고 있었다. 그러고 보니 눈에 익은 풍경이 주변 가득 널려 있었다.

"안 내리고 뭐하냐니까?"

지팡이를 잡아가는 무스탄 영감의 모습에 정신이 번쩍 든 제튼이 후다닥 수레에서 내렸다.

"쯧! 젊은 놈이 빠릿빠릿하게 좀 행동할 것이지."

그 말에 제튼의 다리가 휘청거렸다.

'저도 내일 모래면 마흔인데요.'

물론 입 밖에 내뱉지는 않았다. 그랬다가는 지팡이가 날아들 게 뻔하기 때문이다.

"쯧! 여전히 하체도 부실한 것이. 영 못쓰겠어. 쯧쯧쯧!"

고개를 절레절레 흔든 무스탄 영감이 나귀를 몰며 떠나갔다.

'끄응……'

앓는 소리가 입안을 맴돌았다. 어째, 매번 만날 때마다 고역을 치르는 느낌이 든 까닭이었다.

짧게 한숨을 내 쉰 제튼이 걸음을 옮겼다.

어느새 집이 코앞이었다.

기적이라고 해야 할까?

케빈은 진정 그 말 만큼 현 상황에 적합한 단어를 찾지 못했다.

"저…… 정말 느껴져?"

"응. 여기 발가락이 간질간질 해. 헤헷."

여동생 메리의 갑작스런 이야기는 그야말로 충격이면서 동시에 환희였다.

'맙소사!'

마비되어버린 여동생의 하체에 감각이 돌아오고 있는 것이다. 왈칵 눈물이 흘러버렸다.

"오빠 울어? 왜 그래? 괜찮아?"

메리가 걱정스런 얼굴로 그를 바라보며 물어왔다. 이에 다급히 고개를 돌린 케빈이 물기를 소매로 훔쳐내며 말했다.

"무…… 무슨. 울기는 누가 울어. 그냥, 잠깐 눈에 먼지가 들어가서 그래. 먼지 때문이야."

불가능하다 여겼던 일이었다. 이미 한 차례 포기했던 희망이었다.

'아아…… 엘 로우 힘!'

신의 이름을 가슴깊이 읊조리며 양 손을 꼬옥 모았다.

그런 오라비의 모습에 연신 고개를 갸웃거리던 메리가 돌연 눈을 동그랗게 떴다. 창밖으로 반가운 그림자를 발견할 까닭이었다.

"아저씨다!"

케빈의 눈이 번쩍 뜨였다. 메리의 외침에 따라 급히 창가로 다가가 밖을 내려다보니, 제튼이 마당을 가로지르며 걸어오고 있었다.

'스승님!'

재차 눈시울이 붉어졌다.

생각해보면 이 모든 기적의 시작은 제튼과의 만남으로 비롯된 것이 아니던가. 그를 만난 덕분에 메리가 아카데미의 사제에게 주기적인 치료를 받을 수 있었고, 덕분에 지금처럼 감각의 회복을 이루며, 나아질 것이란 가능성을 확인할 수도 있었다.

거기에 자신의 억지를 받아들여 검술까지 가르쳐주며 미래를 꿈꿀 수 있게 만들어줬다.

그들 남매에게 있어서 제튼이라는 존재야말로 참된 기적이나 다름없었다.

"오빠 또 울어?"

문득 들려오는 여동생의 물음에 케빈이 재차 소매로 눈가를 쓸었다.

"아니야. 먼지 때문에 그래."

"이상하다? 청소한지 얼마 안 됐는데."

뜨끔한 이야기를 던져왔지만, 애써 못 들은 척 연기하며 창문을 열었다. 그러자 먼지에 대한 생각을 날려버린 듯, 메리가 창밖을 향해 외쳤다.

"아저씨!"

제튼도 그들을 발견한 듯, 소리에 맞춰 손을 들어 흔들어주는 게 보였다.

왠지 모르게 가슴 따뜻한 이 풍경에, 케빈은 또 다시 눈가에 물기가 올라와 소매를 얼굴을 감춰야만 했다.

그리고 그날 저녁,

"어딜 갔기에 한 달 만에 돌아와! 일 좀 거들라고 하려 했더니만."

오랜만에 이어진 케나의 빗자루 질에, 남매의 참된 기적은 대문 밖으로 쓸려나가 버렸다.

✦

한 달.

휴가로 외부에 나가있던 시간이었다. 그리 길지 않은 기간이라고 여겼으나, 그 사이에도 많은 것들이 변해 있었다.

어느새 가을도 끝자락에 도달한 듯 쌀쌀해진 날씨가 그

러했고, 거기에 발맞춰 변해버린 풍경들이 그러했다.

하지만 그 중에서도 가장 놀란 건, 뭐니뭐니해도 레이나의 변화였다.

우우우웅…….

아스라이 피어오르는 수증기마냥, 검 끝에 매달리기 시작한 흐릿한 빛의 잔재를 보라.

오러!

그녀에게도 드디어 새로운 경지로의 초대장이 발송된 것이다.

"감사합니다!"

제튼을 찾아와서 자신의 성과를 보여주고, 이처럼 진심이 듬뿍 담긴 예를 올린다. 제대로 가르쳐 준 것도 없건만, 마치 스승을 대하는 것 같은 그녀의 태도에 절로 온몸이 간지러워질 지경이었다.

"제가 뭐 한 게 있습니까. 전부 다 레이나 선생님의 노력 덕분이지요."

솔직한 심정이었다. 제튼은 간혹 가다 한 두 마디 툭툭 던져준 정도 외에는 큰 도움을 준 적이 없기 때문이다. 그 얼마 안 되는 조언도 대부분이 레이나의 물음에 답해 준 것 정도일 뿐이었다.

자의에 의한 도움이 아니라는 이야기다. 당연히 그녀의 정중한 태도가 민망하고 낯 뜨거울 수밖에 없는 것이다.

'게다가 이렇게 빨리 오러를 발현할거라는 생각자체도 하질 않았으니까.'

적어도 다음해 정도는 되어야 익스퍼트의 경지에 오를 것이라고 여겼다. 하지만 그의 예상을 훨씬 웃돌며, 레이나는 당당히 해를 넘기기 전에 오러를 선보였다.

'재능이지.'

그녀 스스로의 노력 역시도 무시할 수 없었다. 검을 바꾼지 얼마나 됐다고 벌써 길을 들였단 말인가. 게다가 그걸 넘어서 자신만의 검로도 개척하기 시작했다.

굳이 증거를 찾을 필요도 없었다. 오러 발현이 그 증거인 까닭이다. 몸에 안 맞는 옷을 걸친 듯, 제대로 된 검로를 찾지 못했기 때문에 익스퍼트에 오르지 못한 그녀가 아니던가.

이 모든 비틀림을 바로잡았기에 오러가 세상 밖으로 모습을 드러낸 것이다.

순수하게 그녀 스스로의 능력으로 잡은 기회였다.

"감사합니다!"

그럼에도 불구하고 여전히 레이나는 제튼에게 정중한 태도를 고수했다. 이에 제튼은 민망함에 괜히 몸만 벅벅 긁어댈 뿐이었다.

아침 수업 때문에 가야 한다며 인사를 하고 떠날 때까지, 제튼은 모기에게 집중공격을 당한 것 같은 기분을 한껏 맛봐야만 했다.

변화는 이뿐만이 아니었다.

메리의 감각 회복.

마르한의 능력에 새삼 놀랐다고 해야 할까?

'방랑사제라는 이름값이 보통이 아닌 줄은 알았지만, 이 정도일 줄이야.'

제튼이 일부 치료를 해 놓은 상태라고는 하나, 그래도 반년 이상의 시간이 필요할 것이라고 여겼다.

이는 마르한의 수준을 대략적으로 판단해서 내린 기간이었다. 하지만 아무래도 그의 계산이 틀린 모양이었다.

'대단하단 말이야.'

물론, 그렇다고 해서 나쁘다는 건 아니었다. 아이의 치료가 빨라진다는데 싫어할 이유가 뭐가 있겠나.

지금도 자신을 바라보며 방긋 웃어 보이는 메리를 보고 있노라면, 절로 미소가 지어지며 다행이라는 생각이 들 정도가 아니던가.

제튼이 좀 더 도움을 줬더라면 더욱 빠른 시간 안에 치유가 가능했을지도 모르겠으나, 너무 과한 개입은 자제하고 싶었다.

이미 마르한에게 그가 지닌 힘의 잔재를 들킨 것으로도 난감한 상황이질 않던가. 여기서 더 나아갔다가는 정체마저 들킬지도 몰랐다.

물론, 오르카로 인해 이미 그의 정체를 알고 있는 마르한이었으나, 아쉽게도 제튼은 이 부분에 대해서는 아직 모르고 있었다.

창밖으로 시선을 던져보니, 마당에서 케빈이 몸을 풀고 있는 게 보였다.

그가 없는 한 달 동안에도 매일처럼 열심히 뜀박질을 해 온 것인지, 제법 체력이 붙어 있었고 이를 확인한 제튼은 슬슬 다음 과정으로 넘어가기로 했다.

그것이 지금 케빈이 하고 있는 몸 풀기였다.

'말이 몸 풀기지, 내 전부라고 해도 과언은 아니지.'

이미 황도에서 한 차례 전수를 끝낸 적이 있는 것으로써, 황자 카이든에게 가르쳤던 체술과 같은 맥락에 있는 동공의 연공법이었다.

"재밌겠다."

문득 들려온 음성에 제튼이 시선을 돌려 메리를 바라봤다. 오라비 케빈의 몸놀림을 보며 눈을 반짝이고 있었는데, 그 모습에 가슴 한편이 묵직해졌다.

'그래. 밖에서 맘껏 뛰놀고 싶겠지.'

실수했다는 생각도 들었다. 메리에게 케빈의 훈련 장면을 보여준 까닭에, 아이가 자신의 불편한 몸을 새삼 자각할지도 모르기 때문이었다.

평소라면 여동생에게 아이를 맡긴 뒤 개간 작업을 하러

가서 수련을 하겠으나, 오늘은 여동생들도 일이 있다기에 할 수 없이 제튼이 메리를 보게 됐고, 그로 인해 지금과 같은 상황이 벌어진 것이었다.

하지만 다행스럽게도 메리는 이런 어두운 생각에 빠져들지 않았다. 여전한 밝은 모습으로 케빈을 바라보고 있을 뿐이었다.

"아저씨. 저도 나중에 저 춤 가르쳐 주세요."

"춤……?"

"예. 다리 다 나으면, 꼭 가르쳐 주세요."

그러고 보니 언뜻 보면 케빈의 몸놀림이 춤사위처럼 비치기도 했다. 아직은 어설픈 아이의 몸짓이기에 약간 우스꽝스런 자태가 묻어나오며, 더욱 춤추는 것 같은 분위기를 자아냈다.

'큭!'

한 차례 실소한 제튼이 메리에게 다가가 아이의 머리를 쓰다듬어줬다.

"그래. 아저씨가 나중에 메리에게도 가르쳐 주마."

'적당히 몸보신에 용이한 걸로 전해주면 되겠지.'

특히, 여자아이의 신체에 잘 맞는 것이 좋을 듯싶었다.

'주안술(駐顏術)처럼 미용에 좋은 걸 한번 생각해 볼까.'

그렇게 생각하며 재차 메리의 머리를 쓰다듬어주니, 메

리가 방끗 웃으며 손바닥에 머리를 비벼왔다. 이 같은 아이의 애교에 절로 미소가 그려졌다.

변화는 아카데미에서도 있었다.

금요일이기에 어쩔 수 없이 출근한 제튼은 수업시작과 동시에 미묘한 변화를 잡아낼 수 있었다.

'이것들 보게.'

학생들의 수업 태도가 전과는 달라져 있는 게 아닌가.

복습과 나.

말 그대로 했던 것들을 또 하는 그의 수업이었다. 자연히 학생들의 수업태도는 엉망일 수밖에 없었다. 헌데, 못본 사이에 무슨 일이 있었던 것인지, 제튼의 수업을 듣는 아이들의 자세에서 진지함이 묻어나오고 있었다.

'뭐지?'

문득 한 가지 내용이 떠올랐다.

'아! 루마난 축제.'

기사학부의 우승 소식이었다. 생각해보니, 당시에도 교장이 그에게 뭘 가르쳤냐며 꼬치꼬치 캐물어 오질 않았던가.

'그것 때문인가?'

분명, 우승한 학생이 1학기에 그의 수업을 듣기는 했다. 하지만 그가 가르친 것은 철저히 '복습과 나' 라는 수업과 어울리는 것뿐이었다. 학생들이 그의 수업에서 이상한 점을 찾아내기는 어려울 수밖에 없었다.

'뭐지?'

아리송해 하는 그의 모습과 달리, 홀로 만족스런 표정을 짓고 있는 학생이 있었으니, 그가 바로 쿠너였다.

'이것들이 내 앞에서는 아닌 척 해 하더니. 흐흐!'

열심히 제튼의 위대함을 떠든 보람이 느껴진다고나 할까?

그의 동네 친구들인 미넨과 코쿤을 비롯하여, 같은 수업을 듣는 다른 학생들까지. 그의 앞에서는 말도 안 되네, 헛소리 하지 마라. 등등의 반응을 보이더니, 막상 수업에 들어오니 전과는 다른 태도들을 보이는 게 아닌가.

흡족한 마음에 절로 고개가 끄덕여졌다.

물론, 여전한 태도로 수업을 받는 학생들도 있었다.

멜루닌과 하이반.

애초에 대충 시간 때우기로 제튼의 수업을 듣던 학생들이었다. 그러한 마음가짐은 지금도 변함이 없었고, 때문에 전과 같은 수업태도를 유지하는 것이기도 했다.

물론 아주 변함이 없는 건 아닌지, 아니면 주변 분위기에 조금은 휩쓸린 것인지, 그 눈빛과 휘두르는 목검에 약간의 힘이 더해져 있었다.

'거참, 도통 알 수가 없네.'

제튼만이 여전한 얼굴로 고개를 갸웃거릴 뿐이었다.

제튼은 알지 못하는 쿠너의 만행 덕분이랄까?

그의 수업을 듣는 학생들 외에도 이미 들었던 학생들, 그리고 아직 듣지 못했던 학생들까지, 은연중에 제튼을 바라보던 시점에 많은 변화가 찾아와 있었다.

여전히 그를 무시하는 그룹은 남아있었지만, 다방면으로 전보다는 나아진 눈빛으로 수많은 학생들이 제튼을 바라보는 까닭에, 결국 제튼도 아카데미 내의 전체적인 변화를 인지할 수 있었다.

'교장 선생님일까?'

헛다리를 짚어 버렸고, 덕분에 쿠너는 제튼의 분노를 피할 수 있었다.

'지난 학기에 들인 노력이 전부 물거품이 돼버렸네. 쯧!'

혀를 차며 홀로 불만을 표하는 게 할 수 있는 전부였다. 교장에게 찾아가 따질 수는 없는 까닭이었다.

'귀찮게시리.'

제튼은 여러모로 자신이 처한 상황이 난감해졌다는 걸 깨달았다.

앞서, 아카데미 내의 전체적인 변화라 언급을 하였는데, 이는 말 그대로 학생들만의 변화가 아니라는 의미로써, 교직원들 사이에서의 미묘한 변화도 발생했기에 이리 표현을 한 것이었다.

제국 동검패의 기사.

의식하지 않으려고 해도 이 단어에는 귀가 기울여질 수밖에 없다. 그도 그렇게 아카데미뿐만 아니라, 남작령 전체를 돌아봐도 구경할 수가 없는 존재이기 때문이다.

자작령쯤 돼야 볼 수 있는 이들이 제국검패의 기사였다.

그런 까닭에, 지난 학기에도 기사학부의 교사들이 제튼을 보는 시선은 곱질 않았다. 비록 교직에 몸을 담았다고는 하나, 그들의 본질은 기사였다.

은연중에 드러나는 호승심이 매번 제튼을 압박해오고는 했었다.

그러던 것이, 제튼의 수업 '복습과 나'로 인해 한풀 꺾이고, 별 볼일 없다는 소문으로 완전히 수그러들 수 있었다.

'골 때리네.'

정말 머리가 아팠다.

한 달 만에 돌아왔더니 이게 웬일? 기사학부의 교사들이 그를 바라보는 눈길이 원점으로 돌아가 버린 것이다.

학부 내 교사들이 그를 지나칠 때마다 보내오는 도전적인 시선들을 보라. 미치고 팔딱 뛰고 싶은 심정이었다.

'젠장! 교장! 환장!'

그의 분노가 아카데미의 가장 높은 곳으로 향했으나, 안타깝게도 교장은 무죄였다.

❀

"끄응…… 오늘따라 왜 이렇게 귀가 간지러워?"

연신 귀지를 후비며 눈살을 찌푸리던 아스트 교장이 돌연 눈을 빛내며 손가락을 뽑았다.

"오오오오!"

손가락에 걸린 왕건이가 보였다.

"요놈! 너 때문이었구나."

정말로 그런지는 모르겠으나, 어쨌든 한 결 귀가 개운해진 기분이었다.

"욕을 처먹으니까 그런 거겠지."

순간 들려온 이야기에 다시금 기분이 팍 상해버렸다. 아스트가 시선을 돌려 주름살이 늘어나게 한 존재를 바라봤다.

방랑사제라 불리는 성직자이자, 그의 오랜 친우인 마르한이 비죽거리는 게 보였다.

"썩을……."

아스트 역시 입술을 비죽이며 책상 위로 시선을 내렸다. 가득 쌓인 서류에 더더욱 기분이 내려갔다.

"그나저나, 오늘 그 녀석이 왔다고 하던데. 어째? 얼굴은 봤나?"

마르한의 물음에 서류에서 시선을 떼며 대답했다.

"보긴 봤지. 와서 얼굴만 비치고 가서 문제지만, 쯧!"

"여전히 자네와는 얽히고 싶지 않은가 보군."

"쓸데없는 소리 말고, 왜 온 건데? 또 찻잎 구해달라고 왔나?"

"구해주면 나야 좋지만, 오늘은 다른 걸 물어보려고 온 거네."

"뭔데?"

"그거. 잘 진행되고 있는지 궁금해서 찾아왔지."

"그거……?"

"아카데미 말이다."

잠시 눈살을 찌푸리던 아스트가 이내 뭔지를 알아채고는 주름을 폈다.

"대충 자금도 모였고, 스테일 고놈에게도 허락 맡았으니까. 슬슬 시행할 생각이긴 한데. 갑자기 왜 관심을 가지는데?"

"허허! 나중에 이야기 해 주마. 그보다 스테일 남작에게 허락까지 맡았다면, 시범적으로 세울 곳은 정해졌겠지?"

"뭐, 그렇지."

"어디 어디인데?"

"페루날, 스메딘, 아루낙. 이렇게 세 군데로 우선 보고 있다."

그 말에 마르한의 눈이 번쩍 빛났다. 자신이 원하던 마을의 이름이 담겨있는 까닭이었다.

'따로 부탁할 필요도 없겠군.'

중요한 문제가 알아서 해결 되었으니, 더 이상 고민할 이유도 없었다. 고개를 끄덕인 그가 한결 편안해진 얼굴로 물었다.

"그거…… 미니, 아카데미? 그 사업……."

"소학원이다."

"소학원?"

"그래. 그렇게 부르기로 했다."

"어쨌든. 그 소학원 말이다. 정말로 그런 걸 세워야 할 만큼 아카데미 학생들이 엉망이냐?"마르한이 가장 궁금해 하던 부분이었다. 이에 아스트가 고개를 절레절레 흔들며 말했다.

"엉망이지. 아주 엉망이야. 기본적인 기초교육부터 가르친다고는 해도, 글자부터 가르쳐야 하는데, 이게 쉬운 일이 아니라 이거야. 특히 15살 정도 되면, 이놈들이 머리가 좀 단단해져서, 쉽게 알아 처먹지를 못해."

이렇게 되면 자연히 교사들만 골머리를 앓게 되는 것이다.

"소학원을 세워서, 이런 최소한의 기초교육만 마치게 해도, 1, 2학년에 낙제하는 놈들 수가 크게 줄어들 거다."

아카데미에 들어와서 실제로 가장 빠듯한 교육 일정이 배치된 것이 바로 1, 2학년 시기였다.

기초적인 읽고 쓰는 법부터 시작을 하는 한편, 배우고자 하는 학문의 기본적인 지식까지 함께 쌓다보니, 여러모로 수업 진도가 느려질 수밖에 없는 까닭이었다.

그리고 이렇게 진도가 느려지면 결국 낙제점을 받아 학년을 다시 다녀야 하고, 그리되면 학비로 인해 집안에 부담까지 끼치게 되는 것이다.

그렇지 않아도 고학년이 되면 공부의 수준이 높아져서 낙제 확률이 급격히 높아지는데, 저학년 때부터 이리 고생을 하면, 자금적인 부담은 배의 배가 될 수밖에 없었다.

"그…… 소학원이라는 곳에서, 기초는 확실히 가르치는 것 맞지?"

마르한의 물음에 아스트가 고개를 끄덕이며 말했다.

"당연하지. 전과는 다르다고. 이제는 제법 사람도 늘었으니까."

졸업한 뒤 마땅한 자리를 잡지 못한 잉여인력을 부리면 될 일이었다.

"그런데 제국에 알려지면 귀족들의 반발이 크지 않겠는가?"

애초에 평민들을 위한 아카데미의 설립도 탐탁찮게 생각하던 귀족들이었다. 그런 그들의 귀에 또 다시 평민들의 교육시설이 언급된다?

"말이 많겠지."

누구나 예상 가능한 상황이었다.

"하지만 상관없어."

흔히 촌동네라고 불리는 구석진 영지의 장점이 무엇이던가.

"사건의 중심은 항상 황도 주변이야. 이곳처럼 구석진 곳의 이야기가 당장 화제가 되지는 않을 거다."

특히, 지금처럼 수도가 시끄러운 상황에서는 더욱 그러했다.

"네 덕분에 결단을 내릴 수 있었지."

성국에서는 눈엣가시처럼 여기는 마르한이었다. 그런 만큼 그를 제거하려는 움직임들도 제법 있었다. 헌데도 불구하고 여전히 그가 살아있을 수 있는 이유가 무엇인가.

성국 내에서 자체적으로 그를 따르는 무리들의 정보력 덕분이었다.

그리고 이런 이들은 간혹 성국 외적인 정보들도 보내주고는 했는데, 그 안에 제국 수도의 소란이 일부 담겨있었다.

"너무 믿지는 말게나. 내 어설픈 명성만큼, 정보도 많이 어설프니까."

그런 이유로 수도의 자세한 사정까지는 알지 못했다. 하지만 귀족파의 움직임이 심상찮았다는 것과 황실의 분위기가 한동안 어수선했다는 것, 이 정도는 충분히 파악할 수 있었다.

정확한 정보가 아니라고는 하나, 그 정도만 해도 충분했다.

"그거면 충분해. 그 정도라면, 분명 황제파와 귀족파간에 뭔가 사건이 있었다는 거겠지."

이 틈을 타서 슬쩍 일을 진행하면 되는 것이다.

"애초에 평민들을 위한 사업이라고는 하나, 일반 아카데미의 설립이 돈벌이에 부족했다면 귀족들도 말이 길어졌을 거야. 그런데도 결국 아카데미 사업은 벌어졌지. 이유는 간단해. '돈'이 되기 때문이야."

물론 전쟁영웅이 보여준 철권의 위력이 크기는 했다.

"평민들의 숫자는 절대적이야. 결국 아카데미는 돈이 될 수밖에 없는 구조였지."

귀족들은 자신들의 주머니가 두둑해지자 한결 너그러운 마음으로 물러설 수 있었다. 발을 뺏던 귀족들도 뒤늦게 참여를 결심하며 주머니를 푼 이유도 이런 까닭이었다.

"소학원 역시 이런 체계를 갖춰내면 되네."

아스트의 예상대로라면 소학원 역시 상당량의 자금원이

될 것이었다. 정식 아카데미가 아닌 만큼 그 학비를 더욱 줄일 터이나, 그렇다고 해서 결코 돈이 안 될 것이라고 여기지는 않았다.

제대로만 이뤄진다면 기존 아카데미와 더불어 부가적인 수입원으로서 자리매김을 할 것이고, 결국에는 귀족들 역시 소학원 사업에 동참하게 될 게 분명했다.

평민 아카데미에서 한 발 물러났던 그들이다.

"이미 이 부분에서 하나의 큰 흐름이 완성된 것이나 다름없지."

소학원은 이미 생겨난 흐름에 작은 물결을 밀어 넣는 정도였다.

"결국 귀족들도 이득이 되는 쪽으로 움직일 수밖에 없을 거야."

확신이 담긴 아스트 교장의 이야기에 고개를 끄덕이던 마르한이 문득 생각난 듯, 질문을 던졌다.

"그럼, 지금이 적기라는 소리인데, 언제 시작할거야?"

"언제? 이미 시작했어. 말 했잖아. 네 덕분에 결단을 내릴 수 있었다고."

그 말에 마르한이 깜짝 놀란 듯 아스트를 바라봤다.

"아직 준비가 부족하다고 들었는데. 아니었나?"

"조금 부족한 정도는 괜찮아. 시행착오라고 생각하면서 시작한 뒤에 적당히 채워나가면 되는 거니까."

중요한 건 시기였다.

"지금이 가장 적당해!"

수도가 잠잠해지기 전에 판을 벌려놓는 게 중요했다.

오랜만에 돌아온 고향이라서 그럴까?

귀환 당시에도 그랬듯, 제튼은 습관적으로 파소 할머니의 스프맛이 그리워졌다. 하지만 안타깝게도 파소 할머니의 정통 스프맛을 보기는 불가능했다.

'이미 문을 닫아버렸으니.'

그렇다고 해서 그 맛이 사라진 건 아니었다.

하르만.

저 앞에 보이는 식당의 주방으로 파소 할머니의 요리솜씨가 이어진 것이다. 수업을 마친 제튼은 조금 이른 시간이지만, 저녁도 해결할 겸 해서 식당으로 들어갔다.

사실, 평소에도 금요일 저녁만큼은 이곳에서 외식을 했다. 하지만 오랜만에 왔다는 생각에 색다른 기분이 드는건 어쩔 수가 없었다. 제튼은 그렇게 설레는 기분을 안고식당에 발을 들였다.

"어서오세…… 어? 선생님 오셨어요."

언제고 식당 하르만을 손에 넣겠다는 야망을 당당히 비

치고 있는 식당주의 아들 월트가 힘차게 인사를 건네 왔다.

"잘 있었냐?"

"예. 그보다 선생님이 휴가를 가셨다는 소식은 들었는데, 그렇다고 어떻게 한 달 씩이나 안 오실 수 있어요?"

"휴가가 한 달이었다."

"와~! 교사라는 직업이 그렇게 널널한 거였어요?"

"아니. 빡시게 일한 보답으로 휴가도 억소리 나게 받아낸 거지."

"헤에에. 어쨌든 잘 오셨어요."

"그래. 그래."

제튼이 1층의 구석자리로 걸어가려는데, 문득 월트가 그 발걸음을 잡았다.

"선생님."

"어? 왜?"

"2층에 그 분 오셨어요."

"그 분?"

"예. 있잖아요. 지난번에 함께 오셨던 예쁜 아주머니요."

"아줌마……?"

"예. 누나라고 부르고 싶은 예쁜 아줌마요."

누군가 싶어 고개를 갸웃거리던 제튼이 이내 손가락을

튕겼다.

"아! 셀린 누나. 누나가 왔어? 여기에?"

"지금 2층에 계세요. 방금 막 오셔서, 아직 음식도 안 나왔는데. 합석하시는 게 어때요?"

주변을 돌아보니 식사시간대가 아니라 그런지, 이곳 1층에도 자리에 여유는 있었다. 하지만 이내 월터의 말을 따르기로 한 듯 2층으로 걸음을 옮겨갔다.

몰랐다면 모를까. 이미 들어버린 이상 인사정도는 하는 게 예의라 여긴 것이다.

'어라?'

2층으로 올라가며 감각을 살펴보니, 셀린의 주변으로 기척이 여러 개 잡히는 게 아닌가. 잠시 의아해하는 사이 어느새 계단이 끝났고, 이내 2층의 풍경이 눈에 들어왔다.

'얼씨구.'

예상했던 대로 셀린은 홀로 있지 않았다. 오랜만에 아이와 나들이라도 나온 것인지, 그녀의 곁으로 딸아이 제니가 함께하고 있는 게 보였다.

하지만 인원은 이것으로 끝이 아니었다.

'저놈들은 뭐야?'

언뜻 20대 후반이나 되었을까? 제법 건장한 체격의 청년들 세 명이 셀린의 자리에 빙 둘러 앉은 채, 싱글거리는 얼굴로 그녀를 주시하고 있는 게 아닌가.

웃는 얼굴로 좌석을 지키는 그들이었으나, 함께하는 셀린모녀의 표정은 매우 어두워보였다.

'요놈 참.'

뒤를 돌아보니 월터가 어색하게 웃고 있었는데, 아무래도 이런 상황을 고려해서 그를 보낸 모양이었다.

'그래도 선생님은 기사잖아요. 그것도 제국 동검패의! 선생님 파이팅!'

대충 이런 눈빛을 보내오고 있었다. 쓰게 웃은 제튼이 고개를 절레절레 저으며 셀린이 있는 창가자리로 걸어갔다.

거리가 가까워지니 한층 선명하게 그들의 대화가 귀에 들어왔다.

"누님. 저희 형님께서 잠깐, 그냥, 아주 잠깐 차나 한 잔 마시자는 건데. 너무 그러시면 형님뿐만 아니라 저희도 상처받아요."

빙글거리는 미소와 더불어 얼핏 정중해 보이는 말투였다. 하지만 안타깝게도 한 가지가 이 모든 상황을 반전시켰다.

'고놈들 얼굴 한 번 가관이네.'

제튼 스스로도 남에게 얼굴 지적을 할 형편은 아니라고 여겼으나, 저들 세 청년의 얼굴은 지적질을 좀 해 줘야 할 것 같았다.

사내다운 것을 넘어 흉악할 정도로 험악한 얼굴 위로, 곳곳에 새겨진 사나운 상처들을 보라. 누가 봐도 견적이 드러나는 게, 거리에서 마주치면 피하고 싶은 얼굴들이었다.

아마 이런 기준치 이상의 인상 때문에 제니의 표정도 어두운 것 같았다.

그나마 가장 선해 보이는 녀석이 이야기를 주도하고 있었는데, 안타깝게도 그 역시 기준미달로써, 그리 선한 인상은 아니었다.

"야야. 그런데 정말 이 아주머니 나이가 그렇게 많냐? 안 믿기는데."

"그러게. 우리 또래라고 해도 믿겠다."

다른 두 녀석이 작게 속삭이는 소리가 들렸다. 이는 제튼의 감각이 초인적으로 좋아서 들린 게 아니다. 그들이 속삭이듯 행동하면서 오히려 음성을 높이는 까닭에 귀에 담긴 것이었다.

'거참. 대단한 놈들일세.'

아카데미 거리.

바로 이곳 하르만 식당이 세워진 위치였다. 이는 남작령 자체적인 보호 외에도 아카데미의 비호도 받는다는 의미이기도 했다. 그런 장소에서 저런 행패를 부린다?

지금까지는 없던 행위였다.

'간담이 큰 건가?'

그게 아니라면 요 한 달 사이, 새로운 세력이 남작령의 뒷골목을 휘어잡았다는 소리였다. 기존 세력은 이곳 아카데미 거리에서 날을 세우려 하지 않기 때문이다.

이 부분에 대한 정보는 아카데미 교직에 서 있다 보니 자연스레 알게 된 정보였다.

아카데미 거리의 치안유지도 결국에는 무력적인 부분이 개입될 수밖에 없는데, 이러한 부분에서 아카데미 무력의 대표라 할 수 있는 기사학부의 교사들이 한 팔씩 거들었다.

제튼 스스로야 한 게 없다지만, 이래저래 오다가며 듣게 된 이야기들이 있는 것이다.

고개를 갸웃거리는 사이에도 거리는 가까워졌고, 결국 그의 접근을 사내들도 알아 챌 수밖에 없었다.

"아빠!"

그 순간 터져 나온 뜬금없는 외침에 제튼의 발걸음이 우뚝 멈춰버렸다. 이건 또 뭔가 싶어서 바라보는데, 제니가 울먹거리는 얼굴로 그를 바라보고 있는 게 아닌가.

사내들로 인해 잔뜩 긴장했던 제니였으나, 모친 때문에 울지도 못한 채 꿋꿋이 자리를 지키고 있어야만 했다.

'아빠만 있었으면…… 아빠만 있었으면, 이런 못 된 아저씨들이 엄마를 괴롭히지도 못 할 텐데.'

이런 생각을 하고 있던 찰나에 제튼이 등장한 것이다. 그 순간 저도 모르게 튀어나와버린 외침이 '아저씨'가 아닌 '아빠'였다.

하지만 제니는 의식하지 못한 듯, 연신 아빠를 연발하며 제튼에게 달려들고 있었다.

"우…… 웃차! 그래. 그래."

조금은 당혹스런 얼굴로 아이를 받아든 제튼이었으나, 이내 입가에 미소를 그리며 자연스런 태도로 셀린의 옆자리에 앉았다.

"미안. 내가 좀 늦었네?"

이왕 이렇게 된 것, 제니의 아빠 연기를 해 보자는 생각에 셀린에게도 말을 놓고 있었다. 이런 제튼의 의도를 알아 챈 듯, 잠시 눈을 동그랗게 뜨던 셀린도 즉각 태도를 고쳐먹으며 말을 받았다.

"아니에요. 아카데미 일이 쉬운 건 아니잖아요. 오랜만에 하는 외식인데 조금 정도 기다리는 건 문제없어요."

좀 더 자연스러운 연출을 위해서인지, 셀린은 제튼과 반대로 말을 높이고 있었다. 게다가 혹시나 싶은 마음에 의도적으로 '아카데미'를 언급했다. 이로써 눈앞의 청년들은 제튼을 쉬이 볼 수 없을 터였다.

과연 예상했던 대로 청년들의 기세가 한풀 꺾인 듯, 표정이 살짝 굳어가고 있었다. 이를 곁눈질로 확인한 제튼이 짐짓 모른 채 하며 그들을 향해 물었다.

"헌데, 그쪽 분들께서는…… 혹시 제 안사람에게 무슨 볼 일들이 있으십니까?"

청년들 중 가장 인상이 좋아 보이던 사내의 눈이 빠르게 제튼을 훑어갔다.

'겁이 없다!'

그렇다고 해서 마법사 특유의 복장이라거나 분위기도 비치지 않는다.

'일반학부인가.'

빠르게 계산을 마친 청년이 슬쩍 미소를 지으며 자리에서 일어났다.

"이것 참. 저희 형님께서 여기 이쪽 누님께 조금 관심이 있으셔서요."

그러면서 어깨를 쭈욱 피며 살벌한 안광을 번뜩였다. 기세를 제압하기 위함이었다. 헌데, 막상 자세를 잡고 보니 뭔가가 이상했다.

'이놈, 이거……'

컸다. 아이 아빠라고 등장한 사내의 신장이 예상 이상으로 거구였다. 인상 좋은 청년 '라벤'은 자신의 덩치가 어디 가서 꿀린다고 생각해 본 적이 없었다.

180세르(Cm)를 충분히 넘기는데다가 덩치도 제법 있었기 때문에, 그 몸집만으로도 뒷골목에서 제법 먹고 들어가는 그였다.

때문에 조금, 약간은 선한 인상과 달리 그가 어깨를 펴서 상대를 노려보면, 그것만으로도 기선을 잡는 게 충분하고는 했다.

제튼에게도 이게 먹힐 거라고 여겼다. 하지만 이게 웬일? 앉아있을 때나 서 있을 때나, 변함없이 제튼을 올려다보는 현실이라니. 당혹스럽다고 할까?

게다가 막상 거리를 좁혀 마주하고 나니, 앉아서 볼 때 못 봤던 것들이 눈에 들어왔다.

'일반학부?'

자신이 잘 못 생각했다는 걸 깨달았다. 비록 뒷골목을 전전했다고 하나, 어린 시절부터 굴러먹은 경험치가 제법 있었다. 그러한 본능이 제튼의 미세한 근육들을 잡아냈다.

호리호리한 것 같으면서도 딱 벌어진 어깨. 의외로 두터운 목선. 거기에 언뜻 옷 위로 비치는 근육라인의 탄성.

'기사학부!'

팍! 하니 감이 왔다. 한 발 물러서야겠다고 여기는 순간, 그와 함께 왔던 동생들이 나섰다.

"에~이. 이 아저씨가 헛소리를 찍찍 하시네."

"그러게. 여기 누님께서 홀몸이라는 거, 이미 조사 끝난 지가 언젠데."

바로 이 부분. 셀린에 대해 어느 정도 알고 있다는 것.

그 때문에 라벤이 남편의 등장에도 물러나지 않았던 것이다. 거짓이라는 걸 알기 때문이다.

그리고 이런 라벤의 행동에 두 동생들도 굳혔던 안색을 피며, 이처럼 자극적인 모습을 보이는 거였다.

하지만 상황이 바뀌어버렸다. 제튼이 기사학부의 사람일거란 의심이 든 이상, 자리를 피하는 게 좋았다.

헌데, 이런 의도가 전달되기 전에 동생들이 멋대로 나선 것이다.

'골 때리게 됐군.'

상황이 한층 복잡해져버렸다.

두 청년의 이야기에 제튼의 두 눈 가득 불이 들어왔다.

'조사를 끝냈다고?'

말인 즉, 의도적인 접근이라는 의미였다.

'누굴까?'

의문이 드는 동시에, 새삼 셀린의 미모가 아직 살아있음을 알 수 있었다.

소문으로야 듣기는 했으나, 이처럼 눈앞에서 그녀에게 치근덕대는 이들을 직접 보니, 듣던 것과는 또 다른 느낌이었다.

"조사를 끝냈다라…… 아무래도 자료가 좀 부족한 것 같군. 셀린 누이는 나와 함께하기로 약조를 한 사이라네.

그러니 더 이상 얼굴 붉히지 말고 물러나 줬으면 하는데, 어떤가?"

그러면서 라벤을 바라봤다. 찰나 간에 일어났던 그의 표정변화를 놓치지 않은 덕분에, 그가 물러서려 했다는 걸 잡아낸 것이다.

이에 잠시 제튼과 눈싸움을 하듯 바라보던 라벤이 두 청년을 향해 손짓하며 말했다.

"아무래도 이 자리는 여기서 마쳐야 할 것 같군요."

갑작스런 이야기에 라벤의 뒤편에 있던 두 청년의 미간에 주름이 잡히는 게 보였다.

"형님. 그게 무슨……."

"그만!"

그들이 무어라 말을 끝내기도 전에 라벤이 손을 들어 제지했다.

"우선은 물러간다."

그러면서 제튼을 향해 재차 말을 건넸다.

"부디 말씀에 거짓이 없으셔야 할 겁니다."

셀린과 미래를 약속했다는 부분을 언급하는 거였다.

'경고까지?'

제튼의 눈에 재차 불빛이 피었다. 아카데미의 교직원에게 저 같은 언사를 할 수 있다는 건, 확실히 이곳 남작령의 뒷골목에 변화가 있다는 의미이기 때문이었다.

'어떤 녀석들이려나.'

새삼 궁금해졌다. 그가 뒷골목의 사정에 밝은 건 아니지만, 그래도 교직원들을 통해서 조금이나마 전해들은 정보는 있었다.

'통합된 세력이 아니라, 여러 자잘한 세력들이 눈치싸움을 하고 있다고 했던가.'

남작령의 치안이 좋은 까닭일까? 아니면 아직 힘깨나 쓰는 이들이 없는 탓일까? 지금까지는 이렇다 할 굵직한 세력은 없는 게 이곳 뒷골목의 사정이었다.

그나마 덩치가 좀 있는 세력이 서너 개 있었지만, 그들의 규모도 그렇게 대단한 건 아니었다.

상황이 이렇다 보니, 오히려 이곳에 뿌리를 내린 삼류의 정보길드가 뒷골목에서 가장 큰 세력을 자랑하고 있을 정도였다.

그런 와중에 저처럼 과감하게 나서는 이들이 있다는 건, 커다란 변화를 의미했다. 그렇게 상념에 빠져있는 그에게 부드러운 음성이 들려왔다.

"고마워."

청년들이 사라지자 한결 얼굴이 편해진 셀린이 말을 건네 오고 있었다. 제튼이 어깨를 으쓱이며 답했다.

"별 말씀을. 이래 보여도 저 기사에요."

"그렇지. 제국 검패의 기사라고 한동안 유명했으니까."

물론 이제는 그 약발이 다 떨어져 버렸으나, 그래도 한 때나마 남작령을 들썩이게 했던 건 사실이었다.

"그보다……."

제튼이 난감하다는 얼굴로 자신의 품을 바라봤다. 제니가 그를 꼬옥 안은 모양새 그대로 잠이 들어버린 것이다.

깜짝 놀란 제니를 안심시키려고 살짝 기운을 불어넣어준 결과였다.

"내가 안을게."

그렇게 말하는 셀린의 얼굴 위로 옅은 홍조가 비쳤다. 조금 전 상황을 떠올린 까닭이었다.

아빠라고 외치던 제니의 모습과 마치 남편처럼 대하던 자신의 행동.

'내가 미쳤지!'

괜히 입안이 마르는 기분이었다.

"아니에요. 제가 안고 있을게요."

그러면서 슬쩍 셀린의 앞자리에 엉덩이를 걸친다.

"앉아도 되죠?"

한 박자 늦은 질문이었으나 셀린은 흔쾌히 고개를 끄덕였다.

"아직 음식이 나오기 전인 것 같은데, 기왕이면 저도 같이 먹어도 될까요? 그게 덜 심심할 것 같은데. 괜찮죠?"

이번에도 셀린의 허락이 떨어졌고, 제튼은 저 한편에서

구경 중이던 월트를 불러 간단하게 음식을 시켰다.

"그런데 이곳에는 웬일이세요?"

주문을 마친 제튼이 셀린을 향해 질문을 던져왔다. 이에 셀린이 살짝 얼굴을 붉히며 답했다.

"오랜만에 제니와 나들이 좀 나왔어. 마침 이곳에서 살 물품도 있고 해서."

그런데 얼굴은 왜 붉히는 것일까?

이유는 간단했다. 이야기한 내용 외에도 다른 이유가 있는 까닭이었다.

〈언니. 우리 오빠는 금요일에는 저녁은 아카데미에서 먹고 오는데…….〉

이렇게 시작한 펠다의 이야기에 일부러 이 시간에 아카데미 거리 방향으로 나온 것이다. 요 한 달 동안 못 봤기 때문일까? 제튼의 복귀 소식에 그녀도 모르게 발이 움직여 버렸다.

펠다가 등을 떠밀었다는 것과 제니가 놀러 가자고 떼를 쓴 것, 이러한 내용들은 사실 변명거리 정도밖에 되질 않았다.

'내가 왜 이러는 건지.'

고개를 절레절레 흔들면서도 시선만큼은 제튼을 쫓아가고 있었다.

제튼은 잠이 든 제니의 등을 다독이는 중이었는데, 그

모습이 자꾸만 셸린의 가슴을 두근거리게 했다.

오랜만에 찾아 온 감정이었으나, 그녀는 어느 정도 이 감정의 정체를 알고 있었다. 전 남편 때문에 한동안 식어 버렸던 뜨거운 열정이 다시 피어난 것이다.

'후… 내가 미쳤지.'

새삼 자신의 나이가 신경 쓰인다고나 할까? 남들은 아 니라고 하나 그래도 현실을 부정하기는 어려웠다.

'마흔이나 먹고 이 무슨…….'

민망함에 자꾸 얼굴이 붉어지는 건 어쩔 수가 없었다. 이런 셸린의 마음을 아는지 모르는지 제튼은 품 안의 제니 에게만 시선을 집중하고 있었다.

'아빠라…….'

가슴을 울리는 단어였다. 황궁에 두고 온 카이든이 떠올 랐다. 그를 향해 '아빠, 아빠' 거리며 밝게 미소 짓던 얼굴 이 머릿속에 그려졌다.

언제고 제니가 했던 질문이 속삭이듯 귓가를 스쳐갔다.

〈그럼. 그 병이 나으면 제니 아빠 해 줄 수 있어?〉

마음의 병 때문에 제니와 함께할 수 없다던 이야기에, 제니가 했던 물음이었다.

'이제는 나았나?'

이번 수도행에서 카이든과의 만남을 통해 어느 정도 치 유가 되기는 했다. 물론 아직 완치까지 생각할 정도는 아니었으나, 이 정도는 시간이 흐르면 해결될 부분이라고 여겼다.

그렇다면 이제 제니를 받아들일 수 있을까?

이게 또 쉽지가 않았다.

'몰랐다면 모를까.'

카이든을 마음에 품어버렸다. 이 상태에서 다른 아이를 받아들인다?

'끄응······.'

왠지 머리가 아파지는 기분이었다. 문득 천마의 웃음소리가 아련히 들려왔다.

〈큭크크. 크하하하하하―! 크헤헤헥······케케켁······쿨럭!〉

가끔 과하게 폭소를 터트리다 사레를 들리던 부분까지 완벽하게 이어졌다.

카이든을 잉태시킴으로써 제튼이 제국에서 발을 빼지 못하도록 만들었고, 이로 인해서 한층 미래가 복잡해진 제튼이었다. 이러한 그의 의도를 일부 알고 있으면서도 그는 카이든을 놓지 못했다.

'아빠니까.'

자식을 어찌 버릴 수 있겠는가. 그렇다면 카이든의 존재로 인해 그의 모든 미래가 얽매여야 할까?

'천마가 바란 건 그것일까?'

이 부분에 대해서는 확답을 내리기는 어렵다. 하지만 한

가지 분명한 건, 카이든을 인정한다고 하여 천마가 해 온 모든 것들을 받아들일 생각은 없다는 것이다.

그 속에는 제국도 있고, 그를 따르던 수하들도 있으며, 거기에 더해 천마의 수많은 여인들 역시 존재했다.

'확실히! 그 망할 놈 때문에, 이대로 평생 노총각으로 살다 죽기에는 좀 그렇지.'

뭐, 그렇다고 결혼에 대한 강박관념이 있는 것 역시 아니다. 단지 하면 좋고, 아니면 말고. 대충 이 정도의 생각이랄까?

품 안의 제니를 한참 내려다보던 제튼의 시선이 셀린에게로 향했다. 은은한 붉은기가 얼굴위로 감돌며 한층 매력적인 모습을 자아내는 게 보였다.

'셀린 누나.'

모른 척 하려 했으나 너무도 선명하게 드러나는 감정의 잔재가 이를 외면하기 어렵게 만들었다. 그녀에게서 전달되어 오는 이 따뜻한 울림을 보라.

'누나와 함께라…….'

어릴 적 첫사랑이었다.

그 때문일까? 과거, 한참 동네를 뛰놀던 소년시절을 거쳐·조금 머리가 굵어지던 무렵, 잠시나마 그녀와의 미래를 상상했던 기억이 있었다.

그 추억의 연장이랄까?

제튼의 머릿속으로 셀린과 제니 그리고 자신이 함께하는 시간이 언뜻 그려졌다.

"음식 나왔습니다~!"

하지만 뒤이어 이어진 월트의 외침으로 인해, 그의 상상은 오래 이어질 수 없었다.

쓰게 미소 짓던 제튼이 품 안의 흔들림에 고개를 아래로 내렸다. 월터의 힘찬 외침에 깬 것인지, 제니가 꿈지럭 거리며 눈을 뜨고 있었다.

"우웅…… 아빠."

아직 잠이 덜 깬 듯, 제튼을 바라보며 아련한 한마디를 던져왔다.

어색하니 웃은 제튼이 재차 아이의 등을 쓸어내렸다. 그러다 우연찮게 셀린과 눈을 마주쳤는데, 그녀 역시 아이의 중얼거림을 들은 듯, 어색한 미소를 지어보이고 있었다.

똑 닮은 둘의 미소 때문일까?

"풋!"

한층 가벼운 웃음이 서로의 얼굴 위로 떠올랐다.

◈

밤의 지배자.

스스로를 그리 칭하며 스테일 남작령의 밤거리를 통일

한 강자.

팔탄!

압도적인 힘으로 무수히 많은 조직들을 거꾸러뜨린 뒤, 뒷골목에 새로운 규칙을 세운 존재가 바로 그였다.

말인 즉, 그의 말이 법이며 질서라는 것이다.

'의뢰 때문에 한 일이지만, 촌구석에서 왕처럼 군림하는 것도 나쁘지는 않네. 큭!'

나직이 실소하는 우락부락한 덩치의 사내, 팔탄은 여러 모로 이곳이 맘에 들었다.

'게다가 제국에서도 보기 드문 미녀도 있고.'

비록 나이가 많다는 게 좀 걸리기는 했으나, 그 정도는 무시하고도 남을 정도로 훌륭한 미모였다.

'오히려 나이가 적당히 있는 게 남다른 맛이 있지. 흐흐 흐흐!'

조사해보니 남편도 없는 게, 뒤끝도 없을 것 같았다.

'언제나 오려나.'

입맛을 다신 그가 시선을 문 쪽으로 던졌다. 수하들이 찍어놓은 여인을 초청하러 간 까닭이었다.

'아루낙 마을이었나?'

그곳으로 직접 찾아가기는 귀찮던 찰나였는데, 마침 여인이 그가 지배하는 이곳 영지로 들어온 게 아닌가. 이때다 싶어서 바로 수하들을 보낸 상태였다.

분위기를 잡기 위해서 제법 가격이 나간다는 찻집에 자리까지 잡아놓은 채, 몸소 기다리는 중이었다.

끼이이익…….

'오오! 드디어.'

특실의 문이 열리며 수하 라벤이 들어오는 게 보였다. 입가에 미소를 그리며 라벤의 뒤편으로 시선을 보내는데, 이게 웬일?

"왜 혼자야?"

기다리던 여인이 안 보였다. 라벤이 주저하는 듯싶더니 이내 입을 열었다.

"애들은 밑에서 기다리고 있습니다."

"밑? 애들만?"

"예…….."

팔탄의 눈꼬리가 슬며시 올라갔다.

"그녀는?"

"죄송합니다."

콰앙!

억센 주먹질이 탁상을 내리쳤다. 깜짝 놀란 라벤이 그 자리에 무릎을 꿇으며 머리를 깊이 묻었다.

"데…… 데리고 오려 했는데, 갑자기 남편이라는 사람이 나타났습니다."

"남편?"

"예."

"바르센 남작령의 전남편? 그럴 리가? 듣기로는 사이가
안 좋다고 했잖아. 따로 살림까지 차렸다던 그놈이 갑자기
왜?"

"저기……."

라벤이 조심스레 잘못 된 부분을 수정하며, 하르만 식당
에서의 일을 세세히 설명했다.

"이런 썅!"

이야기를 마치기가 무섭게, 팔탄이 성난 얼굴로 자리에
서 일어났다.

"어디야?"

"무슨 말씀이신지?"

"그 년 놈들 어디에 있냐고?"

팔탄의 두 눈 가득 매서운 열기가 피어나기 시작했다.

◈

오랜만에 먹는 하르만 식당의 음식이었으나 여전히 그
맛은 일품이었다.

'제국 수도에서도 보기 드문 맛이지.'

식당 입구를 나서는 제튼의 얼굴에는 흡족한 미소가 한
가득 들려있었다.

"내 것까지 살 필요는 없었는데. 미안하게."

등 뒤에서 들려오는 셀린의 음성에 제튼이 고개를 저으
며 대답했다.

"에~이. 미안하다니요. 이럴 땐 고맙다고 해야죠. 그리
고 한 끼 식사비 정도로 그럴 필요 없어요. 말씀드렸듯이
제가 아카데미 교사 아닙니까. 이게 수입이 제법 짭짤해서
이 정도는 얼마든지 사 드릴 수 있다니까요."

제튼의 너스레에 셀린이 결국 웃음을 터트렸다.

"나는 그럼, 고마워!"

그 때에 제니가 크게 목소리를 높이며 외쳤다. 이에 제
튼이 빙긋 웃으며 아이의 머리를 쓰다듬었다.

"그런데, 아빠는 어딜 다녀온 거야?"

제니의 이야기에 제튼이 쓰게 웃었다. 셀린 역시 난감하
다는 얼굴로 딸아이를 바라봤다.

식당에서 있었던 일 이후, 이상하게 제니는 아저씨라는
말 대신 아빠라고 제튼을 불렀다. 이에 제튼을 비롯해서
셀린까지 적잖게 당황했으나, 아이는 마치 고집을 부리듯
아빠라는 말을 입에서 떼려 하지 않았다.

셀린이 혼을 내도 이상하게 제니는 아빠를 고집했고, 그
런 아이의 모습에 제튼이 오히려 셀린을 말려야만 했다.

이에 셀린도 할 수 없다는 듯, 한 발 물러설 수밖에 없었
다.

"잠깐, 좀 멀리 다녀올 곳이 있었어."

"아빠가 없어서 엄마가 엄청 심심해했단 말이야."

"그…… 그래."

아이의 이야기에 제튼과 셀린이 어색한 얼굴로 서로를 바라봤다.

"할머니가 또 가출한 거 아니냐고 하던데, 그 때마다 엄마 얼굴이 막 이상해졌어."

나오는 이야기 하나하나가 참 당황스럽기만 했다.

"그런데 가출이 뭐야?"

뜬금없는 아이의 물음에 제튼의 눈가에 잔경련이 일었다.

"이거 참. 아주 보기 좋네. 좋아."

그 순간 새로운 음성이 그들 사이로 파고들며 시선을 잡아끌었다. 뭔가 하고 바라보니, 저 한편으로 식사 전 셀린을 괴롭히던 청년들이 보였다. 그들이 일단의 무리와 함께 거리 반대편에서 다가오고 있는 게 아닌가.

갑작스런 불청객의 출현이었건만, 제튼의 표정은 오히려 활짝 펴지고 있었다.

'다행이다!'

제니보다는 저들을 상대하는 것이 편한 까닭이었다.

'휴우…… 음? 어라?'

안도의 한숨을 내쉬던 제튼의 얼굴위로 문득 한 줄기 의문의 그림자가 내려앉았다.

'저놈인가.'

그의 시선이 청년들과 함께하는 무리 중, 가장 전방에 서 있는 사내에게로 꽂혔다.

'마(魔)…… 공(功)? 이건 또 뭐야?'

새로운 문젯거리의 등장이었다.

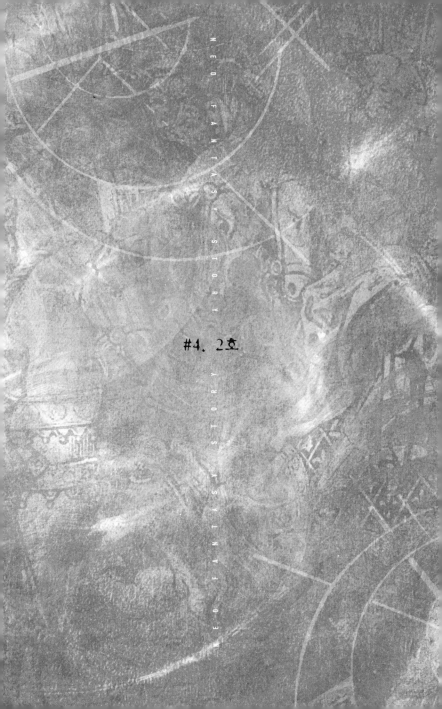

#4. 2호

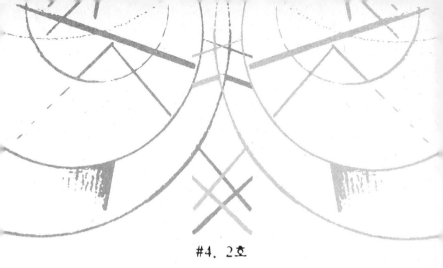

#4. 2호

익숙하면서도 뭔가 조금은 낯선 느낌이 드는 감각.

'천마신교!'

제른은 마공이 느껴지는 사내에게서 천마의 잔재를 엿볼 수 있었다. 동시에 그의 머리가 빠른 속도로 과거를 헤집기 시작했다.

'없다!'

기억 속 어디에도 눈앞의 사내와 만났던 기억은 존재하지 않았다. 그렇다면 다른 방법으로 사내에 대한 조사를 할 수밖에 없었다.

'뭘까나?'

분명 기억에 있는 마공이었다. 약간의 어색한 느낌으로

봐서는 기존의 것을 조금 변형한 것 같았다. 그 약간의 차이 때문에 조금 시간이 지체되는 것 같았으나, 실제로는 1~2초 정도의 미묘한 차이일 뿐이었다.

'염왕십팔도(閻王十八刀)!'

도법이면서 동시에 동공의 연공법인 마공이었다. 생각과 동시에 제튼의 두 눈이 크게 뜨여졌다.

'그놈과 관련이 있는 건가.'

머리가 한층 복잡해지는 기분이었다.

'어째서?'

이런 촌동네에 그가 관심을 가진단 말인가.

'이곳과는 정 반대편에서 활동하는 놈이 왜?'

여기가 대륙의 동쪽 끝자락이라면, 제튼이 생각하는 '그놈'은 대륙의 서쪽 방면에서 무리를 이끌고 있었다.

두통이 몰려오는 것 같았다.

'그나저나…… 제법이라고 해야 하려나.'

염왕십팔도를 변형해서 새로운 하위 심법을 만들어 낸 모양이었는데, 눈앞의 사내가 품은 기운으로 봤을 때, 그 완성도가 제법 괜찮았다.

'저런 걸 만들어낼 정도로 머리가 비상하지는 않았는데.'

무인의 재능은 뛰어난 존재였다. 하지만 안타깝게도 그 머리가 받쳐주질 못해서, 거의 본능적으로 염왕십팔도를 깨우쳤다고 봐도 과언이 아니었다.

'후우…… 망할 놈!'

이곳은 그의 고향이었다.

헌데, 여기서 또 다시 천마의 잔재가 나타날 줄이야. 어찌 예상이나 했겠는가.

염왕십팔도!

이는 천마가 과거에 거둬들인 수하에게 전수한 마공이었다.

〈제법 때리는 맛이 찰진 것이, 너를 앞으로 졸개 2호라고 부르마.〉

어찌 보면 서열상으로는 제튼 바로 다음의 위치라고 해도 될 법한 존재. 그게 바로 염왕십팔도의 전수자였다.

'졸개 2호.'

제튼이나 천마는 그리 부르지만, 세상은 그를 향해 다른 이름을 붙여줬다.

용병왕!

대륙 모든 용병들의 지배자로써, 그 역시 천마의 제국건설을 위해 음지에서 뛴 숨겨진 '영웅'이라고 할 수 있었다.

'뭐…… 영웅이라고 하기에는 좀 거지같은 성격이긴 하지만.'

천마에게 삼일 밤낮을 두들겨 맞고도 목소리를 눈을 부라리던 걸 생각하면, 확실히 보통 성격은 아니었다.

'결국, 일주일 연장으로 두들겨 맞고는 꼬리를 말았었지.'

천마가 언제나 입에 달고 살던 명언이 있었다.

〈매 앞에 장사 없다.〉

때리고 또 때리면 못 누를 놈이 없다고 했다.

그렇게 고개를 수그리기는 했으나, 간혹 보여주는 그의 눈빛을 생각한다면 완전히 굴복한 건 아니었다. 그렇게 두들기고도 완전히 성격을 죽이지는 않은 것이다.

'분명 난 놈은 난 놈이었지.'

이런저런 생각을 하고 있는 사이, 무리들이 어느새 지척 간에 다가와 있었다. 제튼의 바짓가랑이를 잡은 제니의 손이 바들바들 떨리는 게 느껴졌다.

"누님."

제튼이 셀린을 바라보자. 알았다는 듯 그녀가 제니를 데리고 뒤로 물러났다. 이 모습에 다시금 시선을 사내들에게 돌리는데, 그 순간 폭발할 것 같은 마기가 그를 뒤덮어왔다.

"으득! 감히, 내가 찍은 년을 넘봐? 감히!"

새삼 마공의 완성도가 높다는 생각이 들었다. 그렇지 않고서야 이 정도로 정제된 마기를 내뿜기는 쉽지가 않았다.

'쯧!'

제튼의 미간이 살짝 구겨졌다. 오랜만에 마주하는 마공의 기운이 달갑지 않은 까닭이었다.

"그대는 누구이기에 내 부인을 그리 표현하는 거요?"

기분과 상관없이 정중한 어투로 말문을 열었다.

"누구? 누구냐고? 저년 진짜 남편이시다."

'남편?'

순간적으로 바르센 영지의 남편을 떠올렸으나, 이내 고개를 흔들며 부정했다. 그럴 리가 없기 때문이다. 전남편의 얼굴을 몰라서 잠시 착각했지만, 상황으로 봤을 때 전남편의 출현은 아닐 것 같았다.

"말이 너무 험하군. 아직 정식으로 혼례를 올린 건 아니지만, 나와 미래를 약조한 여인에게 그런 말투라니. 조금 훈계가 필요할 것 같군."

"건방진 놈! 듣자하니 아카데미 교사인 모양이던데. 어디냐? 기사학부?"

제튼은 대답대신 노려보는 것으로써 답을 표현했다.

"눈빛에 개김성이 가득한 것이, 기사학부가 확실하네. 그런데 검은 어디다가 팔아먹었데? 소문으로는 평민 아카데미의 교사들은 덜떨어진 반문이들만 모였다고 하던데. 너도 그런 거냐?"

사내, 팔탄의 이야기에 제튼이 두 눈을 반개했다.

'아카데미를 우습게 볼 정도라⋯⋯.'

지닌바 능력을 생각한다면, 분명 저처럼 생각하는 것도 무리는 아니었다.

익스퍼트 중급.

그게 팔탄의 실력이기 때문이었다. 충분히 자신만만해
할 실력자인 것이다. 하지만 그렇다고 해서 아카데미 전체
를 싸잡아 비난하기에는 부족한 감이 있었다. 최소한 익스
퍼트 상급 이상은 되어야, 저 같은 언사를 하고도 뒷감당
이 가능하기 때문이다.

'확실하군.'

용병왕과의 연계에 대한 확신이 섰다.

'뭘까?'

어째서 이런 촌동네에 관심을 가지는 것일까?

'설마, 내 존재가 알려졌나?'

하지만 이내 고개를 저으며 부정했다. 그럴 리는 없을
터였다. 밀러는 충직하고 사반트는 입이 무거우며 오르카
는,

'으음⋯⋯.'

그녀에 대한 부분에서 살짝 생각이 막혔다.

'괘⋯⋯ 괜찮겠지.'

하필이면 그녀도 용병왕과 안면이 있는 까닭에 쉬이 확
신하기는 어려웠지만, 그래도 섣불리 제튼의 위치를 발설
하지는 않을 거라 여겼다.

"무슨 생각을 하기에 그리 눈깔을 굴리실까? 왜? 슬슬
겁이 나는 모양이지?"

오르카를 생각하며 잠시 식은땀을 흘리던 모습이, 팔탄에게는 긴장한 것으로 보인 모양이었다.

한숨을 푸욱 내쉰 제튼이 손을 들어 검지를 까닥이며 말했다.

"시끄럽게 짓지만 말고 덤벼라."

더 이상 예의를 차례주기도 귀찮았다. 그냥 빠르게 해결을 보는 게 편할 것 같았다.

"이…… 이 건방진 놈이!"

팔탄의 두 눈 가득 매서운 살기가 피어나기 시작했다. 하지만 그가 직접 달려들지는 않았다.

"쳐!"

아무래도 한 조직의 수장인데, 처음부터 나서는 건 무게감이 떨어진다고 여긴 것이다. 게다가 제튼의 자신만만한 태도로 인해, 뭔가가 있는 건 아니가 하는 경계심도 일부 담긴 행동이었다.

'그래도 용병이라 이건가.'

이러한 팔탄의 모습에 제튼이 눈을 빛냈다.

본능적으로 상황을 파악하는 능력이 탁월하다 여긴 것이다. 이걸 통해서 그가 제법 경력이 있는 용병이라는 걸 짐작할 수 있었다.

그렇게 생각을 하는 사이, 어느새 팔탄의 수하들이 사납게 덮쳐오고 있었다.

'어쩐다.'

고민이었다. 저들을 처리하는 건 문제가 없지만, 이 모습을 본 사람들을 통해 소문이 퍼질까 우려한 것이다.

'살짝 정도라면.'

힘을 써도 될 것 같았다. 게다가 그는 한때나마 유명했던 제국 동검패의 기사가 아니던가. 건달패에게 당하기보다는 쓰러뜨리는 모습이 더 그럴싸할 것 같았다.

그러는 사이, 사내들과의 거리가 어느새 제로가 됐다.

톡. 툭.

마치 가볍게 안마를 하듯, 제튼의 주먹과 손등 그리고 손날이 사내들을 두드리고 지나갔다.

털썩. 풀썩.

그리고 펼쳐진 상황이 황당했다. 뭔가 특별한 걸 한 것 같지도 않은데, 가장 전방에서 덤벼들던 여섯 명의 사내가 그대로 고꾸라진 것이다.

"뭐…… 뭐야?"

"무슨 장난질이야?"

"갑자기 누워서 뭐해?"

뒤의 동료들이 무어라고 말을 걸었으나, 고꾸라진 사내들은 미동도 없었다.

'혈을 짚어놨으니, 적어도 30분은 저러고 있어야지.'

가볍게 눌렀기에 그 정도였다. 제대로 두드렸다면 30분이 아니라 평생을 누워있을 수도 있었다.

너무 쉽게 쓰러트린 게 아닌가 싶겠으나, 이 정도는 과장된 소문이라 여기면 되는 것이다.

"젠장!"

"저 개자식이 뭔가 했어."

"빌어먹을!"

욕짓거리를 한참 내뱉던 나머지 사내들이 일제히 품 안으로 손을 가져갔다. 무기를 꺼내려는 모양이었다.

"거기까지."

순간, 제튼이 신형을 던졌다.

'험한 모습은 피해야지.'

뒤에 있는 제니를 생각해서 일부러 혈을 짚으며, 최대한 소란스럽지 않은 처리를 하는 중이었다. 헌데, 여기서 갑자기 날카로운 쇠붙이가 튀어 나온다? 그렇게 둘 수는 없었다.

타타타탁!

무기를 꺼내려 한 죄목을 따져서, 그들의 혈은 좀 더 자극적으로 두드려줬다.

'반나절 정도는 누워서 반성해라.'

마치 짚단이 무너지듯, 그렇게 남은 사내들도 순식간에 고꾸라져 버렸다.

무려 20명.

남작령을 통합한 무리의 숫자로는 적게 느껴질지도 모르나, 그들은 말 그대로 소수정예였다. 진짜배기들만 골라서 데려온 팔탄의 최측근들이 바로 그들이었다.

　통합되기 전까지만 해도, 이곳 남작령의 뒷골목에서는 한가락씩 뽐내던 실력자들로써, 그들 개개인이 한 무리의 수장들이기도 했다.

　'그런 놈들이 저렇게 쉽게?'

　지켜보던 팔탄의 얼굴이 급격하게 굳어갔다.

　"이 아저씨들 뭐하는 거야? 갑자기 픽픽 쓰러지네?"

　그러거나 말거나 제니는 뜬금없는 상황에, 두려움을 잠시 잊은 듯 호기심을 불러내고 있었다.

　"날이 더워서 더위라도 먹었나 보다."

　제튼의 친절한 설명에 제니가 하늘위로 시선을 들었다.

　더위?

　"가을인데?"

　아이의 이어지는 물음에 제튼이 빙긋이 미소 지으며 답했다.

　"그러게. 가을인데도 더위를 먹네."

　"약해 빠졌어."

　"맞아. 약해 빠졌다."

　쓰러진 이들을 몸부림치게 만들 아이의 대답이었으나, 안타깝게도 그들은 멀쩡한 정신과 달리 몸은 제압을 당한 상태였다. 뭐라 반박하거나 행동 할 수가 없는 것이다.

하지만 이런 사내들의 심정과는 달리, 제니는 기분이 제법 풀린 듯, 한결 여유로운 모습이 되어 있었다. 무섭게만 보이던 사내들이 별 것 없다는 생각에 심적인 평안이 찾아온 것이었다.

물론, 좀 더 정확히는 제튼 때문이라고 볼 수 있었다.

제니가 비록 어리다고 하나, 아무것도 모르는 건 아니었다. 조금 전 상황은 누가 봐도 사내들이 허약한 게 아니라, 제튼이 특별한 것이었다.

그가 뭔가를 했기 때문에 저들이 쓰러진 것이라고 여겼다. 그 때문일까?

'역시!'

모친 셀린에게 더할 나위 없는 신랑감이란 생각이 들었다. 물론, 아빠로써도 최고였다.

"계속 구경만 할 생각이야?"

제니에게서 시선을 거둔 제튼이 팔탄을 바라보며 물었다.

'으음……'

신음성이 새려는 걸 가까스로 참은 팔탄이 제튼 앞에 너부러진 수하들을 바라봤다.

'어떻게 한 서지?'

저들을 상대하는 건 그 역시 할 수 있었다. 하지만 알 수 없는 방식으로 수하들을 쓰러트렸다는 게 걸렸다.

'아카데미에서 선생질이나 해 먹는다기에 별 것 없다고 생각했는데.'

예상 이상의 실력자인 모양이었다.

"요상한 수작질로 애들을 물 먹인 것 같은데, 그런 조잡한 수작질에 나도 당할 거라고 생각하지는 마라."

그렇게 이야기한 팔탄이 양 손을 불끈 쥐었다. 그 순간 제튼의 눈이 빛났다.

'권법!'

염왕십팔도는 이름에서도 알 수 있듯이 도를 사용하는 무공이었다. 헌데, 팔탄의 자세는 권법의 형을 취하고 있었다.

'권식으로 변형한 건가.'

용병왕의 머리를 생각한다면 정말 말도 안 되는 부분이었다. 그냥 변형도 아닌 도법을 권법으로 바꾸는 수준 높은 변형을 한 것이다.

'따로 머리를 쓰는 녀석이 있나?'

궁금증이 일었으나, 이 부분은 잠시 뒤로 미뤄뒀다. 팔탄이 슬금슬금 다가오고 있는 까닭이었다.

'그래도 나쁘지는 않네.'

만약 무기를 꺼내들었다면 제니의 교육을 위해 먼저 뛰쳐나갔을 것이다. 하지만 상대가 권법으로 나온 만큼 여유를 둘 수 있었다. 무기보다는 주먹질이 겉보기에 부담감이 적은 것은 확실했다.

어느 정도 거리가 가까워 진 까닭일까?

돌연 팔탄의 기세가 급속도로 부푸는 게 느껴졌다. 이런 부분이 감각에 인지될 즈음, 이미 팔탄은 신형을 날려 오고 있었다.

여기서 또 다시 제튼의 고민이 시작됐다.

'어쩐다.'

조금 전 건달패와 달리, 팔탄은 제법 실력자였다. 오러를 드러내지는 않았으나, 그 기세는 분명 익스퍼트 중급의 것이었다. 이런 강자를 손쉽게 쓰러트리는 건 뭔가 모양새가 이상했다.

그러는 사이 파고드는 일권.

푹!

'먹혔다!'

팔탄의 눈에 불이 들어왔다. 그의 주먹이 정확하게 제튼의 심장 어림을 찌른 까닭이었다.

'그런데…….'

타격음이 이상했다. '쾅!' 이나 '퍽!' 같은 것이 아닌, 그냥 '푹!' 이라니.

'뭐지?'

눈살을 찌푸리는데 문득 이상한 게 하나 더 눈에 잡혔다.

'왜 서 있는 거야?'

그의 무쇠 같은 일권을 맞았으면 마땅히 쓰러져야 정상 이건만, 상대는 여전한 모습으로 꼿꼿이 서 있는 게 아닌 가.

게다가 저 입가에 걸린 것은 뭔가?

'웃어?'

순간 뒷목이 싸해지는 느낌이 들었다. 상대, 제튼이 물어왔다.

"안마하냐?"

황당한 이야기에 눈을 부릅뜨는 순간, 풍경이 바뀌었다.

'어라?'

덜컥!

무릎이 꺾인다.

'무슨……?'

점차 시야가 어두워지는 것 같더니, 이내 생각이 끊겼다.

올려치기.

제튼의 주먹이 짧게 팔탄의 턱을 쳐낸 것이다.

워낙 찰나 간에 벌어진 일이었다. 때문에 제대로 인지하지도 못한 채, 고개가 돌아가고 정신이 날아가 버렸다.

'뭐, 보는 눈도 얼마 없으니까. 문제없겠지.'

주변을 둘러봤으나 그럴싸한 안목을 지닌 이들은 없었다. 앞전 건달패와 마찬가지로 적당히 부풀린 소문이라 여기면 될 터였다.

혹여 걱정이 되는 부분이제라면, 팔탄이 뒷골목에서 얼마만큼의 실력을 드러내고 활동을 했는지 모른다는 것이다.

'뭐, 별 것 없겠지.'

하나로 통합되지도 못하던 어설픈 수준의 뒷골목이었다. 머리만 복잡해지니 가볍게 생각하기로 했다.

"이 아저씨는 왜 이래?"

문득 뒤편에서 제니가 물어왔다.

제튼과 팔탄이 워낙 접근해 있었고, 마침 제튼의 등에 가려 제대로 상황이 비치질 않은 까닭에, 무슨 일이 발생한 것인지 보질 못 한 것이다.

"이 아저씨도 더위 먹었나 보네."

제튼의 이야기에 제니가 고개를 저어보였다.

"약해 빠졌다."

"그러게 말이야."

"밤일이나 제대로 하겠어?"

"풉!"

"쿨럭!"

순간 제튼과 셸린이 헛기침을 내뱉었다.

"무…… 뭐?"

당황한 얼굴로 제튼이 제니를 바라보는데, 이어진 제니의 물음이 난감했다.

"그런데 밤일이 뭐야? 이모가 농사일이라고 했는데, 뭘 키우는 거야?"

'끄응…….'

차마 자식농사라는 말은 할 수가 없었다.

◈

얼핏 봐도 2미르(미터)는 되어 보이는 체구에, 우락부락한 근육, 그리고 사자털 마냥 휘날리는 붉은 머리칼까지.

그저 보는 것만으로 압도된다는 게 이런 것일까?

강자!

절대적인 파괴자.

사내는 그런 존재였다. 그리고 이런 사내를 향해 주변인들은 이리 칭하고는 했다.

용병왕 크라이온!

존재하지 않는 왕국의 정점이자 모든 용병들의 지배자인 그가, 부리부리한 눈으로 칼날을 쓰다듬으며 물었다.

"점령이 끝났다고?"

굵직한 저음이 이처럼 어울리는 사내도 드물 것이다. 듣는 것만으로도 등 뒤가 오싹해 진달까?

용병왕의 오른팔 격인 '바알슨'은 도통 익숙해지질 않는 음성이라 생각하며, 조심스레 말문을 열었다.

"예. 바루만 후작이 원한대로 암흑가 지배작업은 마무리가 됐다고 합니다."

"바루만?"

알 것 다 아는 사이에 왜 그러냐는 눈빛으로 크라이온이 쳐다보자, 바알슨이 슬며시 고개를 저으며 대답했다.

"트라베스 공작가의 1차 의뢰는 해결이 되었습니다."

"돈은?"

"베르톤이 1차 의뢰 완료에 따른 의뢰금도 전달받았다고 합니다."

"의뢰중에 다친 놈은?"

크라이온의 물음에 바알슨이 가볍게 실소했다.

"큭! 형님. 애들 실력 모르십니까?"

"안다."

"겨우 촌동네 뒷골목입니다. 암흑가라고 해서 다 같은 암흑가가 아닙니다."

"사람 일 함부로 단정 짓는 거 아니다. 다친 놈들 없냐?"

"있으면 어쩌시게요?"

그 말에 이번에는 크라이온이 웃음을 흘렸다.

"굴려야지. 빡세게."

그야말로 바알슨과 전혀 다른 의미를 지닌 미소였다. 짧게 몸서리를 친 바알슨이 재차 입을 열었다.

"그런데 한 가지 아셔야 할 게 있습니다."

"뭐?"

"트라베스 공작가의 주인이 바뀐 것 같다는 보고입니다."

"그게 뭐……?"

크라이온의 반문에 바알슨은 슬쩍 두통이 오는 것 같았다.

'미치겠네.'

그가 형님으로 모시는 용병들의 왕은 분명 대단한 사람이 맞았다. 하지만 단 하나!

"멍청해가지고……."

"뭐?"

저도 모르게 튀어나온 혼잣말에 크라이온이 얼굴이 사납게 일그러지는 게 보였다. 다급히 입을 막았지만, 이미 귀에 들어가 버린 뒤였다.

'젠장!'

멍청하기만 하면 문제가 없는데, 거기다 더해 무서울 정도로 무식하기까지 했다. 아니나 다를까 저 앞으로 수박만 한 주먹이 무섭게 날아오는 것이 보였다.

잠시 별구경을 한 덕분인지, 눈 한쪽에 시퍼런 멍울을 단 바알슨이 입술을 삐죽거리며 앞서의 보고를 이어갔다.

"트라베스 공작가의 주인이 바뀌었다는 건, 저희가 받

은 의뢰도 목적을 잃어버렸다는 말과 같습니다."

"그래서?"

그 말과 함께 크라이온이 부리부리한 눈을 쏘아 보내는데, 바알슨은 저 안에 담긴 의미를 잘 알고 있었다.

'이해를 못하는군.'

설명이 더 필요한 모양이었다.

"2차 의뢰에 대한 의뢰비가 떼일지도 모른다고요."

"그런 거야?"

"예. 그런 겁니다."

그리고 이어지는 짧은 침묵.

무언가 머리를 굴리는 건 같던 크라이온이 생각을 마친 듯, 다시금 시선을 던져왔다.

"떼어 먹으라고 그래."

"어쩌시게요?"

그 물음에 크라이온이 입꼬리를 살짝 말아 올렸다.

"그러면, 어째서 내가 용병왕인지 보여주는 거지."

바알슨의 입가에도 크라이온과 닮은 미소가 슬며시 올라왔다.

대략적인 보고를 마치고, 또 다른 일처리를 위해 바알슨이 자리에서 일어나려는 찰나였다.

"그런데 말이야."

문득 크라이온이 말문을 열어 그의 발목을 붙잡았다.

"우리 애들이 제국의 암흑가를 휘어잡고 있다고 했지?"

"예. 비록 촌동네 뿐이기는 하지만, 모아놓고 보면 그 숫자가 제법 됩니다."

"의뢰 대금 안 들어오면. 그거 우리가 먹자."

"예……?"

순간 잘 못 들은 건가 싶어서 바알슨이 의문성을 띄웠다.

"우리도 슬슬 제국으로 진출해 봐야지."

제대로 들은 모양이었다. 귀지를 팔 필요성을 잃은 바알슨이 잠시 입맛을 다시더니 조심스레 물었다.

"괜찮겠습니까?"

"뭐가?"

"그…… 분…… 이요."

"쌍놈?"

'미쳤구나.'

그렇지 않고서야 저리 당당하게 '그'를 입에 올릴 리가 없었다. 아니, 단 하나 저처럼 당당해질 방법이 있기는 했다.

'헉!'

바알슨의 두 눈이 번쩍 뜨였다.

"형님…… 설마?"

그 순간 크라이온이 이를 드러내며 크게 웃었다.

"그래. 그 설마다." '경지를 넘었구나!'

당당해질 수 있는 이유가 있던 것이다.

"미친 게 아니었어……."

"뭣!"

또 다시 혼잣말이 새어버린 모양이었다. 저 앞으로 또 다시 별구경을 위한 수박덩어리가 날아오고 있었다.

두 눈을 시퍼렇게 물들인 바알슨이 앓는 소리를 내며 바깥으로 걸음을 옮겨갔다. 헌데, 별구경만 한 게 아닌 듯, 그는 다리도 절뚝거리고 있었다.

그가 막 문을 열고 나서려는 찰나, 크라이온이 그를 불러 세웠다.

"야."

"예……."

"보고서는 놓고 가야지."

'제대로 읽지도 않을 거면서.'

투덜거림이 또 다시 입 밖으로 나와 버릴 뻔 했으나, 앞서의 경험 덕분에 이번에는 잘 삼켜서 소화시킬 수 있었다.

제국의 의뢰에 관한 내용을 간략하게 요약한 보고서를 크라이온의 옆에 놓은 뒤, 다시금 절뚝거리는 걸음으로 그가 방문을 나섰다.

크라이온이 그 뒷모습을 한 차례 바라보다가 문이 닫히자 보고서로 시선을 돌렸다.

'제국의 뒷골목이라.'

비록 촌동네에 불과할 뿐이라지만, 그래도 제국 내에 있다는 게 중요했다.

'그 빌어먹을 쌍놈 때문에 제국을 나와야 했지만, 이제는 나도 힘을 얻었으니까.'

운이 좋았다고 해야 할까?

그를 따르는 용병들에게 전수할 연공법을 개량하던 중, 우연찮게 깨달음이 찾아왔다. 머리를 도통 쓸 줄 모르다 보니, 작업이 보통 고된 게 아니었는데, 이러한 고통이 새 길을 열어 준 것이다.

게다가 이러한 깨달음 덕분에 염왕십팔도의 그럴싸한 변형본도 완성할 수 있었다.

'약속한대로 경지를 넘었으니까. 이젠 제국으로 들어가도 문제없겠지.'

그가 '쌍놈'이라고 칭하는 존재가 내건 조건이 이것이었다.

〈경계를 넘기 전에는 제국 쪽으로는 눈독도 들이지마라.〉

브라만 대공.

전쟁영웅이라고도 불리는 그의 경고였다. 그가 아무리

용병왕이라고 하나, 브라만 대공의 말 만큼은 감히 허투루 들을 수 없었다.

"그동안은 이 새로운 힘을 갈무리하느라 정신이 없었지만, 대충 정리도 했으니까. 더는 문제 될 것이 없지."

게다가 시기적절하게 제국 측에서 의뢰까지 들어왔다. 이러한 부분에 휩쓸리듯 제국에 발을 들이면 되는 것이다.

'만에 하나의 사태에 대한 변명거리 정도는 될 수 있겠지.'

흔히 말하는 전설적 영역에 올라섰다. 하지만 상대는 브라만 대공이었다. 자신감을 내세우기는 아직 조금 모자란 부분이 있었다.

때문에 그 스스로 이처럼 도망칠 방도를 마련하는 게 아니겠는가.

"어디보자."

바알슨이 요약해 놓은 보고서를 찬찬히 읽어 내리던 그의 눈이, 이내 장악한 영지들의 이름으로 옮겨갔다.

'페카인, 노룬, 레이돌…… 페룸. 그리고 스테일인가.'

모두 읽은 그가 마지막에 올라와 있는 영지에 대한 부분을 재차 읽어 내렸다.

'이곳하고 반대인 동쪽 끝이라.'

가장 낙후된 지역이라는 부분이 맘에 들었다.

'제국 중앙에도 소식이 잘 안 닿겠지.'

새로운 시작의 장소로써 최고의 조건이었다.

"스테일 남작령. 으음…… 좋군."

고개를 끄덕거린 그가 마치 음미하듯 영지의 이름을 입 안에 넣고 굴렸다.

❖

하르만 식당 앞에서 한 차례 소란이 있었던 제튼은, 셀린과 제니를 먼저 마을로 돌려보냈다. 따로 볼 일이 있어서 그런다고 설명을 했지만, 사실은 팔탄의 일행들과 마무리를 짓기 위한 것이었다.

이러한 사정을 알고 있는 셀린이었으나, 제니를 생각하라는 제튼의 이야기에 할 수 없다는 듯 물러날 수밖에 없었다.

"이것들을 어찌한다."

잠시 고민을 하던 제튼이 우두머리인 팔탄을 어깨에 짊어지더니 자리를 벗어났다. 남은 이들보다는 팔탄이 중요하다는 것을 알기 때문이었다.

'이놈하고만 해결 보면 되겠지.'

물어 볼 것도 있었기에 그를 찍은 것이다.

'어차피 곧 깨어날 놈들도 있으니까.'

초반에 가볍게 혈을 집힌 6명에게 뒤처리를 미뤘다.

팔탄을 메고 골목길로 접어 든 뒤, 사람들의 시선이 사라졌다 싶은 순간, 제튼의 신형은 한 줄기 바람이 되었다.

순식간에 영지를 한참이나 벗어난 곳의 산자락에 닿은 제튼이 팔탄을 휙 하니 내던졌다.

"커헉!"

던지면서 혈을 짚은 까닭인지, 팔탄은 바닥을 구르는 충격과 함께 두 눈을 번쩍 떴다. 잠시 몸 여기저기를 문지르며 고통을 밀어내던 그가, 주변을 둘러보고는 멍청한 얼굴이 되어버렸다.

'여긴 어디야?'

처음 보는 장소였다. 애초에 스테일 남작령도 처음 와보는 곳이 아니었던가. 그 주변 지형에 관해서 알 리가 없었다.

침을 꼴깍꼴깍 삼키던 그의 시선에 제튼이 걸려들었다.

'저놈은!'

순간적으로 열기가 머리위로 치솟았으나, 이내 앞전의 전투를 떠올리고는 빠르게 열기를 제어했다. 이 모습에 제튼이 눈을 빛냈다.

'확실히 완성도가 높네.'

염왕십팔도는 마교 내에서도 상당한 수준의 마공이었다. 이곳 세상에서는 족히 손에 꼽을 연공법인 것이다.

그런 만큼 그 마성도 강했는데, 조금 전 팔탄은 단번에
마성을 제압하는 모습을 보여줬었다. 그냥 변형만 시킨 것
이 아니라, 내부적인 순화까지 잘 이뤄낸 것 같았다.

문득 드는 생각이 하나 있었다.

'경지를 넘었구나!'

그랜드 마스터의 영역에 오르지 않고서야 저런 식의 변
형이 가능할 리가 없었다. 용병왕 크라이온의 금제가 풀렸
다는 걸 깨달았다.

'설마, 제국을 넘보려는 건가?'

이 부분에 대한 상세한 내용은 눈앞의 팔탄에게서 알아
내면 될 터였다.

제튼이 시선을 던지면서 물었다.

"정신 좀 드냐?"

하지만 팔탄은 대답을 하지 않았다. 그저 노려보는 것으
로 자신의 감정을 표현할 뿐이었다.

"후……."

한숨을 푸욱 내쉰 제튼이 고개를 저으며 말했다.

"그렇게 반항적인 모습은 안 좋을 텐데."

경고에도 불구하고 팔탄의 눈빛에 변함은 없었다.

"어쩔 수 없지."

쓰게 웃은 제튼이 슬쩍 주먹을 말아 쥐었다.

〈매 앞에 장사 없다.〉

배운 대로 행하는 것뿐이었다.

그리 오랜 시간이 흐른 것도 아니다.

"뭐…… 뭐든 다 말씀드리겠습니다. 궁금한 건, 뭐든!"

"이제 겨우 10분밖에 안 지났는데, 너무 시시하잖아."

워낙 잘 배운 까닭일까? 팔탄이 항복을 하는 건 정말 순식간이었다.

'원래대로라면……'

이렇게 항복을 해도 때려야 했다.

〈원래 시작이 반이라고, 절반은 죽여 놔야 시작할 수 있는 거야.〉

뭔가 상당히 괴상한 논리였건만, 듣고 보면 또 그럴 법도 한 것이 천마의 주장이었다.

"뭐든, 뭐든지 물어주십시오."

벌벌 떨며 발치에 엎드린 팔탄의 모습에 절로 쓴웃음이 나왔다. 천마를 부정하고 있으면서도, 그의 육신에 착실히 새겨진 그의 흔적들은 감출수가 없다 여긴 까닭이었다.

고개를 흔든 제튼이 쪼그려 앉으며 물었다.

"너, 혹시 크라이온이라고 아냐?"

이건 일종의 시험이었다.

모른다. 라고 대답하면?

'매가 부족한 거지.'

안다고 대답해야 통과를 할 수 있었다.

'천마라면 그럴 때도 매가 부족하다고 하겠지만.'

그는 그냥 그런 존재였다. 때리고 싶으면 때리는 거고, 때리기 싫으면 욕지거리라도 왕창 날리고 보는 것이다.

"귀가 먹었어? 아니면 질문을 이해 못 한 거야?"

침묵이 길어지자 제튼이 발끝을 움직여 그의 얼굴 옆 땅을 살짝 눌렀다.

"아…… 알고 있습니다!"

즉각 반응이 왔다. 아무래도 매가 부족하진 않았던 모양이었다.

'다행이네.'

귀찮게 또 손을 쓸 필요가 없다는 생각에 안도할 수 있었다.

"관계는?"

"그분 휘하에서 일을 하고 있습니다."

"정확하게. 설명이 너무 짧잖아."

"레드 스톰(Red Storm)용병단의 제 3 돌격대 2조의 장을 맡고 있는 '팔탄 아모룸'이라고 합니다."

'레드 스톰?'

제튼의 기억 속에는 용병왕 크라이온이 이끄는 용병단의 이름은 '플레임(Flame)'이었다. 헌데, 레드 스톰이라니? 의아한 마음에 절로 고개가 꺾였다.

이런 부분을 읽어낸 것인지 팔탄이 재빠르게 입을 열었다.

"원래 용병왕께서 이끌던 용병단은 플레임 용병단인데, 2년 전을 기점으로 다른 대형 용병단이 합류하면서, 이름도 함께 바꼈습니다."

팔탄의 설명에 제튼이 눈을 빛냈다.

'그 뿐만이 아니라, 다른 이유도 있겠지.'

대외적인 것과 별도로 크라이온 개인적인 이유일 것이다.

'천마를 부정한다는 의미인가.'

플레임 용병단이라는 이름을 최초로 붙인 게 바로 천마였다. 이러한 이름을 바꿨다는 건 천마의 흔적을 지우겠다는 뜻이었다.

'확실하네.'

이름을 버렸다는 것, 크라이온이 경지를 넘었다는 또 다른 증거였다.

"이곳을 찾은 이유는 뭐지?"

제튼의 새로운 질문에 팔탄이 잠시 주저했다. 어쨌든 그는 용병이었다. 그것도 용병왕이라 불리는 크라이온에게 속한 용병이 아니던가.

"암흑가를 장악하라는 명령을 받았습니다."

그렇기 때문에 결국은 입을 열었다.

〈감당할 수 없는 적이라면, 뭐가 되었건 알려줘라.〉

그들의 정점은 말했다.

〈다른 무엇을 다 떠나서, 우선은 생존이 먼저다.〉

살아야 다음이 있는 것이다.

〈복수도 그 '다음'이란 놈이 존재해야지 성립된다.〉

'뭐, 이런 이유를 떠나서, 그 고통을 더는 겪고 싶지 않으니까.'

겨우 10분 남짓 이어졌던 구타였다. 하지만 다시는 마주하고 싶지 않은 지옥 같은 10분이기도 했다.

"자세히 아는 거 전부, 싹! 다 털어놔 봐."

그러면서 의도적으로 눈을 맞추니, 급격히 흔들리는 동공으로 불안감을 비쳐내는 팔탄의 모습이 보였다.

"그…… 그러니까 그게……."

눈빛 교환이 제대로 통한 듯, 팔탄은 재차 바닥에 머리를 조아리며 이야기를 늘어놓기 시작했다.

◈

헤룬 트라베스.

트라베스 가문의 새 주인의 이름이었다.

가문의 장자가 있음에도 불구하고, 오래 전부터 차남인 헤룬이 후계자로 인정받아 온 까닭일까? 그리 큰 소동 없이 무난하게 계승이 이뤄졌다.

갑작스런 세대교체에 주변에서 어리둥절한 모습들을 보

였으나, 이내 그 속사정을 깨닫고는 하나같이 고개를 끄덕일 수밖에 없었다.

전대 가주의 갑작스런 발병.

마르바 트라베스 전 공작에게 오랜 지병이 있었다는 사실이 밝혀졌고, 이러한 부분이 최근 들어 급작스레 악화되었다는 것이다.

겨우겨우 의식만 유지하는 전대 공작의 모습은 세대교체의 합당성을 인정하게 만들어줬다.

하지만 대외적으로 알려진 사정과 달리, 그 진실은 전혀 달랐다.

'지병은 좀 너무했나.'

혜룬은 자신이 꾸민 시나리오라고는 하나, 그래도 조금 우습다는 생각을 했다.

'평생을 좋은 것만 먹고, 몸에 좋다는 건 따로 찾아서 잡수신 분에게 지병?'

혹여 선천적인 병이라고 해도, 이 정도로 관리를 잘 해왔다면, 어지간한 병마도 물러가야 옳았다. 옆에서 봐 온 전대 공작의 몸보신은 분명 그 정도였다.

그럼에도 불구하고 혜룬은 지병으로 꾸몄다.

'대' 신관늘의 치유에도 불구하고 마르바 전 공작은 자리에서 일어날 수 없었고, 이런 부분에서 선천적인 지병이라는 부분이 더욱 강조될 수 있었다.

'대신관의 증언이 결정적이었지.'

그들에게는 따로 뇌물을 쓸 필요도 없었다. 그가 부친의
신체에 가한 '저주'는 그만큼 특별했기 때문이다.

'말이 저주지, 저주라고 하기에도 그런가.'

보통의 저주라면 대신관의 성력에 반발이 일어날 것이
다. 하지만 헤룬의 저주는 정령으로 조작한 신체의 균형파
괴였다.

정령은 말 그대로 자연계에 속한 존재로써, 부정된 존재
에 포함되질 않는다. 특히, 부친이 부리던 바람의 정령은
더욱 그러했다.

'탐욕의 그리드(Greed). 녀석 덕분이지.'

녀석에게 사로잡힌 정령은 이름을 빼앗기고, 그 존재의
의미마저 사로잡힌다. 말 그대로 노예가 되는 것이었다.

그런 노예 중 하나를 부친과 계약 시켰다.

'원래라면 좀 더 시기를 두고 자연스럽게 자리를 물려
받아야 했지만.'

부친의 약한 모습에 그만 손을 써버리고야 말았다. 은연
중에 의심의 눈초리가 따라붙는 건 어쩔 수 없었다.

'기왕 저지른 일, 이제 와 후회해서 뭐하나.'

고개를 절레절레 흔든 그가 새롭게 올라온 보고서로 시
선을 던졌다.

'용병왕이라.'

그와 관련된 거래내역이 적힌 보고서였는데, 여러모로
거슬리는 내용이 한가득 들어있었다.

'쯧! 너무 거물과 손을 잡았어.'

기본적으로 그가 감당하기 어려운 인물이라는 부분부터
이미 맘에 안 들었다. 온전한 공작가의 힘이 살아있다면
모를까, 지금은 막 계승이 이뤄진 직후였다.

외부적으로는 마찰이 없다고 알려져 있으나, 그가 차남
이라는 부분에서 결국 미묘한 대립과 갈등이 있었다. 이러
한 내부정리를 하는 것만 해도 적잖은 시간이 필요했다.

'지금 같은 상황에 용병왕이라니.'

게다가 그 의뢰라는 것이 단기도 아닌 장기의뢰가 아닌
가. 오래도록 얽혀있어야 한다는 부분에서 미간 위로 굵은
주름이 잡혀버렸다.

'바루만 후작.'

용병왕과 거래를 한 인물로써, 전대 공작의 신임을 받던
고위 귀족이었다. 아직 30대의 젊은 나이에 후작가의 주
인이 되었다는 부분에서 더욱 기대가 큰 인물이기도 했다.

'이자는 필히 끌어안아야 할 사람이지.'

하지만 그럼에도 불구하고 용병왕에게 보낸 의뢰는 거
슬렸다.

'겨우 촌동네 따위 삼키자고 이런 쓸데없는 수작질이라
니.'

그 저력이 얼마나 될지도 모르는 불확실한 땅덩어리가 아니던가. 그런 곳에 이 정도의 자금을 투자할 필요가 있을까? 여러모로 생각을 하게 만들었다.

그러나 최초 계획을 지시한 이가 부친인 전대 공작이라는 걸 생각한다면, 아주 무시하고 지나칠 수도 없었다.

원래 전대 공작이 지시한 것은 구석진 영지들의 힘을 끌어들이는 것이었다. 하지만 바루만 후작은 다른 두 공작들보다 출발이 늦었음을 알고, 기존 계획을 크게 수정하였다.

영지의 주인이 아닌, 영지의 암흑가를 장악한 뒤 이를 토대로 밑에서부터 영지를 삼켜나가는 것이었다.

'나쁘지는 않은데…… 의뢰비가 쓸데없이 많단 말이지.'

거래상대가 용병왕이라는 이유로 가격이 훌쩍 뛰어버렸다. 만에 하나의 사태까지 확실히 제압하고자 용병왕을 끌어들인 것이다.

전대 공작도 허락한 부분이기는 하나, 그래도 거슬리는 건 어쩔 수가 없었다.

'조정할 필요성이 있겠군.'

1차 의뢰가 끝났고, 2차 의뢰 계획 및 계약금 등의 상세보고서를 읽어 내린 그가 변경사항을 써내려갔다.

"바루만 후작에게 전하도록 해."

그 말과 함께 어둠 속에서 흑의인이 튀어나오더니, 그가 건네는 서찰을 품에 넣더니 신기루마냥 자취를 감췄다.

'2차 거래를 완전히 없는 것으로는 할 수 없겠지.'

상대가 용병왕이니 만큼 위약금도 어마어마했다. 게다가 이미 시행했던 의뢰와 그 금액을 이대로 포기할 수도 없었다.

'손해 보는 장사를 할 수야 없지.'

그래서 약간의 조율을 했다.

용병왕 크라이온.

분명 부담되는 상대였다.

'이제와 내칠 수도 없으니.'

차라리 더욱 끌어들이는 것도 나쁘지는 않을 것 같았다.

'잘만 하면 숨겨진 비수로 사용할 수도 있을 터.'

물론 제 손이 벨 수도 있는 날카로운 비수이기는 했다.

"뭐, 적당한 긴장감은 삶의 활력이기도 하니까."

입맛을 다신 그가 다음 보고서로 시선을 옮겨갔다. 이번에도 골머리 아픈 내용들이 잔뜩 담겨 있었고, 미간 위로 또 다시 주름이 새겨져야만 했다.

'끄응…… 골 때리는군.'

이 자리를 너무 빨리 취한 것은 아닌가. 하는 후회가 살짝 밀려오는 순간이었다.

발 없는 말이 천리를 간다.

'그런 내용이었지.'

제튼은 저쪽 천마 세상의 속담 중 하나를 떠올려야만 했다. 무림 저 한편에 있는 왕국의 속담이라는데, 현재 상황과 너무도 잘 어울린다고 여겼다.

'겨우 하룻밤 사이에 이 정도로 소문이 날 수 있나?'

전날, 아카데미 거리에서 팔탄 패거리와 벌였던 일전의 내용이 그새 마을에 퍼진 것이다.

"기사는 기사였네."

"거짓부렁인 줄 알았더니. 진짜였나 봐."

단번에 20명 이상을 쓸어버린 덕분일까? 그간 하루가 다르게 깎여나가던 제튼의 입지가 대폭 상승했다.

헌데, 이와 더불어 한 가지 더 소문이 흐르고 있었는데, 그 내용이 제튼에게 너무도 부담스러웠다.

"웰븐네 장녀하고 그렇고 그렇다며?"

"니꺼 내꺼 우리꺼 했다던데."

"셀린 누이는 내껀데. 젠장!"

"이미 갈 데 까지 갔다더라."

없는 소문까지 더해지며, 이야기는 한껏 덩치를 키운 상태였다. 워낙 밝은 청각 때문일까? 듣기 싫어도 듣게 되는 현실에, 그도 모르게 위축이 돼버렸다.

'미치겠네.'

어째 아침부터 모친의 눈빛이 요상하다 싶더니, 이런 내막이 있던 것이다.

'아침부터 어떻게 소문을 얻어들은 것인지. 쯧!'

그 잠깐 사이에 부친과도 이야기를 나눈 것인지, 유독 날아드는 시선이 따가웠다. 게다가 여동생 펠다도 소문을 들은 듯, 아침 일찍부터 찾아와 조잘대는 게 아닌가.

"셀린 언니와 정말 합치는 거야? 정말이야? 언니가 정말 우리 가족이 되는 거야?"

쉴 새 없이 이어지는 펠다의 물음에 걸음이 나 살려라 하는 심정으로 집을 나선 상태였다. 이후 마을을 돌아다니며 사람들이 쑥덕거리는 내용들을 통해, 대략적인 상황 파악을 할 수 있었다.

'난감하게 됐군.'

모르긴 몰라도 셀린 역시 이러한 소문을 이미 들었을 것이다. 문득 여동생 펠다가 했던 이야기가 하나 떠올랐다.

"알고 있겠지? 오빠 때문에 셀린 언니 혼삿길이 콱 하고 막혀버렸다는 거."

완전히 막힌 건 아닐 것이다. 셀린이 좋다고 쫓아다니는 마을 청년들의 수가 워낙 많았기 때문이다. 그래도 이번 사건이 셀린에게 적잖은 영향을 끼쳤음은 부정하기가 어려웠다.

"후……."

저도 모르게 한숨이 새나왔다.

'땅이나 갈러 갈까.'

오늘과 내일, 즉 이번 주말은 쉬기로 했기 때문에 아이들도 따라오지 않았다.

하지만 왠지 머리가 복잡해진 까닭일까? 땅을 갈고 싶었다. 몸을 쓰면서 잡념을 날려 보내려는 의도였다.

"아빠!"

순간 터져 나온 음성에 몸이 경직됐다.

'제니.'

저 앞으로 도도도 아이가 달려오고 있는 게 아닌가. 그 뒤로 자신처럼 경직된 셀린의 표정이 보였다.

그리고 어느새 굳어버린 주변 행인들의 모습이 눈에 들어왔다.

'끄응…….'

소문이 어찌 발전할지, 상상만으로도 뒷목이 뻐근해지는 느낌이었다.

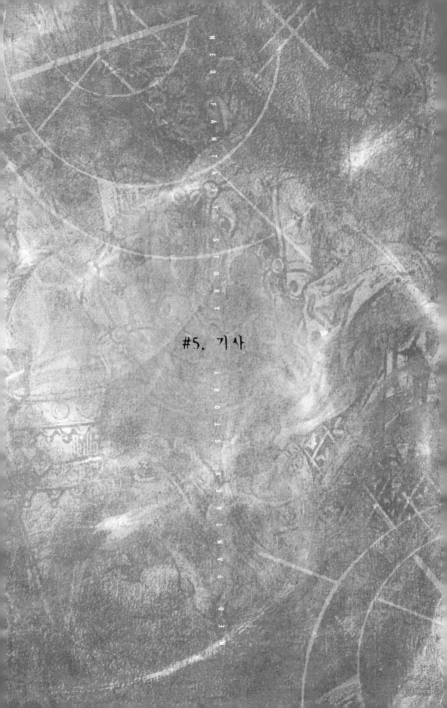

NEO FANTASY STORY

#5. 기사

#5. 기사

가슴이 답답했다.

"후우우우……."

그래서 길게 한숨을 내쉬어 봤으나, 여전히 가슴을 누르는 무게감은 사라지질 않았다.

바루만 후작은 미간을 찌푸린 채 창밖을 내다봤다.

'주군.'

병상에 누워 가쁜 호흡을 겨우겨우 유지하는 전대 공작의 모습을 떠올렸다.

'어찌하여…….'

그런 모습이 된 이유를 알 수가 없었다.

'지병이라니.'

생각지도 못했다. 최측근이라고 자부하기는 어려워도, 상당한 신임을 받는다고 여기고 있었다. 그런 그도 지금껏 알지 못했던 병마가 있었을 줄이야. 절로 고개가 저어졌다.

문득 새로운 '상관'에게서 내려온 명령서가 눈에 들어왔다.

'용병왕을 이용하겠다니.'

무시무시한 생각이었다. 감히 그 용병들의 정점인 크라이온을 끌어들이려 하고 있었다.

'주군과는 성향이 다르다.'

전대 공작은 용병왕이 제국 진출의 야욕이 있음을 알고 있었다. 때문에 그에게 의뢰를 허락하면서도 이 부분을 경계하라고 했다.

'쓸데없이 비싼 의뢰비를 칼같이 지불한 이유도 이런 불순한 의도를 차단하기 위해서 건만.'

그럼에도 불구하고 굳이 용병왕을 끌어들인 이유를 따로 꼽자면, 만에 하나 있을지도 모르는 다른 공작들의 중간 개입을 차단하기 위함이었다.

그들이라고 해도 용병왕은 섣불리 건들 수 있는 대상이 아니기 때문이다.

하물며 트라베스 공작가와 연계를 하고 있다는 걸 알게 된다면, 더욱더 발을 뺄 수밖에 없을 것이기에, 과감히 용병왕과의 거래를 허락한 것이었다.

"혜룬 공자님은 어찌하여……."

새로운 주인이건만 쉬이 공작이라는 단어가 입에 붙질 않았다. 여전히 전대 공작의 병마에 대한 의문이 남아있는 까닭일까?

"후우……."

자꾸 늘어가는 한숨만이 그의 답답한 마음을 표현할 뿐이었다.

"어찌하여 용병왕을 끌어들이시려는 것인지."

그들은 굶주린 승냥이 떼와 다를 게 없었다.

'젊음의 패기이련가.'

무모한 객기가 되지 않기만을 바랄 뿐이었다.

'부디…….'

＊

팔탄 패밀리.

스테일 남작령의 암흑가를 평정하며 급부상한 새로운 세력이 바로 그들이었다. 조직명은 그 두목으로 알려진 팔 탄의 이름을 따서 만들어졌다.

기존에 존재하던 수십여 개의 자잘한 세력들을 막강한 파워로 제압하고 무너트린 만큼, 그의 이름을 조직의 가장 앞자리에 세우는 게 결코 어색하지 않았다.

그 정도로 팔탄 패밀리의 이름값은 강렬했다.

그런 패밀리의 정예 20명.

그리고 우두머리 팔탄.

이들이 한 사람의 손에 무너졌다. 은연중에 남작가의 사람들도 경계를 하고 있던 게 바로 팔탄 패밀리였다. 그런 그들을 쓰러트린 것이다.

그것도 홀로!

제튼 스스로는 쓸데없을 정도로 소문이 퍼졌다며 투덜거렸으나, 그가 예상한 것 이상으로 팔탄은 중요한 위치를 잡고 있었다.

게다가 이런 외진 영지에서는 드물 정도의 실력까지 지닌 까닭에, 유달리 그를 주시하는 눈길들이 많았다.

등장하고 보름 만에 암흑가를 통일한 것도 그 이유에 한몫을 더했다.

그런 이를 쓰러트린 것이다.

"그냥 손으로 툭툭 치니까 쓰러지더라구."

"한 방이었지. 그 팔탄이 한 방에 훅 가더만."

"제국 검패가 다르긴 다르데요. 동검패라고 해도 제국 검패라는 이름값은 역시 대단하네요."

들어온 정보들을 요약하자면 대충 이랬다.

물론, 이 내용을 전부 믿는 건 아니었다. 팔탄 패밀리에서도 정예라고 불리는 스무 명이 툭툭 치니 쓰러졌다?

"이건 솔직히 좀 과장이지."

게다가 그 유명한 팔탄이 한방?

"적어도 익스퍼트에 올랐을 거라고 생각되는 실력자가? 이것도 허풍이 좀 심했다."

이런 식으로 약간의 마모작업이 이뤄지기는 했다.

당시의 현장에는 일반 시민밖에 없었고, 그런 그들의 시선을 완벽하게 신뢰하기는 어렵다는 판단에 이뤄진 작업이었다.

하지만 그럼에도 불구하고 대단하다는 사실을 부정할 수는 없었다.

팔탄과 그의 정예 스무 명.

홀로 그들을 쓰러트렸다는 건 분명한 사실이기 때문이다.

이런 사실들을 토대로 소문은 들불처럼 번져나갔다.

그 중, 아루낙 마을에서는 유독 소문의 중심인 팔탄과 제튼이 아닌, 제튼과 셸린을 화제의 중심으로 세웠는데, 이는 마을만의 사정일 터였다.

"제튼 반트."

아스트 교장은 보고 자료를 내려놓으며 의자 깊숙이 몸을 묻었다.

"이 정도였던가."

그 역시 팔탄에 대한 이야기는 들은 적이 있었다. 단기간에 남작령의 어둠을 제압한 인물이라며, 스테일 남작 역시 경계심을 키우던 존재였다.

남작령 내의 암흑가에 통합된 세력이 없던 건, 사실 스테일 남작의 은밀한 손길이 있던 까닭이었다. 이런 은밀한 조작을 힘으로 뚫은 것이 팔탄이었다.

직접적인 개입이 아닌 만큼 남작의 힘이 크게 개입하지는 않았으나, 그래도 오랜 시간 세력의 통합을 막아 왔다는 걸 생각한다면, 팔탄의 능력 역시도 인정할 수밖에 없었다.

그런 그를 쓰러트렸다.

"제법 숨겨진 한 수가 있을 줄은 알았지만…… 의외로군."

그 말과 함께 책상 건너편으로 시선을 던지니, 기사학부장인 캐로가 고개를 끄덕이며 동의해왔다.

"알고 있었나?"

교장의 물음에 캐로가 고개를 저어보였다.

"저 역시, 그저 뭔가 있다는 정도만 생각했습니다."

그게 설마 이 정도일 줄이야.

"자네는 뭔가 아는 표정인데?"

아스트 교장이 캐로의 옆쪽으로 시선을 던지니, 조용히 찻물을 들이키는 마르한이 보였다.

"뭐, 조금은."

마르한의 이야기에 아스트가 눈살을 찌푸렸다.

"비밀로 한 건가?"

"나도 자세한 건 모르네. 그저, 좀 더 많은 강자들을 봐

온 덕분에 살짝 엿본 정도지."

그 말에 캐로가 눈을 빛냈다.

"혹여, 자세히 들을 수 있겠습니까?"

마르한의 명성을 아는 까닭에, 그 호기심과 달리 물음과 태도는 더없이 정중했다.

"한 가지만 가르쳐주겠네."

찻잔을 내려놓은 마르한이 검지를 바짝 세우며 캐로와 아스트를 돌아봤다.

"자네들이 생각하는 것. 그 이상이라는 거."

두 사람의 머리위로 일제히 물음표가 떴다.

'우리가 뭘 생각하는 줄 알고?'

이러한 의문이 표정에 드러났으나, 마르한은 더 할 말이 없다는 듯 찻물만 들이킬 뿐이었다.

"쓰읍! 부르지도 않았는데, 찾아와서 괜히 골머리만 아프게 하네."

교장의 말처럼, 실제로 이 자리에 부른 건 기사학부장 캐로 뿐이었다. 헌데, 우연히 겹친 것인지 마르한도 캐로의 방문과 맞춰서 들어오는 게 아닌가.

〈찻잎이 떨어져서.〉

그래서 좀 구하려고 왔단다.

"망할. 밖에서 좀 사먹으라니까는…… 쯧!"

아스트 교장의 투덜거림에 마르한이 어깨를 으쓱였다.

"알다시피 난 빈털터리라네."

그 말 그대로였다. 아스트 교장이 따로 주는 월급도 받지 않고, 성국에서 지원 나오는 자금 역시 받질 않는다.

물론 성국관의 관계 때문에 쥐꼬리만큼 나오기는 했으나, 분명 지원금이 존재했다. 하지만 마르한은 이를 거부했다.

〈냄새가 지독하니 치워주게.〉

언제고 지원금을 가져온 사제에게 했던 이야기였다. 성국의 인사들이 대발노발 했음은 두말할 것 없는 흐름이었다. 덕분에 성국 자체적으로도 지원금을 언급하지 않았다.

상황이 이렇다 보니, 평소 그가 타먹는 찻잎 대부분이 아스트 교장과 연관 지을 수밖에 없었다. 간혹 그와 친분이 있는 이들이 보내주는 것도 있었지만, 대략 절반 이상이 아스트 교장의 사비라고 볼 수 있었다.

"뭐 더 없어?"

교장의 물음에 마르한이 어깨를 으쓱이며 답했다.

"나도 정확히 아는 게 아니라니까."

그러더니 대뜸 자리에서 일어나 한 구석으로 가는 게 아닌가.

"헛! 크흠 흠!"

순간 터져 나오는 교장의 헛기침 소리가 거칠었다. 이에 마르한의 입꼬리가 살짝 올라갔다.

"여기에 있군!"

"끄응······!"

이건 또 무슨 상황일까?

간단했다. 교장이 숨겨놓은 고급 찻잎을 마르한이 찾아 낸 것이다.

"고맙네."

"망할! 절반은 놓고 가."

"헛험! 나만한 인력을 공짜로 부려먹으려면 이 정도는 감수해야지."

그 말을 남기고 떠나는 마르한의 뒷모습은 날아갈 듯 가 벼워서, 일흔에 이른 노구가 거짓말처럼 여겨졌다.

쾅!

홀로 책상을 두드리며 분풀이를 하는 아스트의 모습이 그렇게 처참할 수가 없었다.

"아이고 손이야!"

두드리고 나니 너무 세게 친 모양이었다. 뼈마디가 아리 는지 손바닥을 연신 주무르는 모습이 더욱 애잔했다.

가열된 공기가 일부 가라앉고, 분위기가 한층 차분해졌 다고 여길 즈음, 기사학부장 캐로가 말문을 열었다.

"어찌 할까요?"

제튼에 관한 물음이었다. 이에 잠시 고민하는 듯싶던 교 장이 입술을 비죽이며 답했다.

"어쩌긴 뭘 어째. 그냥 두는 거지. 오히려 잘 됐어. 그만한 실력자가 선생이니까, 애들도 좋아 하겠지. 모던의 난쟁이도 부러워 할 테고."

이번 팔탄과 관련된 사건은 워낙 큰 건이라, 소문이 안 날 수가 없었다. 학생들이 제튼을 보는 시선에도 많은 변화가 생길 터였다.

엉터리라 여겼던 제국 검패의 기사가 진짜배기였으니, 변화는 당연한 수순이었다.

"하지만…… 그 수업을 들으려고 할지."

이어지는 캐로의 이야기에 아스트도 잠시 말문이 막혀 버렸다.

복습과 나!

"쯧! 뭔 수업 제목을 그 따위로 멋대가리 없이 만들어서는."

다음 학기에도 학생들의 태도에 변화가 없을 거라는 불안감이 살짝 들었다.

"그런데 말이야."

문득 아스트가 고개를 갸웃거리며 말문을 열었다.

"정보대로라면, 팔탄의 실력은 오러를 발현할 정도인데. 그런 자를 제압한 제튼은 대체 어떻게 되는 건가?"

제국 동검패.

아무래 제국 검패가 대단하다고는 하나, 결국 동검패의

한계점이라는 게 있었다. 분명 제국전쟁 당시에 오러를 부리던 동검패의 실력자가 존재하기는 했다. 하지만 그들의 경우에는 동검패의 기사들 중에서도 상위권의 실력자들이었다.

"정말 동검패가 맞나?"

가벼운 의심이 일었다.

"어쩌면, 은퇴를 한 뒤에 작은 깨우침이 있었을지도 모르지요."

하지만 이어진 캐로의 설명에 의심의 불씨가 다시 사그라졌다.

"그런가?"

"예. 저도 그랬으니까요."

확실히 그 역시 은퇴 후에 적잖은 발전이 있기는 했다. 무언가 특별히 한 것은 아니었으나, 주변 환경의 차이로 인한 관점의 변화는 그에게 새로운 길을 보여주었다.

"뭐, 어쨌든 제튼 이 녀석을 좀 더 주시해야 된다는 건 확실해졌군."

아스트의 이야기에 캐로가 고개를 끄덕였다.

'그러고 보니…….'

기사학부이 꽃이라고 불리는 레이나가 제튼에게 검을 배운다는 요상한 소문이 있었다. 이제와 생각해 보니, 헛소문이 아닐지도 모른다는 느낌이 들었다.

'알고 있던 것인가.'

따로 레이나와 이야기를 해 봐야 할 것 같았다.

'그나저나…… 괜찮을는지.'

이번 사건으로 변한 건, 비단 학생들만이 아닐 터였다. 기사학부의 장이기에 걱정이 드는 건 어쩔 수가 없었다.

❖

여기저기서 날아드는 시선이 이제는 슬슬 익숙해지려 한달까? 제튼은 쓰게 웃으며 아카데미를 거닐었다.

의도적으로 남작령으로 오는 것을 피했으나, 결국 교사와 수업이라는 직업적 굴레를 벗지 못하고 다시금 남작령에 들어와야만 했다.

거리를 걸을 때는 그나마 괜찮았다.

그의 이름이 화제의 중심에 섰다고 하나, 그의 얼굴까지 퍼진 건 아니기 때문이다. 간혹 알아보는 정도가 전부였다. 하지만 그것도 아카데미에 들어서는 순간 끝이었다.

쉴 새 없이 날아드는 학생들의 시선과 쑥덕거림이 참으로 낯설었다. 기사학부에 가까워질수록 그 도수가 짙어지는데, 전에 없는 관심 덕분에 괜스레 등허리가 간지러웠다.

그나마 다행이랄까?

'마을에서는 이것보다 더했으니까.'

물론 눈빛에 담긴 의미가 다르기는 했다.

"제국 동검패는 진짜였어!"

아카데미의 시선이 이런 의미라면,

"셀린하고 얼레리 꼴레리라며?"

마을의 시선은 요런 것이었다.

'귀찮아지는 거 아닌지 몰라.'

학생들의 시선을 생각한다면 이제라도 교사직을 때려쳐야 하나 싶었지만, 그랬다가는 열심히 개간해 놓은 땅마저도 반토막이 날 수도 있기에 아직은 선택사항에서 제외였다.

'뭐, 아직 시간은 남았으니까.'

이제 와서 그의 수업을 듣는 건 불가능했다. 도중 난입이라는 방식으로 살짝 참여하는 게 있었으나, 그것도 한두 번 정도만 가능한 것으로써, 그나마도 수업을 진행하는 교사의 허락이 있어야했다.

'난 결코 허락 안 할 거니까.'

아나나 다를까. 저 앞으로 그의 수업이 있는 연무장 입구로 득시글한 머릿수가 보였다.

'역시나 귀찮아져버렸네.'

난입수업을 듣고자 찾아 온 모양이었다. 예상하고 있던 부분이다. 하지만 막상 눈으로 확인하니 절로 입맛이 썼다. 헌데, 조금 특이한 복장들이 눈에 띄었다.

'끄응~!'

절로 속이 아렸다. 학생들 너머의 이색적인 인물들의 정체를 확인한 까닭이었다.

'교사들인가.'

여기서 한 가지 의문이 이어졌다.

'기사학부는 이해하겠는데, 마법학부 교사는 왜 껴있는 거야?'

정말 미스터리였다.

◈

그의 등장과 함께 퍼진 소문 하나.

〈제국 검패의 기사가 수업을 한다.〉

훌륭한 자극제로써 시선을 모았다. 하지만 이내 그 정체가 동검패이며, 그 중에서도 하급임을 깨닫고는 관심이 일부 흩어졌다.

가끔씩 제국 검패라는 단어가 떠오를 때면 호승심이 일고는 했으나, 이내 제튼이라는 사내의 허술한 모습을 기억하고는 열기를 털어낼 뿐이었다.

그러던 중, 변화가 찾아왔다. 그 시작은 루마난 축제였다.

은연중에 퍼지기 시작한 소문 둘.

〈기사학부의 우승은 제튼 선생님 덕분이다.〉

쿠너가 좀 더 가속화 시켰다고 할 수 있는 이 소문이 교사들의 자존심을 살살 긁었다.

하지만 애써 무시하는 태도를 보였다.

그간 봐왔던 제튼이라는 존재는 그들이 경계해야 할 만큼 자극적이질 않았다. 때문에 헛소문으로 치부하거나, '뭐 실력과 가르치는 건 별개니까.' 정도로 여겨버렸다.

하지만 내심으로는 끌리는 게 있었을까? 제튼과 마주하면 초창기처럼 솟아나는 호승심을 제어하기가 어려웠다.

그 와중에 퍼진 소문 셋.

〈팔탄 패거리가 제압됐다.〉

근래 들어서 제법 귀에 박히는 이름이 바로 팔탄이었다. 기사의 자존심 때문에 내어놓고 표현하지는 않았으나, 내심으로는 그들도 팔탄의 실력이 심상치 않을 것이라고 여겼다.

단기간에 한 개 영지의 뒷골목을 지배한다? 결코 가볍게 여길 수 없는 일이었다.

그런 팔탄이 당한 것이다.

그것도 무려 20명의 정예와 함께.

잔잔하던 호수에 파문이 일 듯, 그간 잘 눌러왔던 호승심이 활화산마냥 타오르는 건 순식간이었다.

〈가자!〉

마치 약속이나 한 듯, 교사들이, 기사들이 일어났다.

뭘까?

'이 뜻뜻미지근한 기세는 대체 뭐야?'

제튼은 연무장의 입구에 다가갈수록 선명해지는 교직원들의 미묘한 기운에 고개를 갸웃거려야만 했다.

저 난처한 표정의 눈빛들은 대체 뭐란 말인가?

이유는 간단했다.

교사!

기사로써 일어나 절도 있게 걸어왔다. 하지만 오는 중간중간 그들을 당혹하게 만드는 이들이 있었다.

"어라? 선생님 수업 장소 바뀌었나요?"

"선생님 궁금한 게 있는데요?"

"선생님……."

이곳은 아카데미고 그들은 아이들에게 배움을 전하는 교육자였다. 오는 길에 기세가 많이 꺾여버렸다고나 할까?

게다가 생각해보니 그들이 착용한 건 진검이 아닌, 수업을 위한 수련용 가검이었다. 모양새가 상당히 빠진다는 여겼을까? 오는 와중에 몇몇은 이미 무리이탈을 해버린 상태였다.

도착하고 보니 절반가량이 떨어져나가 버린 것이다.

그 와중에 이건 또 무슨 일인지, 마법학부의 교직원 몇이 따라붙는 게 아닌가.

'하여간 마법사란 놈들은…… 쯧!'

일종의 호기심에 그들이 뒤쫓았다는 걸 알 수 있었다. 절로 눈살이 찌푸려졌으나, 그들을 밀어낼 수는 없었다. 어쨌든 저들이나 자신들이나 같은 아카데미의 교직원이라는 동등한 입장이 아니던가.

그저, 거리를 벌려주라는 눈짓을 따라주는 것에 만족할 뿐이었다.

이렇게 어찌어찌 제튼의 수업 장소에 도착했을 때, 그들은 새로운 문젯거리와 마주해야만 했다.

〈어째, 애들이 너무 많지 말입니다.〉

자칫 잘못했다가는 속된말로 '쪽'을 팔수도 있는 상황인 것이다. 당혹감에 몇몇은 수련기사 시절의 말투마저 흘려댈 정도였으니, 더 말해 무엇 하겠는가.

그리고 이 덕분에 제튼은 급격히 다운된 분위기의 교사들과 직면하게 된 것이다.

묘하게 눈을 반짝이며 그와 다른 교사들을 번갈아보는 학생들의 눈빛이 상당히 거슬렸다.

'이것들을 혼내 말아?'

고민하는 사이, 슬그머니 감각을 찔러오는 날카로운 기세를 느꼈다. 제튼의 등장에 초기 목적을 떠올린 듯, 몇몇 교사들이 부리부리한 눈빛을 던져오고 있었다.

하지만 득시글하게 메워진 학생들의 벽 때문일까?

'불쌍하다고 해야 하나?'

언뜻언뜻 비치는 눈빛의 흔들림에서 저들의 갈등이 이해됐다.

그들은 교사였다.

'하지만 기사이기도 하다…… 라는 건가.'

제튼을 찾은 목적이 바로 그 후자에 속하는 '본능'이리라.

"수업을 해야 하니, 비켜 줬으면 좋겠군요."

이는 학생도 포함해서 건네는 말이었다.

도중 난입을 불허하겠단 의미를 간접적으로 전달한 것이다. 이를 알아챈 학생들 몇이 '우우…….' 거리며 재차 거슬리는 태도를 보였으나, 이를 무시한 채 걸음을 옮기니 결국 학생들도 길을 열어야만 했다.

"방과 후에 뵙도록 하죠."

그러면서 가장 나이가 많은 기사학부의 교사, '나비엘 타리만'에게 조용히 속삭였다. 그를 지나치며 그에게만 들리도록 전한 내용이었으나, 주변 몇몇 교사는 흐릿하게나마 이를 들을 수 있었다.

잠시 눈을 동그랗게 뜨던 나비엘이 이내 고개를 끄덕이며 한발 물러섰다. 그러며 다른 기사학부 교사들에게 시선을 던지니, 함께 들은 몇몇도 고개를 끄덕이고 있는 게 보였다.

그들의 주도 아래 기사학부의 교사들도 일제히 자리를 빠져나갔다.

방과 후.

오로지 그 한마디에 의지한 채.

기사.

비록 교직에 몸담았지만, 여전히 그들은 기사였다.

'후…… 귀찮은 족속이야.'

이미 저들의 가슴은 뛰기 시작했다. 이제 와서는 멈출 방도가 없었다. 더 이상 그의 거짓된, 허술한 엉터리 같은 모습에 속지 않을 터였다.

'할 수 없나.'

어느 정도 보여줘야 한다는 걸 이제는 인정했다.

'이렇게 되면…… 교장 영감의 의도대로 되는 건가.'

어렴풋이 저들, 스테일 남작과 아스트 교장이 바라는 게 뭔지 알고는 있었다.

변화.

'제국 전쟁을 치른 나를 통해서, 저들도 성장하기를 바라는 것이겠지.'

아니라며 부정하고 싶어도, 여전히 그의 존재는 특별하게 남아있었다.

제국 검패.

지금 이 자리, 아카데미의 중심! 이곳에 선 것도 결국은 이것 때문이 아니던가.

사실, 제국 검패도 받고자 하면 누구나 받을 수 있다.

일정 수준 이상의 실력이 필요하다는 당연한 조건이 붙기는 하나, 제튼이 알기로는 과거 동검패의 기사들도 충분히 현 제국의 동검패를 취득하는 건 무리가 없었다.

하지만 그러기 위해서는 선결되어야 하는 문제가 하나 있었다.

대영주!

하지만 안타깝게도 이곳 루마니언 지방에는 대영주가 없었다. 대리로 대영주직을 하는 로사테인 자작이 있기는 하나, 그 역시 정식으로 대영주가 된 건 아니었다.

영지를 지닌 귀족의 권한으로 기사작위를 내리고 검패를 하사하는 건 가능하나, 이것은 결국 제국이 인정하는 정식 검패는 아니었다.

물론 영주의 인장이 박힘으로써 검패의 역할은 하나, 제국 검패라 불리지는 못하는 것이다. 그리고 이 때문에 이곳 루마니언 지방에는 더욱더, 제국 검패의 기사가 드물 수밖에 없었다.

그런 의미로써 제튼은 특별했다.

특히, 그가 이런 루트가 아닌, 정식으로 제국 전쟁에 참여해서 제국의 기사임을 인정받았다는 건, 더더욱 그를 남다르게 만들었다.

이곳 루마니언 지방, 스테일 남작령, 테룬 아카데미 기사학부의 교사들, 기사들에게는 분명 그러했다.

전쟁!

운지 좋은 것인지, 스테일 남작령의 경우에는 제국 전쟁에서 한발 떨어져 있었다. 전쟁에 참여 하더라도 최후방이나 보급부대 정도가 그들의 역할이었다.

분명 운이 좋았다고 할 수 있다.

'하지만 그들은 기사지.'

제튼이 생각하는 그들, 즉 기사학부의 교사들은 교육자이전에 기사였다.

전쟁의 중심에서 빠졌다는 것.

그들에게는 상당히 신경 쓰이는 부분일 수밖에 없을 터였다.

기사학부의 교사들 중, 몇몇은 분명 제국 전쟁에 발을 들이기는 했다. 하지만 스테일 남작령의 기사로써 출전한 것이기에, 그들이 할 수 있는 건 기껏해야 후방 지원이 고작이었다.

그런 그들에게 전장에 있던 존재가 찾아왔다.

'역시, 흥분할 수밖에 없겠지.'

생각 이상으로 귀찮아져 버린 상황이었으나, 이제는 피할 수 없었다.

'방과후…… 인가.'

쓰게 웃은 그가 고개를 저으며 수업을 진행했다.

오늘 수업 내용은 '자습'이었다.

실망감 가득 찬 듯 보이는 학생들의 얼굴과 나태한 모습의 선생.

언제나와 크게 다를 것 없는, 그런 풍경이었다.

※

교장 아스트는 누가 뭐라 해도 아카데미 제일의 결정권자, 즉 권력자였다. 당연하게도 아카데미 내에서 벌어지는 일의 대부분이 그의 귀에 들어올 수밖에 없었다.

물론, 전부를 안다는 건 불가능한 일이었다. 그 대신 굵직한 사건만큼은 확실하게 파악하려 했다.

당연하게도 기사학부 교사들의 갑작스러운 움직임 역시 교장실로 알려지게 되었다.

'드디어 시작인가.'

그가 바라던 '변화'가 오는 것이다.

업무를 보던 손을 멈추며, 서류를 밀어놓은 그가 잠시 휴식도 취할 겸 자리에서 일어났다. 그리고는 구석진 곳으로 향하는데, 이내 눈살을 찌푸리며 한숨을 내쉬는 게 아닌가.

"젠장. 이 망할 놈!"

그가 숨겨놨던 귀한 찻잎이 없었다. 한 박자 늦게 마르한이 통째로 가져갔던 게 기억났다. 욕설이 왈칵 쏟아졌다.

할 수 없이 그 옆쪽으로 손을 뻗었다.

"그놈이 술은 안 해서 다행이란 말이지."

그의 손에 잡혀 나온 건, 고가의 가격을 자랑하는 귀한 술이었다. 살짝 마개를 따 보니, 감미로운 향기가 순식간에 방안을 채워갔다.

"크~! 좋다."

업무 중에 이 무슨 만행이란 말인가? 라는 생각이 들 수도 있으나, 감히 누가 이를 말리겠는가. 아카데미 제 1의 권력자가 행하는 이상, 불법도 반은 합법이 되는 것이다.

"구시대와 신시대의 만남."

그가 생각하는 변화의 시작이었다.

구시대는 칼레이드 '왕국' 의 기사다.

신시대는 칼레이드 '제국' 의 기사다.

물론 표현을 구시대라고 하기는 했으나, 그들 중에는 제국이 탄생한 뒤에 기사가 된 청년들도 있다. 하지만 제국의 검패가 아니기에 구시대라는 표현으로 우선 통합한 것이다.

"어떻게 되려나."

원래라면 제튼을 받아들이던 당시에 이미 벌어졌어야 하는 마찰이건만, 제튼의 허술한 모습에 속아 이제야 이뤄지게 됐다.

이제 남은 건 그가 보내놓은 마법학부의 교사를 통해, 상황을 잘 전달받으면 될 일이었다. 만에 하나를 대비해 영상도 따로 저장하라고 지시해 놓았다.

아마 모르긴 몰라도 스테일 남작이나, 다른 상인 및 정보단체에 포섭된 마법학부의 교사들도 움직였을 것이다. 게다가 그들 역시 기본적인 영상저장은 할 게 분명했다.

물론, 호기심만으로 움직인 이들도 있기는 했다.

교사들이 기사의 본능으로 제튼을 찾았다면, 마법사들 역시 본능적인 호기심에 그들의 만남을 찾는 것이었다.

"방과 후란 말이지."

농땡이를 피우는 와중에도 시간은 착실히 흘러가고 있었다.

❖

아카데미 내에는 다양한 연무장이 존재하는데, 그 중 학생들의 교육을 목적으로 한 연무장의 경우, 기사학부를 중심으로 한 채 포진되어 있었다.

그러나 학생 연무장의 경우에는 아무래도 아이들을 위

한 장소인데다가, 층층이 쌓은 건물식 연무장이기에 그 강도가 약했다.

말 그대로 학생용 일 수밖에 없다는 소리였다.

'그런 의미에서 교직원 전용 연무장이 채택된 거겠지.'

기사학부장 캐로는 고개를 끄덕이며 교직원 전용 연무장을 돌아봤다. 어떠한 마법적인 처리가 된 장소는 아니다. 그럼에도 기사학부 교사들이 이곳을 선택한 건 간단한 이유였다.

우선 기본적으로 넓었다.

'그리고 지붕이 없지.'

간단히 설명하자면 그냥 아무것도 없는 평지였다. 주변에 경계를 이루는 벽만 아니라면 정말 별 볼일 없는 장소였다.

하지만 그렇기에 오히려 일정수준 이상인 교사들의 연무장으로 채택 된 것이다.

맘껏 힘을 사용해도 부서질 건물이 없었다. 그저 나중에 엉망이 된 바닥만 좀 정리하면 끝이었다. 이 얼마나 간편한가.

물론, 이처럼 너무 휑한 광경에 대부분의 교사가 학생 연무장을 애용하기는 했다. 볼품이 없다나?

"짜릿짜릿 하군요."

문득 들려온 음성에 캐로의 고개가 돌아갔다. 그의 바로 옆에 착석하고 있는 레이나의 모습이 눈에 들어왔다.

캐로가 그녀에게 잠시간 묘한 눈빛을 보냈다.

'제튼 그 친구에게 검을 배우는 게 아니라, 그냥 조언만 받는 정도라.'

궁금했던 점을 묻자, 그녀가 내어놓은 대답이었다.

'그런데도 이만한 발전이라니.'

어렴풋이 그녀가 벽을 넘었다는 게 느껴졌다. 전과 다른 기세가 그 증거였다. 아마도 제튼의 도움이 컸을 것이라고 여겼다.

'역시, 그에게는 뭔가가 있는 건가.'

그가 잠시 제튼에 대해 생각하는 와중에도 레이나는 말을 잇고 있었다.

"굳이 이렇게까지 할 필요가 있는 걸까요?"

의문으로 끝나는 그녀의 이야기에 캐로는 상념을 잠시 밀어두며 그녀를 바라봐야만 했다. 약간은 놀란 듯 동그래지는 그의 동공이 보였다.

'확실히…… 변했군.'

그녀 역시도 몇 달 전까지만 해도 제국 검패라는 단어에 눈을 번쩍이지 않았던가. 저들과 미묘한 차이는 있을지언정 그 감정의 도착지는 같았다.

'벽을 깨면서 성장을 한 것인가.'

작게 고개를 끄덕이던 그가 시선을 입구로 던졌다.

"왔군."

레오나가 눈을 반짝였다.

제튼 반트.

기다리던 이가 들어서고 있었다.

순간적으로 몰아친 돌개바람에 머리카락이 휘날렸다.

'제법이네.'

단체가 만들어낸 기세의 잔재이겠으나, 이처럼 형상화
된 바람을 일으킬 정도라니. 아카데미 교사들의 실력에 대
한 상향 평가가 이뤄졌다.

'뭐…… 어차피 거기서 거기겠지만.'

안타깝게도 제튼의 위치에서 본다면, 큰 차이가 느껴지
지는 않는다고나 할까? 그들 사이에 존재하는 '격'이, 차
이가 너무도 큰 까닭이었다.

"서…… 선생님."

등 뒤에서 들려오는 음성.

제튼의 제1 제자를 자처하는 쿠너가 그곳에 있었다. 원
래라면 교직원 연무장에는 학생의 출입이 제한된다. 하지
만 제튼의 정식 제자라는 위치로써, 쿠너는 제튼의 '결투'
혹은 '대련'을 참관할 자격이 있었다.

저기 연무장의 구석진 곳에 있는 소수의 학생들이 그 증
거였다. 아이들은 연무장 중앙에서 기세를 피어내는 기사
학부 교사들의 정식 제자들이었다.

뒤를 돌아보니 왠지 괴로운 듯 구겨진 쿠너의 얼굴이 눈에 담겼다.

돌개바람.

조금 전 그 기세의 잔재가 만들어낸 결과물이었다. 제튼에게는 그저 지나는 미풍과도 같을지 모르나, 쿠너에게는 거센 폭풍우나 사나운 파도와도 같았을 것이다.

'쌤통이다.'

헌데, 제튼의 표정이 참으로 통쾌하게 보이는 건 어째서일까?

봐 버렸고, 들어버렸기 때문이다.

〈어때? 이게 바로 제튼 선생님의 실력이다. 너희는 행운아인 줄 알아야 돼. 내 덕분에 선생님 수업을 듣게 됐으니까. 너희는 나한테 정말 고마워해야 한다. 앞으로는 형님이라고 불러.〉

코룬과 미넨에게 자랑하듯 건네던 쿠너의 이야기를 들었고, 기세등등한 그의 표정을 보았다.

그 순간 알았다.

저놈이다!

그를 아카데미에 붙잡아 놓은 원흉을 발견해 버렸다.

수업 유지를 위한 최소 학생 수 10명을 채우는데 지대한 영향은 끼친 게 설마 쿠너였을 줄이야.

'흉악한 놈! 호랑이 새끼를 키웠어.'

이가 갈린다고나 할까? 평소와 달리 묘하게 기대감 넘치던 두 제자, 코룬과 미녠의 표정을 본 뒤 수업욕이 팍 사라졌고, 결국 '자습'으로 오늘 하루도 처리해버렸다.

'물론, 애초부터 수업에 대한 욕심은 없지만. 흠흠!'

어쨌든 배신자를 향한 처벌이라고나 할까? 의도적으로 쿠너에게 흐르는 기세를 내버려뒀고, 덕분에 이처럼 쿠너의 안면근육이 심오한 노동을 하게 된 것이다.

"가자."

그러거나 말거나 제튼은 휙 하니 연무장으로 들어갔다. 이에 잠시간 앓는 소리를 내던 쿠너도 급히 뒤를 따랐다.

"기다렸다네."

연무장 중앙의 교사들 중, 최연장자인 나비엘이 앞으로 나서며 말문을 열었다.

실질적인 기사학부의 최연장자는 따로 있으나, 제튼에게 날을 세운 교사들 중에서는 그가 가장 나이가 많았기에 대표 자격으로 나선 것이다.

'실력도 손에 꼽기는 하지.'

제튼은 나비엘에 대한 정보를 가볍게 정리하며 말을 받았다.

"오래 기다리게 해서 죄송합니다. 수업이 약간 길어져버려서 시간이 좀 걸렸습니다."

그 말에 쿠너의 안면근육에 옅은 경련이 일었다.

'거짓말!'

수업이 길어졌다?

'자습만 해 놓고는.'

실질적인 이유는 이곳에 올지 말지 갈등하느라 늦은 것이었다. 그가 제안하고서 멋대로 도망갈 생각을 하다니, 이 얼마나 어이가 없는 행태란 말인가. 바짝 뒤를 따르던 쿠너이기에 자세히 알고 있었다.

제자의 표정을 아는지 모르는지 제튼은 이야기를 잇고 있었다.

"어디까지 생각하고 계십니까?"

그들에게 바라는 바를 묻는 것이다. 이에 나비엘이 한숨을 내쉬며 말했다.

"솔직히…… 잘 모르겠네."

무엇을 바라고 이 자리를 마련했을까?

"하지만 어쩔 수가 없었다네."

그의 심정, 아니 그들의 심정이었다.

"알다시피 나는 기사라네. 자네도 알아 줄 거라고 믿네."

그들은 기사다.

"이해해주게."

대충 예상했던 대답이었다.

'알기는 개뿔!'

쓸데없이 귀찮은 본능이었다.

"피해 있어라."

속마음과 달리, 제튼은 진중한 음성으로 쿠너에게 말을 건넸다. 이에 잠시 주변을 돌아보던 쿠너가 저 한편의 레이나를 발견하고는 후다닥 그쪽으로 달려갔다.

차마 다른 아이들이 모여 있는 장소로는 갈 수가 없었다. 어쨌든 저들은 제튼과 검을 겨루는 교사들의 제자들이 아니던가. 괜한 기싸움은 피하고 싶었다.

스르릉······.

홀로 남은 제튼이 차분하게 검을 뽑았다. 쿠너에게 빌린 것으로 제법 날이 잘 갈린 진검이었다.

원래는 수업용 가검을 들고 올 생각이었으나, 저들을 만족시키기 위해서는 모양새부터 갖춰야 할 것 같았기에 굳이 준비한 것이다.

"오십시오."

그 말과 함께 가슴 앞쪽에 검을 세웠다.

이 모습에 잠시 눈빛교환을 하는 교사들, 기사들의 모습이 보였다. 누가 먼저 나갈지에 대한 상의인 듯싶었는데, 그리 오래 이어지진 않았다.

이미 제튼이 도착하기 전에 약간의 이야기는 나눈 상태였기 때문이다.

단지, 완전히 이야기를 마친 건 아니었다는 게 문제였다.

세 사람이 동시에 앞으로 나섰고, 또 한 차례 눈빛교환이
지나고 나서야 한명이 남았다.

로데이 크라임.

고학년을 담당하는 교사였다. 벽을 넘기 전의 레이나에
필적하는 실력자이기도 했다.

"이 승부를 받아들여 준 점. 감사하게 생각하오. 부디,
모자라지 않는 승부가 되기를 바라겠소이다."

이미 40대 중반에 오른 나이였으나, 이 자리는 한 학부
의 선생으로써 가벼운 만남을 나누는 자리가 아니었다. 그
런 만큼 말투 가득 정중함이 묻어나오고 있었다.

"먼저 들어가겠소."

그 말을 끝으로 로데이의 신형이 움직였다.

타탓!

가볍게 두어번 대지를 박찬 듯싶었건만, 어느새 제튼의
코앞이었다.

'빠르다!'

지켜보던 이들의 공통된 생각이었다. 그리고 그 이상으
로 빠른 일검이 바닥에서부터 솟구쳤다.

파파팍!

검이 지난 자리로 날카로운 열기가 지나며 대기를 유린
했다. 하지만 그게 전부였다. 허공이 찢겨지는 소리가 끝
이었다. 당연히 핏물이 튀는 장면 역시 없었다.

생사를 건 것이 아닌 만큼, 목숨을 노리는 일격을 가하지는 않을 것이다. 하지만 진검을 사용한 대결이니 만큼, 간혹 치명적인 상황도 발생할 수도 있었다.

　즉, 피를 보는 것 정도는 당연하게 여겨지는 게 지금의 대결이라는 소리였다. 실제로 로데이 역시 커다란 검상을 옆구리에 남길 각오로 검을 그어 올렸다.

　만에 하나의 사태는 저 한편의 사제에게 맡길 생각이었다.

　헌데, 이게 웬일?

　'빠르다!'

　지켜보던 이들이 그에게 했던 생각을 그가 제튼에게 하고 있었다. 어떻게 피한 걸까? 어렴풋이 그 잔영이 망막에 남아 영상을 비쳐줬다.

　좌로 반보.

　'아니, 그것보다 더 작은 움직임이다. 겨우 그것뿐이건만.'

　하지만 검을 피하기에는 충분했다.

　호흡이 닿을 듯, 가까워진 제튼의 얼굴이 그의 우측에 보였다. 순간적으로 눈이 맞았다고 여길 때, 세상이 빙글 돌았다.

　"크윽!"

　제튼의 발차기가 그의 무릎 뒤, 오금을 꺾은 것이다. 너무 갑작스러운 일격에 휘청거리듯 주저앉으며 허리가 잠시 뒤로 누웠다. 얼핏 비치는 창공이 푸르렀다.

그 위로 검은 그림자가 떨어졌다.

빠악!

검을 쥔 제튼의 주먹이 로데이의 얼굴을 정확히 가격했
고, 그걸로 상황은 종료였다. 일격에 정신이 날아가 버린
것이다.

기절한 로데이를 잠시 내려다보던 제튼이 고개를 들어,
나비엘과 그 뒤편의 교사들에게로 시선을 던졌다. 경악한
그들의 얼굴이 눈에 들어왔다. 이를 마주하며 제튼이 말문
을 열었다.

"저희는 대결을 하고 있습니다. 하지만 진정으로 선생
님들께서 바라는 건, 다른 종류의 대결일 것입니다. 아마
도 선생님들께서는 전장의 뜨거움을 원하고 있을 거라고
생각합니다."

맞다. 바로 그거다.

교사들의 눈에 불이 들어왔다.

"그래서 제안하려고 합니다."

무엇을?

"이곳을 전장이라고 생각해 주십시오."

제튼이 검을 슬쩍 늘어트렸다.

"저를 여러분의 적이라고 여겨 주십시오."

푸욱!

순간 늘어트린 검이 더욱 아래로 향했다. 로데이의 옆구

리가 검에 꿰뚫렸다.

"헛!"

"저…… 저 무슨……."

교사들이 깜짝 놀라서 눈을 동그랗게 뜨는 것이 보였다. 동공 가득 들어왔던 불빛이 흔들리고 있었다.

그런 그들을 향해 제튼이 재차 말했다.

"오십시오."

그 말에 조금 전 로데이와 눈빛을 나누던 두 사람 중 한 명이 튀어나왔다.

"이야아아압-!"

힘찬 기합성과 함께 근육이 불끈거리는 게 보였다. 딱 봐도 힘을 중심으로 하는 것 같았다. 검 역시 상당한 크기를 지니고 있었다.

로데이와는 달리 단번에 거리를 좁히지는 못했으나, 내딛는 걸음걸음 마다 느껴지는 무게감에 지켜보는 이들도 어깨가 내려갈 정도였다.

이번에는 어떻게 피할까?

제튼을 바라보는 이들의 눈빛에 힘이 들어갔다. 그 민첩한 동작을 놓치지 않기 위해서였다.

차아앙!

헌데, 이어진 결과가 놀라웠다.

선명한 쇳소리.

제튼은 피하지 않고 검을 받았다. 그리고 역으로 그 힘을 쳐 냈다. 양손으로 내려치던 검이 튕겨지고, 당연하게도 활짝 벌린 가슴이 드러났다.

빠악!

정확히 명치로 들어가는 팔꿈치에 의식이 날아간 듯, 그대로 늘어지는 게 보였다.

"여기는 천장입니다."

제튼이 쓰러진 이를 지나치며 다시금 입을 열었다.

푸욱!

또 다시 제튼의 검이 기절한 이를 찔렀다. 이번에는 어깨였다. 쓰러진 이가 제튼을 노렸던 자리였다.

"저…… 저 무슨……."

재차 교사들의 경악성이 들렸다. 그러거나 말거나 제튼은 할 말만 했다.

"저는 적입니다."

도대체 무얼 말하려는 것인가.

"여러분은 적을 앞에 두고 혼자서 달려들고 있습니다."

이것이었다.

"오십시오."

그들에게 요구하는 건 간단했다.

"부디 이번에는 함께 오십시오."

다 덤벼!

교사들의 얼굴에 동시다발적으로 떠오른 감정이 있었다.

분노!

감히. 나를. 우리를.

'무시하는가!'

급격한 속도로 심장이 뜀박질을 시작했다. 순식간에 달궈지는 가슴이 활화산 같은 열기를 토해냈다. 검을 쥔 손 위로 거짓말처럼 수증기가 피어나기 시작했다.

차차차창.

일제히 검을 뽑았다. 그리고 동시에 걸음을 내딛었다.

멈칫!

그리고 이어지는 급제동.

당장이라도 달려들 듯 일제히 움직이는가 싶더니, 서로의 행동에 놀라 걸음을 멈춘다. 서로의 눈빛을 바라본다.

그들의 눈동자에 '주저함'이 새롭게 자리를 잡고 있었다.

"재차 말씀 드리지만, 여기는 전장입니다."

그 순간 들려온 제튼의 음성에 아이컨택이 끝났다.

"기사의 도? 좋습니다. 하지만 명심하십시오."

제튼이 늘어트렸던 검을 다시 가슴 앞으로 세웠다.

"진정한 기사는 전장에서 '방심' 하지 않습니다. '자만' 하지 않습니다. '자신' 하지 않습니다."

그가 말한다.

"여러분은 지금 자신하고 계시군요."

그랬던가?

"또한, 자만하고 있습니다."

팔탄을 이긴 저 실력을 가볍게 여기지는 않았다.

"지금 그 모습이 바로 방심하는 마음입니다."

내가? 우리가?

절로 눈살이 찌푸려지는 그 때, 제튼이 그들에게 손짓했다.

"오십시오. 여기, 기사의 전장으로."

그렇다.

여기는 전장이었다.

"우아아아아아!"

최연장자의 힘을 보여주려는 듯, 나비엘이 먼저 튀어 나갔다. 이에 호응하듯 다른 기사들도 뒤를 따라 내달렸다.

제튼이 빙긋 웃으며 말했다.

"각오! 하십시오."

정중한 어투.

그러나 눈은 화를 내고 있었다.

'귀찮게 만든 벌은 달게 받아야지.'

진심으로 짜증 폭발이었다.

원치 않던 합공이지만, 거짓말처럼 호흡이 딱딱 들어맞았다. 아이들에게 가르침을 전하고자, 몇 차례 손을 섞어야만 했던 경험이 지금에서야 발휘 된 모양이었다.

"후읏!"

짧은 호흡과 함께 뻗어오는 검날이 매섭게 가슴을 찔러오는 게 보였다. 마음가짐의 변화가 확연히 드러나는 일검이었다.

'짜릿하네!'

그 안에 담긴 살기가 진정 자신을 죽이려 한다는 게 느껴졌다. 전력을 쏟는 것이다.

하지만 제튼이 신경 써야 할 것은 눈앞의 일검만이 아니었다. 등 뒤, 양 옆, 그리고 전방의 일검 뒤로 자세를 낮춘 채 은밀하게 파고드는 제 2격까지, 이 모든 걸 감안해 둬야 했다.

그 뒤의 뒤편에서 틈을 찾는 이들은 잠시 제외대상이었다.

'어쩐다.'

찰나, 눈 한 번 깜빡일 틈도 없는 그 짧은 순간 속에서 제튼은 생각을 정리했다.

'아무래도 전진이 나으려나.'

제튼이 앞으로 몸을 던졌다.

'미친!'

전방 기사의 동공 위로 한 줄기 파문이 일었다. 제튼의 행위가 마치 자살이라도 하려는 것처럼 보인 까닭이었다. 그렇지 않고서야 자신의 심장이 있는 왼쪽 가슴을 검날에 내놓을 이유가 없지 않은가.

검이 가슴에 닿았다고 여겨지던 그 순간 제튼이 몸을 틀었다. 절묘하게 검날이 제튼의 가슴 위를 스치며 미끄러졌다. 동시에 전면에 들이닥치는 우측 어깨가 좁아진 그들의 공간을 장악했다.

제튼의 어깨가 가슴어림을 찍었다.

퍼억!

서로 간에 내달리던 속도에 어깨의 단단함이 더해지며 어마어마한 충격이 들이닥쳤다. 뼈가 함몰되지 않은 게 신기할 지경이었다.

부웅 떠오르는 그의 뒤편, 자세를 낮추고 있던 동료와 충돌이 일어났다.

너무 근거리에 몸을 숨기고 따랐던 까닭일까? 아니면 자신의 질펀한 엉덩이가 문제였던 것일까? 그의 얼굴이 자신의 엉덩이에 뭉개지는 게 느껴졌다.

'일타이피.'

전방의 기사 둘을 처리한 제튼이 입꼬리를 말아 올리며 등 뒤를 떠올렸다. 겨우 한 걸음의 이동이었으나, 그들이 목표물을 놓치기에는 충분했던 듯, 연달아 매서운 예기가 등 뒤와 양 옆구리를 아슬아슬하게 스쳐가는 것이 느껴졌다.

　순간, 발목 어림으로 쏟아지는 압박감에 시선이 내려갔다.

　'제법!'

　엉덩이에 얼굴이 꺾이면서도 일검에 대한 욕구가 남았던지, 전방 두 번째 기사가 검을 날려 오고 있었다.

　하지만 무너진 자세 때문일까? 발목 어림 그 이상을 노리기는 어려워 보였다.

　휙!

　대응은 간단했다. 살짝 발만 들어주면 되는 것이다.

　일그러지는 기사의 표정에 방긋 미소를 던져주며 들었던 발을 앞으로 내밀었다. 부족한 간격을 메우고자 뒷발을 살짝 튕기며 전진하는 것 역시 잊지 않았다.

　콰직!

　엉덩이에 뭉개졌던 얼굴이 이번에는 제튼의 앞발에 짓눌렸다.

　뒤이어 밟았던 발을 살짝 비빈 뒤, 반동을 주며 역으로 몸을 튕겨냈다.

　그 충격 때문일까?

　쌍코피를 줄줄 흘리면서 눈을 까뒤집는 기사가 보였다. 이빨도 제법 빠져버린 게 상당히 우스꽝스런 몰골이 되어버렸는데, 덕분에 살짝 기분이 풀릴 것도 같았다.

잡생각은 거기까지였다.

등 뒤로 새롭게 날아드는 예기가 심상치 않았다. 정확히 목을 노리고 있었다.

'이쯤에서.'

파팍!

그의 검이 비스듬하니 땅에 박혔다. 그 충격에 돌맹이 몇 개가 튀어 오르는 게 보였다. 그 잠깐의 반동에 격하게 뒤로 밀려들던 제튼의 신형에 급제동이 걸렸다.

서걱…….

목 바로 뒤편으로 들려오는 절삭음이 오싹했다.

'내 머리카락.'

아까운 마음도 들었으나, 기르려고 의도한 것은 아니었기에 잠깐 아쉬운 정도로 끝이었다. 목 뒤가 시원해지는 것이 느껴지려는 찰나, 제튼의 신형이 다시금 뒤로 전진했다.

급제동이 걸렸다고는 하나, 뒤로 밀려가던 힘이 완전하게 사라진 건 아니었다. 그 얼마 안 남은 여력에 살짝 힘을 더한 것이다. 목과 등으로 한번 튕긴 것뿐이었으나, 조금 전 그 속도를 재차 끌어내기에는 충분했다.

그러면서 슬쩍 몸을 눕히자, 아직 검을 거두지 못한 기사의 가슴이 살짝 보였다. 확인하기가 무섭게 꽂아두었던 검 끝에 힘을 실었다.

일순간 몸이 쭈욱 늘어났다.

'돌진!'

훤히 열린 그 가슴에 정수리 폭격이 떨어졌다.

"쿨럭!"

헛기침을 하며 물러나는 그의 모습이 보였다. 그와 동시에 튀어나온 굵직한 침 덩어리가 눈에 들어왔다.

'이크!'

빙글!

다급히 몸을 뒤집은 덕분에 피할 수는 있었으나, 기분이 살짝 나빠졌다.

퍼퍼퍼퍽!

그래서 더욱 달려들며 그의 복부에 정권을 사정없이 먹여줬다. 소리는 겨우 서너 방이었지만, 그 찰나의 순간에 이미 스무 번 이상이 복부와 마찰을 일으키고 있었다.

때문일까? 동공이 돌아가며 정신을 승천시키는 게 보였다. 만족스러운 결과에 입꼬리를 말아 올릴 즈음, 보복에 집중한 여파인 듯, 또 다른 검날이 바로 등 뒤 까지 따라붙은 게 느껴졌다.

그것도 무려 두 개였다.

와락!

냅다 기절한 기사의 몸을 껴안은 채 앞으로 굴렀다.

촤악! 촤악!

옷자락이 찢겨져 나가는 소리가 들렸다.

'큭! 내 돈.'

이들과 어울리는 수준으로 적당히 맞추려다 보니, 쓸데
없는 지출이 생겨버린 것이다.

'젠장!'

피를 보지는 않았으나, 지출에 대한 보복이 필요할 듯싶
었다. 재차 날아드는 합공을 향해 사납게 검을 휘둘렀다.

카앙! 캉!

거친 쇳소리와 함께 부러지는 두 개의 검날이 보였다.
경악하는 두 기사의 모습 역시 눈에 담겼다.

'옷값으로 검은 좀 과했나.'

생각해보니 그가 입고 있는 건 헐값으로 산 싸구려가 아
니던가.

애검이 부러지자 마치 형제가 죽기라도 한 듯, 하얗게
질려버리는 둘의 모습에 살짝 미안해지는 순간이었다.

절로 자리에서 일어나게 만드는 한 수였다.

'맙소사!'

기사학부장 캐로는 제튼이 방금 보여준 일검을 보며 전
율하지 않을 수가 없었다.

'오러도 없이…… 검을 베다니.'

그야말로 극상의 검술이었다. 오러라는 초월적인 힘의

도움을 얻는다면, 검의 예기를 돌파하며 이를 가르는 게 얼마든지 가능했다.

하지만 조금 전 제튼은 이런 초월적 힘이 아닌, 순수한 근력과 검의 기술만으로 놀라운 결과를 만들어 낸 것이다.

경이롭다는 말이 절로 생각나는 순간이었다.

그 뿐만 아니라, 지켜보던 다른 기사학부의 교사들도 마찬가지의 감정인 듯, 일제히 자리에서 벌떡 일어나 몸을 떨고 있는 게 보였다.

저들 역시도 경악하고 있는 것이다.

'아니! 그것만은 아니겠지.'

자신과 마찬가지의 감정일 터.

싸우고 싶다!

나도, 저기에 끼고 싶다!

한판, 멋지게 어우러지고 싶다!

기사라는 본능이 불끈불끈 솟아오르기 시작했다.

'젠장!'

아랫입술을 질끈 깨물며 참는 것.

지금 그가, 그리고 그들이 할 수 있는 전부였다.

바로 옆 아스트 교장이 그러하듯, 레이나 역시 제튼의 모습에 전율하고 있었다.

'단, 한 번!'

저들의 합공 속에서 제튼이 제대로 검을 휘두른 건, 이제 겨우 한 번이었다. 헌데, 그 한번으로 전장 전체의 분위기뿐만 아니라, 바깥의 공기까지 한꺼번에 제압한 것이다.

더욱 놀라운 것은 이 한 번의 검격이 통용되기까지, 제튼이 맨몸으로 전장을 휘두르던 모습이었다. 너무도 능숙하게 저들의 틈새 속에서 공간을 만들고 간격을 벌리고, 상대를 제압하며, 온전하게 분위기를 자신의 것으로 만들어내던 그 모습은 그야말로 환상이었다.

그렇기에 저 단 한 번의 검격에 모든 분위기가 그에게로 쏠린 것이리라.

부르르르……

다른 교사들처럼 그녀 역시 온몸을 떨며, 눈앞에 펼쳐진 경이로운 모습에 자극을 받아야만 했다.

상상 그 이상.

나비엘은 팔탄사건의 소문을 듣고 제튼이 강하다는 걸 짐작할 수 있었다.

'하지만, 설마 이 정도일 줄이야.'

연무장의 공기를 단번에 끊어버렸던 일검!

'소름이 끼칠 정도였다.'

과연 얼마나 연마를 해야 저러한 경지에 이를 수 있을까? 일순간 밀려온 아득한 감각 속에서 패배를 직감했다.

이 승부가, 이 전장이 누구의 것으로 끝날 것인지 이제는 확연히 알 수 있었다. 하지만 그저 이렇게 끝내기에는 아쉬움이 컸다.

나비엘의 시선이 전방으로 향했다.

이미 무너져버린 조직력을 애써 끌어안은 채, 합공을 이어나가는 동료들이 보였다. 그 역시 저 무리에 합류하는 것이 옳겠으나, 잠시간의 생각 끝에 선택을 달리하기로 했다.

'나는 마지막을 준비한다!'

연장자란 단어가 싫다. 나이를 먹었다는 건, 그만큼 육신도 절정기가 지났다는 의미이기 때문이다.

하지만,

'오러의 양 만큼은 충족되었으니.'

역설적이게도 하나를 잃어가면서 하나를 얻게 된 것이다. 그러나 절정에 이르지 못한 경지이기에 이 역시도 빠르게 시들어버릴 터였다.

짧은 시간동안 이어질, 두 번째의 전성기.

그것을 이곳에서 피울 생각이었다.

우우우웅…….

검 끝에 수증기마냥 피어나던 기운의 잔재, 그것이 점차적으로 제 형상을 갖춰가고 있었다. 아직은 아스라한 아지랑이 같은 형태였으나, 분명 그것은 새로운 형태의 무언가였다.

'오러!'

끈기 있는 단련에, 쌓이고 쌓인 오러가 드디어 세상으로 뻗어 나오기 시작했다. 어찌 보면 세월이 가져다 준 보상과도 같았다.

하지만 길게 이어갈 수는 없었다.

때문에 단 일합에 모든 것을 걸 생각이었다.

'기회를 노린다!'

동료들이 온 몸을 내던져 만들어 줄, 단 한 순간을 포착해 전심전력으로 검을 보일 것이다.

열아홉에서 시작됐던 인원이 어느새 다섯으로 줄어버린 상황.

제튼은 자신에게 검을 휘두르는 네 명 보다, 한 발 물러서서 대기하는 마지막 한명에게로 시선을 주고 있었다.

'오러인가.'

마지막을 장식하기에는 적절하다 여겨졌다.

'어떻게 할까?'

피할까? 아니면 부술까?

고민을 하는 와중에도 합공은 이어지고 있었다. 사선으로 베어드는 검을 힘으로 튕겨낸 뒤, 발을 차올렸다. 빠각! 하는 소음과 함께 하얀 알갱이 몇 개가 튀어 오르는 것이 눈에 들어왔다.

앞으로 밥 먹기가 참 까다로울 것 같다는 생각을 할 즈음, 뒤와 양 옆에서 검이 날아드는 걸 느꼈다.

빙글!

몸을 돌리며 검을 뿌렸다.

카카캉!

재차 선보여진 사나운 일검에 세 개의 검이 허리를 꺾는 게 보였다.

'와라!'

의도적으로 비친 그의 등판이었다. 기회를 노리는 나비엘에게 틈을 만들어주기 위한 자세였다. 그러면서 시간적 여유도 줄 겸, 남은 세 명에게 각기 검 면으로 따귀를 날려 줬다.

짜자짝!

새빨개진 볼의 역방향으로 고개와 몸이 돌아가는 세 기사의 자리 위로, 하얀 알갱이가 하나씩 떨어졌다. 짧고 굵게 그들은 어금니를 남기고 떠났다.

그리고,

등 뒤로 마지막 하나가 쏘아져 오고 있었다.

'박살!'

피하겠다는 선택지를 버렸다.

한 박자 늦은 듯, 뒤늦게 제튼이 몸을 돌리는 모습에서 나비엘은 작게나마 희망을 엿보고 있었다.

하지만 그가 보지 못한 부분이 있었다.

돌아섰던 몸에 가려, 그의 오른팔과 손목 그리고 손과 검이 회전하기 시작했다는 걸 볼 수 없었다.

또한 약간 늦어버린 듯 보이던 제튼의 반응이, 사실은 더 큰 반동을 주기 위한 잠시간의 움츠림이었다는 것 역시 알지 못했다.

먼저 고개가 돌아갔다.

이후, 한 박자 늦은 듯 육신이 뒤를 따랐다. 그리고 왼발이 방향을 설정하듯 전방으로 뻗었다.

콰득!

발바닥이 땅과 맞닿는 순간, 연무장의 바닥에 작은 균열이 일어났다. 하지만 그 순간까지도 제튼의 오른팔과 검의 모습은 뒤로 빠진 채, 모습을 감추고 있었다.

한 박자에서 다시 반 박자, 늦어지는 만큼 더 큰 반동이 오른 팔에, 검에 휘감겨 올라갔다.

그러는 사이 나비엘의 검이 지척에 도달했다. 섬뜩한 칼날 끝에 서려있는 선명한 오러가 눈에 비쳤다.

'지금!'

당겨졌던 오른팔과 검이 회수됐다. 그 끝에 회전하는 검날이 작은 소용돌이 같았다.

전사경(纏絲勁)!

제튼이 내어놓은 비장의 한 수였다.

'오러를 오러로 부수는 건 너무 쉬우니까.'

그저 육신의 힘으로 극한의 기예로, 눈앞에 다가오는 초월적인 에너지를 꿰뚫을 것이다.

그리고,

점과 점이 만났다.

카카카각……

제튼의 검날이 박살나 흩어지기 시작했다. 어찌 보면 당연하다고 할 수 있는 결과였다. 평범한 검으로 오러를 이겨낸다는 것 말도 안 되는 이야기인 것이다.

파팟! 파파팍!

사방으로 비산하는 검의 파편이 보였다. 헌데, 그 양이 너무 많았다.

"말도 안 돼!"

사방에서 경악하는 소리가 들렸다.

나비엘의 검 역시 부서진 까닭이었다. 제튼의 검보다는 그 파편의 양이 적었지만, 분명 부서져 흩날리고 있었다.

'이럴…… 수가!'

다른 이들과 마찬가지로 충격을 먹은 나비엘이 입을 떡 벌리며 자신의 손끝을 바라봤다. 3분의 1 가량만 남아있는 검날이 보였다.

산산조각 나버린 제튼의 검과 비교한다면, 양호한 편이라고 할 수 있다. 하지만 중요한 건 그게 아니었다.

오러가 깨진 것이다.

'이게 가능한 일인가?'

약간은 풀려버린 눈동자가 제튼을 찾았다.

'음?'

순간, 커다란 주먹이 눈에 들어왔다.

'아차!'

그러고 보니 지금은 전투중이 아니던가. 뒤늦게 상황파
악을 하는 그의 얼굴로 제튼의 주먹이 작렬했다.

빡!

"끝!"

숨 막히는 정적이 연무장을 휘감았다.

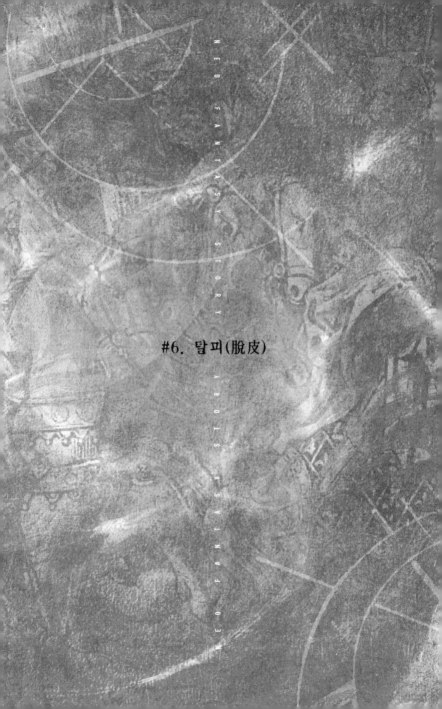

#6. 탈피(脫皮)

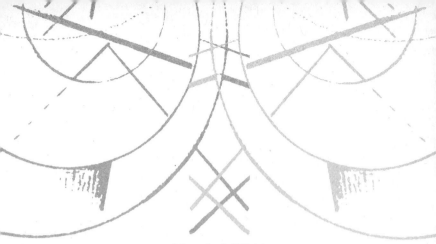

#6. 탈피(脫皮)

-기사학부 교사들의 패배.

-이것은 팔탄 패거리 사건과는 급수가 다른 이야기로써, 순식간에 아카데미 전체에 퍼진 뒤, 남작령을 뒤흔들었고, 루마니언 지방을 한바탕 뒤집어 놨다!

이런 요란스러운 전개는 없었다.

교직원 연무장에서 벌어졌던 19대 1의 결투는 생각보다 조용히 끝을 맺어버렸다.

방법은 간단했다.

"승자의 권리로, 조건을 걸겠습니다."

이렇게 시작한 제튼의 요구사항이 '침묵'이었기 때문이다. 그리고 이를 용납한 게 바로 기사학부장인 캐로였다.

애초에 억지스런 결투가 아니던가. 캐로가 자리에 함께 했던 건, 이런 후폭풍을 적당히 조절하기 위함이기도 했다.

그 폭풍이 너무 거센 까닭에, 결국 교장인 아스트의 힘까지 빌려야만 했을 정도였으나, 그래도 승자의 조건대로 '침묵'을 지킬 수는 있었다.

지켜보던 학생들도 스승의 명을 거역하지는 못할 터였다. 일반적인 아카데미의 사승관계가 아닌, 정식 제자로써 받아들인 관계이기 때문이다. 게다가 스승의 패배를 굳이 바깥에 알리고 싶은 제자도 없을 것이기도 했다.

물론, 완전히 막는 건 불가능했다.

마법학부 교사들의 입을 통제하는 건 쉽지가 않기 때문이었다. 그들 각자의 거래처에는 분명 정보가 흘러갔을 터였다.

단지, 그들도 나름의 '맹세'를 통해, 최소한의 제약을 걸었다는 거에 만족하며 한 발 물러서야 했다.

"뭐, 그래도 알 놈들은 다 알겠지."

제튼은 지붕 위에 드러누운 채, 조용히 투덜거렸다. 밤하늘 가득 끼어버린 먹구름 때문에 별빛이 하나도 보이질 않았으나, 이런 외적인 모양새는 크게 상관없었다.

오후에 있던 일 때문일까? 싱숭생숭한 마음에 잠이 안 와서, 그냥 바람이나 쐬러 나온 것이기 때문이다.

"뭐, 결과는 시간이 지나봐야 알 수 있으려나."

아직 하루도 안 지난 시점이었다. 그의 조건인 '침묵'이 온전하게 행해졌는지는 다음 주 즈음이 되어 봐야 제대로 알 수 있을 터였다.

'그렇다고는 해도, 조금 심했나.'

무려 기사 열아홉 명을 쓰러트린 것이다. 게다가 마지막에 선보였던 초극상의 수법까지 생각한다면, 확실히 좀 과한 경향이 있었다.

'분위기를 타버린 거지.'

쓰게 웃으며 고개를 흔드는데, 문득 느껴지는 기척에 고개가 들렸다.

"선생님."

쿠너였다. 그 역시 잠이 안 오는 듯, 연신 뒤척이다가 결국 이처럼 방을 나와 버린 것이었다.

방과후에 있던 제튼과 기사들의 대결이 머릿속에서 떠나질 않았다. 그 흥분감이 여태껏 남아 심장을 두드렸다. 자꾸만 검을 휘두르고 싶었다. 잠자리에 들기 전에도 쉴새 없이 검을 휘둘렀으나, 그럼에도 부족함을 느꼈다.

그래서 검을 들고 방을 나선 것이다.

헌데, 이게 웬일? 자신의 심상을 두드렸던 존재가 지붕 위에서 그를 내려다보고 있는 게 아닌가. 눈이 번쩍 뜨였다. 검을 휘두르기보다 대화를 나누고 싶어졌다.

후다닥 사다리를 타고 지붕으로 올랐다.

"쯧!"

귀찮다는 듯 제튼이 혀를 찼다.

"안자고 뭘 하냐?"

"선생님 같으면 잠이 오겠어요?"

반짝반짝 빛나는 제자의 눈동자에 고개를 흔든 제튼이 다시금 하늘 위로 시선을 던졌다. 여전히 별은 보이질 않았다.

그 옆모습을 바라보던 쿠너가 조심스레 질문을 던졌다.

"왜 피하지 않으셨습니까?"

검술에 관해 물을 줄 알았더니, 이건 또 뭔가?

"사실, 전 선생님이 연무장에 안 가실 줄 알았습니다."

의외의 물음에 제튼의 시선이 내려왔다. 정말 궁금했던 부분인 듯, 쿠너의 두 눈 가득 의문이 머물고 있었다. 잠시 제자의 눈을 마주하던 제튼이 짧게 실소하며 다시금 시선을 올려 보냈다.

제자의 눈 속에서, 사실 다른 질문을 하고 싶다는 걸 발견한 까닭이었다. 이번 질문은 본론에 들어가기 전의 몸풀기 같은 것임을 알았다.

"그러게 말이다. 왜 안 피했을까?"

"에~이. 질문에 질문으로 답하는 게 어딨습니까?"

"여기있다. 억울하면 네가 선생 하던가."

"치사하게······."

제자의 꿍얼거림을 한 귀로 흘리며, 좀 전의 물음에 답을 구해봤다.

'왜 그랬지?'

확실히 피하려 했다면 얼마든지 피할 수 있었다. 물론, 그로 인해 평판은 바닥을 쳤을 것이다.

'애초에 내가 그런 거 신경이나 썼나.'

일반적인 기사들이라면 명예를 중시하겠으나, 그는 전혀 아니올시다였다.

'뭘까?'

무엇 때문에 그들의 도발을 받아들였을까?

짜증이 났다고는 하나, 그 열기는 충분히 억누를만한 수준의 것이었다.

'흠······.'

곰곰이 생각을 하던 제튼의 눈에 한 순간 불이 들어왔다.

'변했나?'

문득 떠오른 얼굴이 있었다.

카이든.

황궁 브레이브에서 이뤄셨던 만남을 통해, 뭔가 변화가 있었던 모양이었다.

'마치, 막혔던 가슴이 뚫린 것 마냥······.'

가슴 한편에 새겨졌던 멍울이 닦여나간 느낌이랄까?

'아…….'

눈이 번쩍 뜨였다.

"선생님? 뭘 그렇게 헤벌레 해가지고 있어요?"

그 순간 날아든 제자의 음성.

'아…….'

분위기가 확 죽어버렸다. 뒷목이 살짝 뻐근해지는 느낌에, 살짝 목 언저리를 주무르고 있으니, 제자 놈 하는 말이 가관이었다.

"그러게 고개 좀 적당히 꺾으시지. 별도 없는데, 뭐 볼게 있다고. 별 볼일 없잖아요? 크……."

'이걸, 확!'

주먹을 부르는 유머라는 게 이런 것일까? 울룩불룩 솟아나는 힘줄을 애써 다독여야만 했다.

"잠시만, 조용히 좀 있어라. 생각 좀 하게."

그러면서 사납게 한 차례 노려봐주니, 쿠너는 입술을 바짝 붙일 수밖에 없었다.

무엇이 달라졌는가.

조금 전, 어렴풋이 그 변화의 중심에 다가갈 수 있었다.

'마음인가.'

알게 된 것을 상기해봤다.

'나는 여전히 천마를 지우지 못했었구나.'

아니, 좀 더 정확히는 다시 그의 그림자에 먹혀들고 있었다는 게 정답이었다.

그가 떠난 뒤, 최초 계획했던 10년의 여행.

비록 그 반의반도 못 되는 시간 만에 여정을 접고 귀향했지만, 분명 그 잠시의 기간만으로도 작게나마 천마의 흔적을 털어냈었다.

하지만 당시 이뤄졌던 카이든과의 만남.

그리고 이어진 착각과 오해.

이후, 조금씩 천마의 그림자가 다시 그를 뒤덮기 시작했던 모양이다.

〈조용히 살겠다!〉

그가 그리던 고향에서의 일상이었다.

하지만 천마의 잔재는 이를 더욱 과하게 만들어, '은거' 하듯 '은둔' 하듯 지내게 한 것이다. 숨고 감추려고만 하던 이유가 이 때문이었다.

마치 스스로가 죄인이 된 듯, 그렇게 움츠려 지내려고만 했다.

그러던 게 이번 수도행으로 인해, 한 꺼풀 벗겨진 것이다.

'진실을 알고, 변한 건가.'

머리보다 마음이 먼저 따랐다.

이번 연무장 사건이 이러한 마음의 영향으로 벌어진 결과였다.

특히, 마지막 일검.

'분위기를 탔지.'

그러나 심적 받침이 없었더라면, 이 같은 분위기에 결코 유도되지 않았을 것이다.

조용한 삶.

그가 바라는 건 여전했다.

하지만 내적 갈등을 알게 됨으로써, 과거와는 그 방향성이 달라질 터였다. 움츠러든 모양새가 아니라, 그저 말 그대로 조용하게, '평온'한 일상을 지내는 것이다.

오늘처럼 부딪쳐야 할 때가 온다면 부딪치기도 하는 삶.

'그렇게……'

일순간 등허리를 타고 올라가는 전율을 느꼈다.

해방감!

진정한 의미로써의 의식적 탈피(脫皮)의 순간이었다.

절로, 입 꼬리가 올라갔다.

"하하하하하하ㅡ!"

이건 또 뭐야? 하는 얼굴로 쿠너가 바라봤다. 그 시선을 아는지 모르는지, 제튼은 그저 시원하게 웃을 뿐이었다.

"웬 미친놈이 야밤중에 시끄럽게 떠들고 지랄이야!"

순간 들려온 모친의 거친 음성에 제튼의 입술이 붙어 버렸다.

"누구얏ㅡ!"

아뿔싸! 모친이 성질을 못 이긴 듯, 대문을 박차고 나오
는 게 아닌가. 제튼이 납작 엎드리며 지붕과 혼연일체를
이뤘다.

옆에서 한심하다는 듯 불경한 눈빛이 날아왔다.

'나중에 두고 보자!'

당장은 그가 살고 볼 일이었다.

❀

깊은 밤. 치료실 한편에 세워진 자그마한 기도실에, 갑
작스런 방문자가 찾아들었다. 손님은 아스트 교장이었다.
그의 때늦은 등장에 마르한의 눈살이 살짝 찌푸려 있었
다.

"자네가 이 시간에 웬일인가?

"네놈이 가져간 내 찻잎 뺏으러 왔다."

"허헛! 그 친구 참. 쉰 소리 말고 들어오게."

진심반 농담반 잘 버무려진 일갈에, 결국 웃음을 터트린
마르한이 아스트를 자신의 방으로 안내했다.

"무슨 일로 왔나?"

방에 들어서기가 무섭게 마르한이 질문을 던졌다.

"딱딱하기는, 쫏! 손님이 왔는데 차라도 한 잔 내와야
지."

"허헛!"

"웃기는."

결국 바라던 대로 차를 내어줬다. 아침에 뜯어갔던 고급 찻잎을 확인하자 아스트의 얼굴이 와락 일그러졌으나, 이내 그 깊은 맛에 표정을 풀어야만 했다.

딸각…….

찻잔을 내려놓은 아스트가 잠시간 마르한을 뚫어져라 쳐다봤다.

"뭘 그렇게 보나?"

"생각중이다. 왜?"

"생각?"

"그래. 궁금한 것이 있는데, 왠지 대답을 안 해줄 것 같아서. 어떻게 꼬득여야 입을 열지 궁리중이지."

그 이야기에 허허 웃은 마르한이 찻잔을 내려놓으며 물었다.

"제튼 그 친구에 관한 이야긴가?"

"알고 있군."

"대충은…….."

방과 후에 기사학부 교사들과 제튼 사이에 뭔가가 있다는 것 정도는 알았다. 하지만 그게 무엇이었는지 까지는 알지 못했다. 그저, 예상만 할 뿐이었다.

"붙었나?"

이어지는 질문에 아스트가 미간에 주름을 잡았다.

"어디서 들었어? 어떤 놈이 함구령을 어긴 거야?"

"지금, 여기서, 자네에게 들었네. 결국 제튼과 교사들이 결투를 벌였단 말이지. 허허……."

"젠장……! 낚였군."

"평상시 자네라면 이런 수작에 걸려들 리가 없을 텐데. 음…… 뭔가 놀랄만한 일이 있었나 보군."

이번에는 대답을 하지 않았다. 하지만 그 얼굴에 떠오른 표정만으로도 대략적인 답은 나왔다.

'일이 있기는 있었군.'

뭘까?

생각을 해 보니, 의외로 결론은 간단했다.

"이겼나?"

"……."

"제튼 그 친구가 이겼나 보군."

"쯧! 유랑만 하고 다니더니, 눈칫밥만 늘었어."

"각양각색의 사람들을 만나다 보니, 좀 늘긴 늘더군."

"넉살도 늘고."

"허허헛!"

언신 니딜웃음을 티트리는 친우의 모습에, 잠시 주먹이 울었으나 사용은 하지 않았다. 노구에 무리했다가 뼈나가면 그만 손해이기 때문이다.

상대는 대신관급의 성력을 지녔으나, 그는 그저 평범한 노인일 뿐이었다. 누가 봐도 답이 나오는 그림이었다.

"웃지만 말고, 이야기 좀 해봐. 그놈 정체가 대체 뭐야?"

교사들의 패배는 확실히 놀라웠다. 하지만 아스트 교장에게 더 충격적인 건 따로 있었다.

〈저도…… 자신이 없습니다.〉

기사학부장 캐로가 했던 이야기였다.

익스퍼트 중급.

충분히 제국 수도에서도 한몫 담당할만한 실력자가 캐로였다. 그런 그가 패배를 직감했다. 제튼에 대한 궁금증이 더욱 커질 수밖에 없었다.

'익스퍼트 상급?'

떠오르는 건 그것뿐이었다.

그 정도 실력자라면 제국 수도에서 한 몫 하는 정도가 아니라, 어깨 좀 피고 고개도 제법 세울 만한 수준이라 할 수 있었다.

〈오러 발현은 없었다고 하지 않았나?〉

이러한 부분 때문에 더욱 이해가 안 됐다. 헌데, 캐로의 이어지는 대답은 더욱 황당했다.

〈죄송합니다. 저도 이유는 모르겠지만, 그를 상대로 승리의 이미지가 떠오르질 않습니다.〉

그저 감이라는 것이다.

어이가 없었으나, 그게 말의 무게를 아는 캐로에게서 나왔으니, 무시할 수도 없었다. 때문에 밤이 깊었다는 걸 알면서도 이곳을 찾았다

좀 더 일찌감치 오려 했으나, 함구령을 내리는 등 각종 조치를 하느라 시간이 늦어 버린 것이다.

"말해. 그놈 뭐야?"

아스트의 고집스런 눈빛에 마르한이 쓰게 웃으며 고개를 흔들었다.

"안 되네."

말 그대로 고개를 흔든 것이다. 언뜻 확고해 보이기도 한 그 모습에, 아스트의 입술이 비죽 튀어나왔다.

"젠장!"

오면서 예상했던 상황이 그대로 연출되고 있는 것이다. 욕설이 절로 나왔다.

"망할 놈!"

"허헛! 신의 충실한 종에게 그 무슨 불경한, 천벌 받을라."

"쯧! 천벌은 무슨……."

투덜거리는 아스트의 모습에 재차 웃음을 터트린 마르한이 물었다.

"소학원 때문에 그러나?"

"그렇지 않아도 바싹 긴장하고 있는데, 그놈 때문에 꽤

한 시선이 모이게 생겼잖아."

이를 막기 위하여 더욱 철저하게 함구령을 내린 것이기도 했다.

"결과가 나오기 전까지는 최대한 조용히 진행하는 게 좋단 말이지."

적당히 돈벌이가 된다는 걸 증명한다면, 귀족들과의 마찰로 일어날 피해도 크게 줄일 수 있을 터였다.

"이전에도 말했지만, 이미 아카데미 사업으로 큰 흐름이 만들어져 버린 상태라서, 돈이 된다는 결론만 나온다면, 귀족 놈들도 귀찮게 하지는 않을 거다. 오히려 한 발 걸치려 들 테지."

"그러는 자네도 귀족이잖나."

"싸우자는 거냐?"

"허헛!"

"내가 한 10년만 젊었어도 너는 그냥…… 아오!"

완전 시비조가 되어버린 아스트의 모습에 그저 너털웃음만 터트리는 마르한이었다.

"애초에 결투를 못하게 하는 것인데. 쯧! 교사라는 것들이 칼부림이나 해 대니, 애들이 뭘 보고 배우겠어."

"교사이기 이전에 기사이지 않는가."

"망할!"

틀린 말이 아니기에 반박하기가 어려웠다. 때문에 욕짓

거리로 화를 달랠 뿐이었다.

"자네 말처럼, 애초에 결투를 금지하지 그랬나."

"궁금해서…… 흠!"

제튼에게 뭔가 있다는 걸 알았으나, 그 '뭔가'의 정체를 모르기에 확인하려 한 것이다. 헌데, 막상 까놓고 보니 상상했던 것 이상으로 감당하기가 어려웠다.

게다가 일을 크게 벌려놓은 탓에 수습하기도 쉽지가 않았으니, 이래저래 골머리가 썩는다고나 할까?

"막는다고 막기는 했는데, 과연 얼마나 갈는지. 에잉……."

나름대로 손을 쓴 덕분에, 팔탄 사건처럼 동네방네 알 수 있을 만큼 퍼지지는 않을 것이다. 하지만 그래도 결국, 이번 연무장 사건의 정보가 일부 유출되는 건 막을 수 없을 거라 여겼다.

그만큼 큰 사건인 까닭이었다.

'나름대로 방귀깨나 뀐다는 놈들 귀에는 다 들어가겠지.'

그때까지의 시간을 계산해봤다. 아무리 생각해도 그리 오래 걸리지는 않을 것 같았다.

그나마 다행이랄까?

'대충, 준비는 다 마쳤으니까.'

이젠 소학원의 문을 열 차례였다.

'후…… 시간싸움 이겠군.'

아무래도 한동안은 머리 꽤나 아플 모양이었다.

✤

이른 아침부터 일어나 검을 휘두르는 것, 그게 지금까지 레이나가 아침잠을 털어내는 방법이었다.

검을 든 이후부터 단 한 번도 빼먹은 적 없는 것으로써, 일종의 '습관'과도 같게 굳어버린 것이 바로 그녀의 식전 수련이었다.

그러던 걸, 오늘 처음으로 빼먹어버렸다.

'제른 반트.'

눈앞에 아른거리는 그의 얼굴, 그의 검!

잠을 제대로 잘 수가 없었다. 어둠이 가시는 내내, 연신 뒤척였다. 또한 꿈속에서도 그의 존재를 마주하고는 깜짝 놀라 깨고는 했다.

그래서일까?

아침훈련을 할 만한 기력이 나질 않았다.

'이상하게 몸이 무거워.'

겨우 하룻밤 잠을 설쳤을 뿐이건만, 이런 피로감이라니.

'검…… 그 검 때문이야.'

동공에 각인된 듯, 뇌리에 새겨진 듯, 지금도 쉴 새 없이 떠오르는 마지막 일검.

아찔했다.

상상만으로도 몸이 떨리며 전율이 일 정도였다.

'제튼 반트!'

동시에 그의 이름도 새롭게 각인되고 있었다. 이전에도 그가 대단하다는 건 알았다. 하지만 이제는 그에게서 경외감까지 느끼게 된 것이다.

그를 떠올리는 것만으로도 쿵쾅대는 심장이 그 증거였다.

'제튼 반트…….'

하지만 얼굴이 자꾸 뜨거워지는 이유는 조금 이상했다.

'이것도 경외감?'

마치 감기에 걸린 듯, 자꾸만 화끈거렸다.

❖

아카데미 수업이 있는 날까지 남작령에 들어갈 생각이 없던 제튼이었건만, 연무장 사건이 있고 하루 만에 남작령으로 발을 들여야만 했다.

'어쩌다 이리 된 건지.'

슬쩍 옆으로 시선을 던져보니, 절로 눈이 흐뭇해지는 모녀 셀린과 제니의 모습이 보였다.

'끄응…… 펠다 녀석.'

현재 이 상황은 여동생이 만들어낸 것이었다.

〈오빠. 언니가 세레나 만나러 간다는데, 같이 따라가 주면 안 돼?〉

말인 즉, 모던 아카데미가 있는 로사테인 자작령까지 호위를 해 달라는 의미였다.

헌데, 거기에 더해 이어진 내용이 가관이었다.

〈사실, 오빠가 함께 가 준다고 이미 이야기 해버렸는데, 같이 가주라. 오빠야앙~!〉

거절을 하기가 어렵게 만들어버렸다.

'펠다 혼자서 꾸민 일은 아닐 거야.'

아마도 세레나 역시 한 몫 거들었을 것이다. 실제로 제튼의 예상처럼, 세레나 역시 한 팔 거들어서 만들어낸 상황이기도 했다.

조카 제니가 보고 싶으니 구경 오라는 식의 연락을 보낸 것이다. 세레나 스스로는 아직 아카데미 막내라서, 주말에도 멀리 나가기가 힘들다는 식의 내용도 함께 적어 보내, 결국 셀린이 움직이게 만들었다.

헌데, 어찌하여 자작령을 가는데 남작령을 온 것일까?

'영지간 순환마차는 남작령 밖에 없다니. 쯧!'

이러한 이유로 남작령을 통과해야만 했다.

'후…… 그래. 기왕 온 김에 주변 반응이나 살피는 거

지, 뭐.'

그러면서 귀를 기울였다.

"뭘 꼬나봐! 지금 나한테 시비 거냐?"

"아주머니 여기 맛있는 과일 좀 구경하고 가세요."

"오빠가 정말 손만 잡고 잘 줄은 몰랐어. 실망이야!"

다양한 이야기들이 들려왔는데, 대부분이 그에게는 쓸데가 없는 내용들뿐이었다.

"팔탄 패거리 녀석들이 요새는 잠잠 하던데?"

"지난번에 크게 깨진 후유증이 클 거야."

"그 두목인 팔탄이라는 녀석도 창피하기는 하겠지."

물론, 전혀 쓸모가 없지는 않았다.

곳곳에서 바라던 내용들도 얻을 수 있었는데, 이러한 이야기들을 종합해 본 결과, 아직 연무장 사건은 알려지지 않았다는 걸 알아낼 수 있었다.

'제대로 침묵의 약속을 지켰나보네.'

만족스런 결과였다. 하지만 이제 겨우 하루가 지난 것이기 때문에, 아직 방심할 수는 없었다.

그러는 사이, 영지간 순환마차가 운행되는 '바파인트 거리'에 들어서고 있었다.

보통 영지 내의 순환마차는 중앙 분수대에서 모이고 출발하지만, 영지간 순환마차는 그곳이 아닌 이곳 바파인트 거리에서 운행이 됐다.

'로사테인 자작령이라.'

뜻밖에 먼 거리를 가게 된 상황이었다.

'6~7시간정도 걸렸었지.'

대략적으로 시간당 30~35카른(Km)을 갈 수 있는 게 순환마차였다. 한 번에 로사테인 자작령까지 가는 게 아닌, 중간 중간 쉬는 시간들도 있는 까닭에, 자작령까지 가는 데 걸리는 시간이 최소 6시간 정도는 필요했다.

'밤에나 도착하겠네.'

간단히 점심을 해결한 뒤 출발을 하는 것이니 만큼, 어둠이 깊어서야 도착할 것 같았다.

막무가내 형식으로 펠다가 밀어붙인 계획이지만, 그 실체를 안 것은 오늘 아침에서였다. 때문에 셀린과 만나 이야기를 나누고 출발하기까지, 아침나절을 전부 보낼 수밖에 없었다.

'쯧! 오랜만에 하루 종일 땅 좀 고르려고 했더니.'

주말 계획이 엉망이 돼버렸다.

'그렇다고 거절 할 수도 없으니.'

셀린이야 괜찮다며, 제니와 둘이 다녀올 수 있다고 했다지만, 어찌 그 먼 길을 여자들끼리만 보내겠는가.

특히, 셀린 정도의 미모라면 이래저래 부딪치는 일이 많을 수밖에 없을 터였다. 그런 만큼 옆에서 동행하는 남자가 한 명 정도는 필요했다.

그녀의 부친의 경우에는 오늘도 일을 나가야 했고, 남동생인 헨몬 역시 가게를 꾸리는 중이기에 주말이라고 해서 자리를 비우기가 쉽지 않았다.

'어느 정도는 세레나와 펠다가 의도한 것일지도 모르지……'

사실, 일이 있다고는 하나, 무리를 한다면 집안의 남자 한명쯤은 붙을 수 있었을 것이다. 그럼에도 불구하고 제튼에게 부탁이 들어온 것을 생각한다면, 이 부분에서도 여동생과 세레나의 앙큼한 계획이 있었을 것이라고 여겨졌다.

"아빠. 무슨 생각해?"

문득 들려온 음성에 상념을 털어내며 시선을 아래로 내렸다. 여전히 그를 아저씨가 아닌 아빠라고 부르는 제니가 그곳에 있었다.

이런 제니의 변함없는 모습에 셀린이 다그쳤으나. 혼을 낼 때에만 알았다고 하지, 다시 제튼을 만나면 아빠를 입에 올리는 상황이었다.

이상할 정도로 고집을 부리자 매도 들어 봤으나, 여전히 그 때 뿐이었다. 나중에 사정을 들은 제튼이 괜찮다고 하고 난 후에야, 셀린도 한 발 물러설 수 있었다.

"제니랑 뭘 먹을까 생각?"

"먹어? 밥 먹었는데?"

"후후후후…… 제니는 아직 잘 모르는 구나. 그래. 멀리 나가 본 적이 없었으니까."

"아니야. 많이 있어. 남작령까지 얼마나 많이 나왔는데. 봐봐. 오늘도 남작령에 왔는걸."

생각해보면 아이의 관점에서는 남작령까지 온 것만 해도 장거리 여행일 것 같았다.

"오늘은 남작령에서 더 멀리 갈 거야."

"세레나 이모 있다는 곳?"

"그래. 가는 중간마다 '쉼터'라는 게 있는데, 거기에서 뭘 먹을까 하고 생각하고 있었지."

"쉼터?"

영지간 순환마차의 경우, 그 거리가 너무도 먼 까닭에 중간중간 적당한 휴식이 필요했다.

때문에 이를 위해서 길목에 있는 마을들을 이용해 '쉼터'라는 곳을 만들어 놨는데, 마을 안쪽이 아닌, 바깥에 따로 거리를 두고 만들어진 까닭에 따로 쉼터로 부르는 것이었다.

일찍이 이곳에서 돈의 향기를 맡은 상당수의 상인들이 투자를 아끼지 않았는데, 실제로 그곳에서 벌어들이는 자금이 제법 쏠쏠하다고 알려져 있었다.

"맛있는 거 많아?"

"그럼. 많지."

쉼터의 장점이 바로 먹거리였다. 순환마차가 휴식을 취

하러 들린다고는 하나, 그리 장기간 쉬는 건 아니었다. 15~20분 정도 찌뿌둥한 몸을 푸는 정도의 시간만 쉬는 것이다.

때문에 짧고 굵게 지나는 이들을 자극하고자, 주식이 아닌 간식 종류의 먹거리로 돈벌이를 끌어들이고는 했다.

"가는 동안 제니가 얌전하게 있으면, 맛있는 거 많이 사 줄게."

"나 얌전할 거야!"

조막만한 두 손을 꼭 쥐며 다짐하는 모습이 참으로 귀여워 절로 웃음이 나왔다.

"맞아. 제니는 얌전해."

그러면서 아이의 머리를 쓰다듬어 주자, 그 모습이 마치 사이좋은 아빠와 딸처럼 보였다. 그 때문일까? 셀린은 복잡 미묘한 표정으로 이를 바라봐야만 했다.

이번 여행에 제튼이 함께 가 준다는 소리를 듣고 얼마나 놀랐던가. 지난 번 팔탄 사건 이후로 주변의 분위기가 그녀와 제튼을 함께 묶어서 보는 까닭일까? 이번 여행을 같이 해야 할지 고민을 할 수밖에 없었다.

하지만 결국 결론은 같이 가는 거였다.

여자 둘이서 그 먼 길은 위험하다는 이유도 있었지만, 실세로는 그녀 스스로도 원했던 것 같았다.

'인정해야겠지.'

애써 외면하려 했던 자신의 감정이었다. 하지만 슬슬 진실을, 진심을 부정하기가 어려워지고 있었다. 슬슬 직시해야 할 때가 다가온 것이다.

그래서일까?

제튼의 옆모습을 바라보는 그녀의 얼굴 위로 언뜻 분홍기가 비쳤다.

영지간 순환마차를 타고 남작령을 벗어난 뒤, 3시간여쯤 지났을까?

잠시 숨도 고르고 찌뿌둥한 몸도 풀어줄 겸, 제튼 일행이 타고 있는 마차는 쉼터라고 불리는 휴식장소로 들어서기 시작했다.

"작아."

천막을 걷어 오픈이 되어 있어서 주변 풍경이 온전히 들어왔는데, 제니는 그렇게 본 쉼터의 광경에 작은 불만을 토로했다.

그도 그렇게 제튼이 잔뜩 바람을 넣어 놓은 까닭에, 쉼터는 맛있는 먹거리가 가득한 일종의 축제와도 같은 모습일거라 여겼다.

헌데, 막상 도착하고 보니 자그마한 건물 몇 개 세워놓고, 그 주변에 울타리 좀 둘러놓을 것 말고는 별 볼일 없는 협소한 공간이지 않은가.

게다가 이곳 쉼터를 지원하는 마을과의 거리고 제법 되는 까닭에, 언뜻 쉼터 주변의 분위기는 삭막하단 느낌마저 주고 있었다.

뾰루퉁해진 제니의 모습에 실소를 흘린 제튼이 시선을 돌려 주변을 훑었다.

'확실히…… 별 볼일 없기는 하지.'

저 멀리 수도권 주변의 대영지들의 경우라면 모를까, 순환마차의 도입이 한 발 늦었던 이 곳 루마니언 지방의 경우에는, 확실히 그럴싸한 외형의 쉼터는 없었다.

'그래도 필요한 건 다 갖춰있으니까.'

게다가 지금 가장 중요한 것 하나.

'먹을 것도 맛있고.'

불퉁한 제니의 표정을 풀어주기에는 충분할 터였다.

마차가 멈추고, 마차에서 내린 제튼은 잠시 아이의 마음도 풀어줄 겸, 내리려는 제니를 훌쩍 들어 목마를 태워줬다. 과연, 머리 위에서 꺄르륵 거리는 아이의 웃음소리가 들렸다.

슬쩍 미소가 지어졌다.

그러면서 내미는 손.

"누나."

일순간 당황한 듯 셀린의 눈이 크게 뜨였으나, 이내 얼굴을 옅게 붉히며 그 손을 꼬옥 움켜잡고 있었다.

단란한 가족의 일상과도 같은 풍경이었다.

쉼터의 먹을거리에 대한 제니의 반응은 예상한 것 이상으로 좋았다.

'맛도 좋은데다 다양하기까지 하니까.'

만족스러운 휴식시간이었다.

"미안. 자작령까지 같이 가주는 것도 고마운데, 아이 먹을 것 까지."

셸린의 이야기에 제튼이 고개를 저었다.

"저번에도 말 했지만, 아카데미 교사직이 제법 벌이가 짭짤해서 괜찮아요."

게다가 그녀가 산다는 걸 굳이 말린 게 제튼이 아니던가.

"그러니까 신경 쓰지 마요."

"으응······."

고개를 끄덕이던 셸린이 살짝 얼굴을 붉히며 입을 열었다.

"그런데······."

말끝이 살짝 흐려지는 게, 뭔가 어려운 이야기를 하려는 걸까?

"이 손을 좀······."

그렇게 말하며 자신의 왼손을 바라보는데, 이게 웬일?

제튼이 그 손을 잡고 있는 게 아닌가. 마차에서 내릴 적부터 쭈욱 이어지고 있었다.

"싫어요?"

거기다가 이 뻔뻔한 물음은 또 뭐란 말인가.

"그…… 그게."

셀린의 얼굴이 한층 뜨거워졌다.

"하핫! 나는 좋은데."

당혹스럽기 그지없는 이야기를 연발하며 시선을 던져오는 제튼으로 인해서, 셀린의 고개가 반대 방향으로 돌아가야만 했다. 완전히 붉어져버린 얼굴을 감추고자 함이었다.

슬쩍 미소를 지은 제튼이 저 앞에서 열심히 뛰어다니는 제니를 바라봤다. 절로 흐뭇해지는 풍경이 아닐 수 없었다. 그 모습을 바라보며 제튼이 재차 입을 열었다.

"누나."

여전히 붉어진 얼굴을 감추기가 어려운지, 그녀는 고개를 돌리지 않았다.

"나 사실, 아이가 한 명 있어."

"……"

순간 잘 못 들은 건가 싶었다. 뜨겁게 달아올랐던 얼굴이 순식간에 시어버리는 느낌이었다.

"아들인데. 올해 3살이야."

여전히 이야기가 이어지고 있는 걸 보니, 제대로 들은

273

모양이었다.

"비밀로 해 줘. 부모님께는 아직 말씀드릴 생각이 없거든."

맞잡은 손에 언뜻 떨림이 일었다.

"나…… 나 잠깐 화장실 좀 다녀올게."

셀린이 급히 손을 빼며 후다닥 달려갔다. 그 뒷모습을 바라보는 제튼의 눈가에 언뜻 서글픈 그림자가 스쳤다.

'미안……'

그녀의 마음을 알고 있다. 때문에 지금 그가 한 이야기가 충격적으로 여겨졌을 것이다. 그러나 해야만 하는 이야기였다.

'단지, 지금 상황에서는 너무 가혹했을지도……'

왠지 입맛이 썼다.

"아빠!"

순간 들려온 외침에 시선이 돌아갔다. 어느새 다가온 제니가 양 허리에 손을 받친 채 매서운 모습으로 그를 노려보고 있는 게 아닌가. 물론, 그 모습마저도 귀여웠으나, 어쨌든 화가 나 있다는 건 충분히 전달되어 왔다.

'봤구나.'

단번에 답이 내려졌다. 아무래도 제니는 셀린의 얼굴을 본 모양이었다. 그녀가 고개를 돌린 상태로 가버린 까닭에 제튼은 확인하지 못했으나, 분명 그리 좋은 얼굴은 아니었을 것이다.

"엄마 울렸어?"

아이의 물음에 제튼의 표정이 살짝 굳었다.

'울었나?'

자신의 이야기가 그 정도였을 줄이야. 한층 더 가슴이
답답해지는 순간이었다.

"미안. 아무래도 아빠가 엄마한테 실수를 한 모양이야.
그래서 엄마가 실망했나봐."

"자꾸 그러면 혼내 줄 거야!"

쓰게 웃은 제튼이 무릎을 굽혀 제니와 눈높이를 맞췄다.

"그래. 또 그러면 제니가 꼭 아빠를 혼내줘야 해. 알았
지?"

"반성은?"

"정말 절실히 하고 있어."

"그럼 빨리 엄마한테 가서 잘못했다고 빌어야지!"

"그래. 그래야지."

대답과 달리 제튼은 셀린을 쫓아가지 않았다. 혼자만의
시간이 필요하다는 걸 알기 때문이었다.

"엄마가 화장실에 간 것 같은데, 다녀오면 꼭 미안하다
고 할게."

"꼭이야!"

"약속할게."

그 말에 제니가 새끼손가락을 내밀었다. 거기에 손가락을 걸어주고 나자, 그제야 제니의 표정이 살짝 풀어졌다.

셀린은 마차가 출발할 때가 되어서야 돌아왔다. 제튼이 잠시 주저하는 기색을 보이자, 어린 제니가 그의 엉덩이를 꾸욱 꾹 누르며 밀었다. 작은 키 때문에 등까지는 제대로 손이 안 닿는 까닭에, 어쩔 수 없는 터치였다.

어색한 분위기가 제튼과 셀린 사이로 흘렀다.

"미안해. 누나."

먼저 입을 연 것은 제튼이었다. 하지만 셀린은 답을 하지 않았다. 그리고 다시 이어지는 정적.

"마차 출발합니다."

다행스럽게도 그 아찔한 침묵은 마부의 외침과 함께 깨어질 수 있었다. 셀린은 제니를 안은 채 먼저 마차에 올랐고, 제튼은 그 뒷모습을 잠시 지켜봐야만 했다.

'어쩔 수 없는 건가.'

여전히 입맛은 썼고, 가슴은 답답한 상태였다.

'그나저나……'

마차에 오르기에 앞서, 제튼의 시선이 슬쩍 쉼터 곳곳을 훑었다.

'역시, 침묵의 약속은 절반짜리였나.'

알게 모르게 그를 힐끔거리는 시선들이 느껴졌다. 아마

도 연무장 사건을 아는 이들이리라.

'정보길드군.'

얼핏 보이는 그 움직임이나 행동양식으로 그들의 정체를 알 수 있었다.

"안타십니까?"

문득 들려온 마부의 외침에 급히 마차에 올랐다.

◈

회색빛 짙은 로브로 전신을 감싼 채, 너른 광야를 가로지르는 이들이 있었다. 각기 커다란 덩치와 아담한 체구를 지니고 있었는데, 연신 주변을 둘러보거나 뒤를 돌아보는 것이, 왠지 모를 불안감이 잔뜩 느껴졌다.

"쫓아오지 않겠죠?"

순간 아담한 체구의 로브인이 말문을 열었는데, 그 음성은 여인들의 것이었다. 이에 거구의 로브인이 대답했다.

"걱정 마. 잘 따돌렸으니까."

거구의 로브인은 그 음성으로 보아 남성인 것 같았다.

"만약, 그들이 쫓아오면 어쩌죠?"

불안한 듯, 떨리는 여인의 음성에 거구사내가 고개를 저었다.

"에리스……."

거구사내는 여인의 이름을 부르며 잠시 걸음을 멈췄다. 이에 여인, 에리스도 자리에 멈춰 거구사내를 바라봤다.

"안 좋은 생각은 하지 말자. 게다가 지금 그들은 내부적인 불안감을 해소하는데 정신이 없는 상황이기도 해. 우리 같은 말단에게 일일이 신경 쓸 겨를이 없을 거야."

"칼렌."

에리스는 거구사내의 이름을 입에 올리며, 그와 시선을 맞췄다.

"부정적인 생각에 빠지면 안 된다는 건, 저도 알아요. 하지만 그들의 집요함을 생각한다면, 언제고 저희들에게도 시선을 돌릴 게 분명해요."

"그만. 그 때 일은 그 때 가서 생각하도록 하자. 지금 당장은 희망적인 생각만 하는 거야."

"하지만……."

"부정적인 생각이 얼마나 안 좋은지 알잖아. 당신이나…… 뱃속의 아이에게나."

그들로 하여금 '조직'을 나오게 만든 결정적 이유였다.

잠시간 칼렌을 바라보며 침묵하던 에리스가 짧은 한숨과 함께 입을 열었다.

"지금 향하는 곳이 정말 안전할까요?"

"아마도……."

확신은 어려웠다. 조직은 그 정도로 대단한 곳이었다.

"그래도 제국의 가장 깊은 곳이니까. 조직의 시야에서 한 발 벗어나는 건 가능할 거야."

특히, 지금처럼 어수선한 시국이라면 더욱 찾기가 어려울 터였다.

"조직을…… '그레이브'를 배신한 게, 과연 잘 한 걸까요?"

제국으로 인해 지닌바 모든 것을 잃었다. 때문에 그레이브라는 반 제국 조직에 들어간 것이다. 그렇게 거친 삶이 시작됐다.

하지만 그 속에서도 꽃은 피우는 것일까?

그들 남녀는 제국에게 상처 입은 동질감 속에서, 각자의 아픈 곳을 어루만지며, 원한이라는 감정 속에서도 새로운 희망의 싹을 틔웠다.

새 생명의 기적은 많은 것들을 변하게 만들었다.

"우리 아이는 평범하게 자랐으면 해."

칼렌의 말에 에리스가 잠시 자신의 배를 쓸었다. 그의 말이 옳았다. 원한에 사로잡혀 미쳐 지내던 건 그들만으로 충분했다.

원수인 제국에 몸을 숨긴다는 게 마음에 안 들었으나, 그곳만큼 안전한 곳이 없으니 어쩔 수가 없었다.

"생각해 놓은 영지가 있나요?"

에리스의 물음에 칼렌이 고개를 끄덕였다.

"몇 군데 있기는 한데, 우선은 도착해서 눈으로 보고 확인을 해야 결정을 내릴 수 있을 것 같아."

이야기를 듣던 에리스의 신형이 순간적으로 휘청거렸다. 깜짝 놀란 칼렌이 그녀를 붙잡았다.

'으음⋯⋯.'

손끝에 전달되는 그녀의 무게가 너무도 가벼워, 하마터면 신음성이 나올 뻔했다. 잠시간 의지가 약해지는 걸 느꼈다. 하지만 이내 고개를 흔들며 마음을 다잡았다.

"조금만 더 버텨줘. 곧 루마니언 지방에 도착하니까."

어렴풋이 비친 로브 속으로 에리스가 미소를 짓고 있었다. 지쳐버린 육신과 달리, 그녀의 정신만큼은 아직 여력이 남았다는 표시였다.

지탱하고 있는 칼렌의 손에 자신의 손을 겹친 그녀가 힘겹게 입을 열었다.

"잠깐 빈혈기가 든 것뿐이니까. 걱정하지 마세요."

아랫입술을 질끈 깨문 칼렌이 힘겹게 고개를 끄덕였다. 뱃속의 아이를 생각한다면, 여기서 좀 쉬어가는 게 옳았으나, 상황은 여전히 그들의 등을 떠밀고 있었다.

채 몇 호흡 쉬지도 못한 채, 그들은 다시 길을 나서야만 했다.

장거리 여행이 주는 피로감 때문일까?

사람들은 쉼터에 내릴 때에나 눈을 떴지, 순환마차 내에서는 대부분 잠으로 보낼 뿐이었다. 그래서인지 순환마차에서 정신을 차리고 있는 이들은 극히 소수밖에 없었다.

그리고 제튼과 셀린, 두 사람은 소수인원에 포함되는 쪽이었다. 하지만 쉼터에서 있었던 일 때문일까?

두 사람은 깨어있음에도 불구하고, 이렇다 할 말 한마디 나누질 않으며, 왠지 모를 어색한 분위기만 쭈욱 이어갈 뿐이었다.

"제니가 많이 피곤했나 봐."

그런 답답한 분위기가 처음으로 깨졌다. 말문을 연 쪽은 셀린이었는데, 그녀는 품 안에서 잠들어 있는 제니를 내려다보며, 반쯤은 혼잣말처럼 이야기를 꺼내고 있었다.

"아이에게 이런 장거리 여행은 쉬운 게 아니었을 거야."

뭐라고 대답해야 할까?

'아니, 대답을 해도 되는 걸까?'

제튼의 머릿속은 바쁘게 돌아가고 있었다. 그러는 사이 셀린이 먼저 행동을 개시했나.

"허리가 아파서 그러는데, 아이 좀 받아줄래?"

"아…… 예. 제가 안고 있을게요."

이건 무엇을 의미하는 행동일까? 쉼터 이후로 제니를 꼬옥 품에만 안고 있던 셀린이 아니던가. 그런 그녀가 제니를 건넨 것이다.

"이제는 나이가 있어서 그런지, 나도 여행이 쉽질 않네."

"누구나 그럴 거예요⋯⋯."

실제로 순환마차 내에서 깨어있는 사람은 몇 없었다.

"그런가."

한 차례 고개를 끄덕이던 셀린이 제튼에게 시선을 던졌다. 쉼터 이후 처음으로 그들의 눈길이 교차됐다.

그리고 다시 이어지는 정적.

"많은⋯⋯ 생각을 했어."

이곳까지 오는 내내, 그녀의 머릿속에는 쉼터에서의 이야기가 떠나질 않았다.

"왜 내게 그런 소리를 한 걸까?"

그녀의 감정을 알고, 일찌감치 떨쳐내려고 한 것일까?

"그렇다면 왜 내게 그런 행동을 한 걸까?"

마차에서 내릴 때부터 잠시간 이어지던 그 노골적인 애정표현이 자꾸 마음에 걸렸다. 그녀를 떼어내기 전, 마지막으로 보여주는 친절이었나 싶은 생각도 들었다.

하지만 이내 고개를 저으며 그런 생각을 부정했다. 그때에 보여줬던 그 눈빛과 음성, 그리고 태도가 거짓이라고 여기고 싶지 않았다.

"솔직히 말하자면, 네 이야기를 듣고…… 조금 슬프더라."

심장이 쑤셨다. 가슴이 아팠다. 마음이 아렸다.

그에게도 과거가 있다는 건 충분히 예상 가능했다. 하지만 이렇게 직접 듣고 확인하는 건 또 다른 이야기였다.

"그래도 네 이야기 덕분에 내 감정을 확실하게 알 수 있었어."

그로 인해 결심할 수 있었다.

"네가 어떻게 생각할지는 생각 안 하려고."

제튼을 바라보는 셀린의 두 눈에 짙은 긴장감이 어렸다.

"나는…… 널 원해!"

짧고 굵은 한방이었다.

수많은 생각들을, 다양한 단어들을 머릿속에 떠올리고, 조합하고 나열하며 상당한 장문의 내용을 준비했다.

하지만 막상 내던진 고백은 너무 짧았다.

널 원해!

깜짝 놀라 버렸다.

당황스러운 나머지 양 손으로 얼굴까지 가렸다.

'어…… 어떡해!'

전에 없을 정도로 시뻘겋게 달아오른 그녀의 안색이 사라져버린 장문의 내용을 대신전달해주고 있었다.

제른을 어찌 봐야 할까?

"고마워요!"

그 순간 날아든 그의 음성에 셀린의 손가락 사이가 살짝 벌어졌다. 이해할 수 없는 제른의 한마디 때문이었다.

'뭐가?'

어째서 자신에게 그런 말을 하는 건데?

궁금증이 일었다. 갑자기 그의 표정이 보고 싶어졌다. 손가락 사이로 슬쩍 바라던 얼굴이 보였다.

그리고 드러난 제른의 표정.

그는 웃고 있었다.

'어째서?'

저토록 따뜻한 미소를 보여주는 걸까?

얼굴을 가린 손을 내리기가 무섭게 제른이 그녀에게 다가왔다. 그리고 이어지는 급작스런 포옹이 심장을 널뛰게 만들었다.

'대체…… 뭐야?'

의문과 함께 밀려드는 뜨거운 그의 체온에 더 이상 복잡한 생각을 할 겨를이 없었다.

'따뜻해!'

그저 그렇게 그의 온기에 취해 갈 뿐이었다.

제른은 품 안에서 부들부들 떨던 셀린의 손이 자신의 등

허리로 돌아가는 걸 느꼈다.

'다행이야……'

의식적 탈피를 이루면서, 그는 자신을 옭아맸던 굴레에서 벗어났음을 알았다.

물론, 온전히 떨쳐내지 못하는 것도 있기는 했다.

카이든!

천마로 인해 잉태되었다고는 하나, 그의 아들이었다. 카이든은 평생을 품에 안을 존재였다. 하지만 그렇다고 해서 제튼 자신의 인생을 버릴 수는 없었다.

천마로부터 벗어났다는 건, 이런 세세한 부분에서도 심적 갈등을 완화되었음을 의미했다.

자신의 삶을 살 것이다.

이를 이루려다 보니, 전에는 외면하려 했던 것들이 하나하나 눈에 들어왔다.

그 중 하나가 바로 셀린이었다.

솔직하게 말하자면 제튼 역시 그녀가 마음에 있었다. 첫사랑이라는 특별한 과거 때문인지는 모르겠으나, 그녀의 존재는 생각보다 빠르게 심장까지 이르렀고, 가슴에 머물렀으며, 마음에 뿌리를 내렸다.

또한 그녀와 함께하는 제니의 존재 익시 가슴을 크게 두드렸다. 저 아이를 받아들이는 건, 카이든에게 또 다른 죄악이 될지도 몰랐다.

285

하지만 저 아이를 받아들이지 않고, 셀린을 밀어낸다면, 그건 천마로 인해 엉망이 되어버린 그의 삶에 죄악이 될 터였다. 순수하게 자신이 바라는 걸 인정하고 따르기로 했다.

그리고 이를 위하여 셀린에게 '진실'을 알린 것이다.

'누나가 만약 떠나버린다면……'

그런 결과가 나오지 않기를 바라지만, 혹여 그렇게 결론이 난다면 순순히 보내 줄 생각이었다. 하지만 다행스럽게도 그녀는 스스로를 다잡고, 이내 제튼을 향해 더욱 적극적으로 뛰어들어 줬다.

그녀의 그 용기에, 열정에, 그리고 사랑에, 이제는 손을 들어줘도 될 것 같았다.

"고마워요!"

제튼은 온 힘을 다해 그녀를 품었다.

"우웅…… 숨…… 막혀!"

그 순간 제니의 음성이 들려왔으나, 지금 이 순간만큼은 그도 그녀도 떨어지고 싶질 않았다. 오히려 더욱 세게 서로를 끌어안으며 애정을 확인하려 했다.

"으아앙……"

답답함에 제니의 울음보가 터질 때까지, 그들은 그렇게 서로를 향해 온기를 나누고 있었다.

한 눈에 봐도 압도적인 거구에 붉은빛 머릿결을 사자털마냥 흩날리는 사내, 용병왕 크라이온은 주변을 돌아보며 연신 고개를 끄덕거렸다.

"쓸만해. 겨우 촌동네 영지라고 생각했는데, 이 정도일 줄이야."

과연 제국이라는 생각이 들었다.

"여기가 루마니언 지방의 중심이라고?"

그의 물음에 뒤편에서 대기 중이던 바알슨이 대답했다.

"예. 로사테인 자작이 관리하는 곳입니다. 그는 현재 임시 대영주로써 루마니언 지방 전체를 통솔하고 있다고 합니다."

"임시란 말이지……."

크라이온의 입 꼬리가 살짝 올라갔다.

'끄응…… 또 쓸데없는 생각을 하나보네.'

그가 일을 저지르면, 그 뒤처리는 바알슨이 맡아서 했다.

'무식하면 얌전하기라도 할 것이지. 젠장!'

고개를 절레절레 흔든 그가 조심스레 크라이온에게 물었다.

"굳이 이럴 필요까지 있을까요?"

크라이온의 고개가 그에게로 휙 하니 돌아갔다.

"그럼. 내가 그 빌어먹을 애송이 놈의 건방진 수작에 당해줘야 한단 말이냐?"

'쯧…… 괜히 이야기 해 줬군. 내 선에서 해결하는 건데.'

바루만 후작, 좀 더 정확히는 그를 통해 이야기를 전달한 헤룬 트라베스 공작의 거래조건이 그를 분노하게 만든 것이다.

"감히 나를 부려먹으려고 하다니. 건방진 놈."

기존의 거래를 약간 변형시킨 것인데, 겉으로 보기에는 별 이상이 없었다. 실제로 크라이온도 그렇게 생각했다.

하지만 바알슨이 이를 세부적으로 해석하여 전달해 줬다. 그것이 그의 역할이기 때문이다. 그리고 이를 통해서 신임 트라베스 공작이 그를 이용해 먹으려 한다는 걸 알게 되었다.

다른 두 공작들과 의도적으로 마찰을 일으키게 거래내역을 조정한 것이다. 이 사실을 알기가 무섭게 크라이온은 자리를 박차고 일어났다.

〈가자!〉

그리고 그 길로 이곳까지 달려온 것이다.

'애초에 이 주변에 자리를 잡을 생각이기는 했지만, 그건 좀 더 나중의 일이었는데.'

계획대로 일이 풀리질 않았다. 바알슨은 어두운 얼굴로

저 멀리 하늘로 시선을 던졌다.

'저쪽이었나?'

그들의 최종 목적지가 있는 방향이었다.

'스테일 남작령.'

의뢰를 통해 단원들이 제국 곳곳의 구석진 영지들의 뒷골목을 휘어잡고 있었다. 하나 같이 성공적으로 작업을 마무리했다고 통보를 받았다.

헌데, 그 중 하나가 돌연 말썽을 일으킨 것이다. 크라이온이 이곳으로 온 데에는 그런 이유도 있었다.

'뭐…… 정확히는 트라베스 공작을 물 먹이려는 생각이겠지만.'

1차 의뢰는 이미 작업이 끝났고, 의뢰금도 받았다. 이제 2차로 넘어갈 차례였다. 휘어잡은 뒷골목의 세력을 통해, 밑에서부터 영지를 좀먹어 들어가면 되는 것이다.

분명 의뢰대로는 할 생각이었다.

'대신에 삼켜버린 영지를 우리가 가져버리는 거지.'

신임 트라베스 공작이 의뢰를 비튼 순간, 이미 그들 간의 신뢰는 깨졌다고 봐야 옳았다.

'그렇다고 공작을 무시하기도 어려우니.'

영지를 먹은 뒤, 적당한 관계를 유지하며, 다른 두 공작들이 적당한 오해를 할 만큼의 사이로 비쳐 줄 것이다. 그거면 충분히 값은 치렀다고 볼 수 있으리라.

'뭐…… 당장 문제는 그런 게 아니지.'

하늘로 올라갔던 바알슨의 시선이 아래로 내려왔다. 듬직한 뒷모습이 보였다.

'망할 놈! 썩을 놈! 쉬팔 놈!'

계획대로 일을 처리하려면, 벌써부터 제국에 모습을 드러내서는 안 됐다. 좀 더 시간이 필요했다. 그래야 다른 두 공작의 이목도 피할 수 있고, 그들의 불순한 의도 역시 감출 수 있기 때문이다.

헌데, 그들의 정점은 이 모든 걸 한방에 날려버린 것이다.

'에휴…….'

결국 계획의 변경이 필요했고, 이는 전부 바알슨의 몫이 될 터였다. 벌써부터 머리가 아파왔다.

'아니지. 이미 한참 전부터 아팠지. 젠장!'

지긋지긋한 두통이 이제는 삶의 일부처럼 느껴졌다.

"오늘은 이곳에서 머물다 간다."

또, 또, 또! 나왔다.

'막무가내식 발언!'

크라이온을 바라보니 확고한 표정이었다. 하고자 결심한 이상, 그를 막는 건 불가능했다.

논리? 말발?

'그런 게 통하는 상대가 아니니까.'

단순 무식에 폭력성까지. 괜한 발언으로 눈에 이끼가 끼고 싶지 않았다. 맞아도 맞아도 아픈 게 용병왕 크라이온의 주먹이었다. 여기서는 한 발 물러나는 게 정답인 것이다.

'오히려 맞을 때마다 더 아프지.'

몸을 부르르 떤 바알슨이 방을 잡겠다고 말한 뒤, 후다닥 달려갔다. 잠시라도 자유를 느끼기 위한 몸부림이었다. 그런 그의 뒷모습을 보며 크라이온이 짧게 한마디를 했다.

"귀여운 놈."

다 큰 어른에게, 그것도 험악한 일을 일삼는 용병에겐 전혀 안 어울리는 단어였으나, 크라이온에게는 결국 다 거기서 거기일 뿐이었다.

"이 정도 야경은 수도에서나 볼 수 있을 줄 알았더니, 제법이군."

밤하늘의 별보다도 더 반짝이는 대지의 풍경은 확실히 인상적일 수밖에 없었다. 적당히 구경이나 할 겸 해서, 그도 걸음을 옮겨갔다.

그렇게 얼마나 걸었을까. 돌연 그의 걸음이 우뚝 멈춰섰다.

'음?'

이 간지러운 기분은 대체 무엇인가. 그의 시선이 주변을 쭈욱 훑었다.

대상단 팔라얀의 로사테인 지점 관리를 맡고 있는 사내. 카모룬 할람은 순간적으로 자신의 눈을 의심했다.

'저 미친놈이 여길 어떻게 온 거야?'

그는 저 앞으로 보이는 거구의 사내, 용병왕 크라이온을 피해 골목길로 숨어든 상태였다.

자작령 곳곳을 밝힌 불빛으로 인해, 더욱 어둠이 짙은 골목길이었다. 이러한 특성에 지닌바 특별한 능력을 더하지 못했다면, 필히 들켜버렸을 터였다.

'젠장! 제약으로 인해서 제국에는 들어올 수 없는 걸로 아는데. 어떻게?'

거기까지 생각하던 카모룬의 동공이 크게 흔들렸다.

'설마!'

아무리 용병왕이라 해도, '그'를 무시하지는 못한다. 그럼에도 불구하고 감히 그의 명에 어긋나는 행위를 했다. 이것이 말하는 건 하나였다.

'제약을 넘어섰구나!'

부르르 몸이 떨렸다.

'크…… 큰일났다.'

이 사실을 빨리 상부에 보고해야 했다. 조심스레 뒷걸음질을 치며 골목의 안쪽으로 파고들려는 순간이었다.

턱!

등 뒤로 느껴지는 이 딱딱한 느낌은 무엇인가. 혹시나

싶어서 전방을 바라보니, 경계하던 이의 모습이 보이질 않
았다.

"으음……."

나직한 신음성과 함께 뒤를 돌아봤다.

'역시나.'

그가 그곳에 서 있었다.

용병왕 크라이온!

고개를 갸웃거리는 모습에서 무언가 고민하고 있다는
게 느껴졌다.

"너 기억에 있는 놈 같은데?"

'망할 돌대가리 새끼!'

그래도 한 때, 그를 전담하던 이가 바로 카모룬이었다.
헌데, 이리도 쉽게 잊어버리다니. 저 머리에 대체 뭐가 들
었는지, 한 번 갈라보고 싶었다.

"헤…… 헤헤. 오랜만……."

빠악!

말을 채 끊기도 전에 크라이온의 주먹이 그의 정수리를
찍었다. 그렇잖아도 작은 키가 더 작아지는 것처럼 느껴지
는 묵직한 일격이었다.

"바알슨에게 데려가면 알 수 있겠지."

기억을 더듬기가 귀찮은 나머지 바알슨에게로 떠넘기는
만행을 저지르려 하고 있었다.

'그나저나…… 정령의 기운이라니.'

카모룬을 제대로 찾지 못했던 이유가 바로 이것, 대지와의 동화 때문이었다. 그가 제약을 벗고 경지를 넘지 못했더라면, 여전히 간지러운 기분을 간직하고만 있었을 것이다.

'드워프 혼혈일까?'

그렇게 생각을 하며 기절한 카모룬을 어깨에 짊어질 때였다.

"음?"

저 앞으로 그리운 거체가 지나가는 걸 발견했다.

'순환마차인가.'

그 마차를 이끄는 말에 눈길이 갔다. 그의 거구 때문에 어지간한 말들은 그를 태우지 못하는데, 저 순환마차를 끄는 혈마는 지구력과 힘이 좋아서 그의 덩치도 거뜬히 감당해냈다.

때문에 과거에는 혈마를 끼고 살던 시기도 있었다.

'오랜만에 보는군.'

그렇게 생각하며 뒤편으로 시선을 던졌다. 천막이 걷혀 있어서 그 안이 훤히 보였는데, 그곳을 살피던 크라이온의 두 눈이 번쩍 뜨였다.

'좋군!'

딱 그가 마음에 들어 하는 외형의 미녀가 타고 있는 게 아닌가.

　'유부녀인가.'

　옆에 앉은 사내와 즐겁게 이야기를 나누고 있었는데, 그 둘 사이에 낀 아이도 간간히 대화에 참석하는 걸로 봐서는 한 가족인 것 같았다.

　'상관없겠지.'

　언뜻 남편의 모습이 제법 덩치도 있고 단단해 보였으나, 누가 감히 그의 행보를 막겠는가.

　용병왕!

　그는 그런 존재였다.

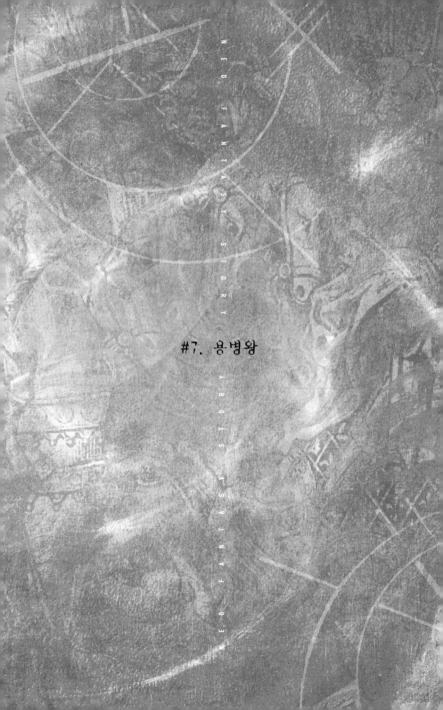

#7. 용병왕

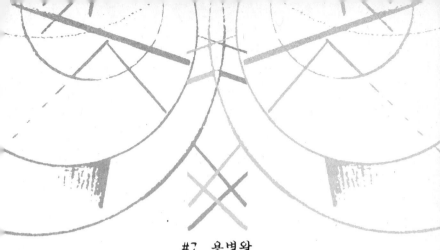

#7. 용병왕

　어둠이 제법 짙게 깔렸을 즈음, 제튼이 탄 마차는 로사테인 자작령으로 들어설 수 있었다. 안에 들어서기가 무섭게 밀려드는 빛의 향연에, 사방으로 밀려나가는 어둠의 그림자들이 보였다.

　천막을 걷어놓은 덕분에 자작령의 풍경이 한 눈에 들어왔는데, 마치 대낮처럼 환한 영지의 모습은 그야말로 감탄사가 나올 정도였다.

　스테일 남작령 역시 야경이라 할 만한 구색을 갖춰놨으나, 이곳 자작령에는 못 미칠 수준이라는 걸 알게 되었다.

　"제니야. 저기 보이는 저 곳이 세레나 이모가 일하는 곳이야."

제튼은 도로를 지나다가 저 한편으로 보이는 거대한 탑을 바라보며 제니에게 설명해 줬다. 겨우 탑만 드러났을 뿐인데도 이리 이야기 할 수 있는 이유는 간단했다. 탑 꼭대기에 박힌 문양이 모던 아카데미의 표식이기 때문이었다.

"그럼 이제 저기로 가는 거야?"

아이의 물음에는 셀린이 대답을 해 줬다.

"아니. 지금은 밤이 깊어서 저곳에는 들어갈 수 없을 거야."

"이모는 내일 만나?"

이어지는 물음에 셀린이 고개를 저었다.

"아니야. 오늘 만날 거야."

"어디서?"

"순환마차 정류장 근처에서 기다리고 있는 다고 했어."

정확하게는 그 인근 숙소에 방을 잡아놓고서 쉬는 중일 터였다. 세레나는 아카데미 내의 교직원 기숙사를 이용하는 까닭에, 어쩔 수 없이 외부에 따로 숙소를 정한 것이었다.

고개를 끄덕인 제니가 재차 자작령의 야경을 감상하기 시작했다. 그 모습을 바라보며 미소 짓던 셀린이 문득 느껴지는 눈길에 고개를 들었다. 제튼이 그녀에게 시선을 던지고 있었다.

서로의 마음이 통했던 그 순간이 떠올랐을까? 슬쩍 그녀의 얼굴위로 붉은빛이 어리기 시작했다. 그리고 이 모습이 재밌었던지 제튼의 입꼬리가 살짝 올라가면서, 둘 사이로 부드러운 공기가 맴돌았다.

"어? 엄마 어디 아파?"

그 순간 제니가 끼어들었다. 셀린의 얼굴색이 살짝 변한걸 이상하게 여기며 묻고 있는 것이다.

이에 제튼과 셀린이 아이를 바라보며 가볍게 실소했다.

"뭐야? 그거? 왠지 기분 나빠!"

자신을 놀리는 거라 생각한 건지, 제니의 볼이 탱글하니부풀었다. 덕분에 재차 웃음이 터져나왔다.

'음?'

그 기분 좋은 순간, 제튼의 미간에 옅은 경련이 있었다. 얼핏 스치듯 본 것이지만, 있어서는 안 될 존재를 본 것 같았기 때문이다.

'설마.'

그의 시선이 지나왔던 길을 되돌아갔다.

'맞구나……'

잘못 본 것이 아니었다.

'용병왕 크라이온!'

대륙 모든 용병들의 정점이라 불리는 사내.

'저놈이 여긴 왜?'

제튼, 아니 천마가 걸어놓은 제약을 넘기 전까지는 제국에 발을 들일 수 없을 것이건만, 어찌 이곳에 자리하고 있단 말인가.

'그렇군. 넘어섰나!'

대충 상황이 이해됐다. 이미 팔탄과의 대화에서 유추해 낸 부분이었다. 이 마주침으로 가설이 맞았음을 확인할 수 있었다.

헌데, 크라이온의 시선이 걸렸다.

'내가 아니라……. 셀린 누나인가?'

잘 생각해 보니 크라이온이 과거에 천마의 화를 샀던 이유 중 상당수가, 감히 그의 여자들에게 시선을 줬기 때문이라는 게 기억났다.

물론, 그렇다고 해서 여인에 미쳤다는 건 아니다. 단지, 몇몇 자신의 취향에 맞는 여인들에 한해서는 생각 없이 굴때가 있었다는 정도였다.

다른 여인들이라면 문제가 없겠으나, 그 여인들이 천마의 여자였기에 문제가 됐다. 덕분에 천마의 폭력 속에서 맷집의 한계를 경험할 수 있었다.

'못 된 버릇이 또 나왔군.'

그것도 하필이면 그가 함께하기로 한 여인이라니.

'이 정도면, 정말 악연도 이런 악연이 없다고 해야 하나.'

물론, 당하는 역할은 크라이온의 몫이었다.

이런저런 옛 생각을 하고 있는 사이, 셀린을 한껏 감상한 것인지 크라이온의 시선이 제니를 넘어 그에게로 향하는 게 보였다.

피할까?

아주 잠시간 고민을 했으나, 생각해보면 크라이온의 성격상 피한다고 피해 질 상황이 아니었다.

'생각없이 행동 할 놈이니까.'

그게 유부녀건 아니건 신경 쓰는 성격이 아니었다.

'이것도 마공의 악영향이지.'

쓴웃음이 입에 문 제튼이 크라이온의 시선을 정면으로 마주했다. 순간 그의 눈가에 주름이 새겨졌다.

'건방지게 자신을 노려본다고 생각하겠지.'

그의 생각이 어떠할지는 대충 예상이 됐다 그 순간 밀려든 압박감에 이번에는 제튼의 표정이 굳었다. 이런 제튼의 모습에 크라이온의 입꼬리가 살짝 올라가는 보였다.

'내가 겁을 먹었다고 여길려나.'

혹은 조금 전 크라이온의 보낸 기운에 고통을 느꼈다고 여겼으리라. 하지만 그것과는 전혀 다른 이유로 표정을 굳힌 것이었다.

'여전히 일반인들을 막 대하는구나.'

천마라면 신경쓰지 않았을 부분이겠으나, 제튼은 전혀 달랐다. 천마에게 몸을 빼앗긴 채, 구경만 하던 시기에도 크라이온의 이런 성격은 매우 마음에 들지 않았었다.

'잘 됐네.'

생각해보니, 과거에도 직접 매질을 좀 해주고 싶던 시기가 있었다. 그걸 이 기회에 풀어보는 것도 나쁘지는 않을 것 같았다.

'이따가 보자.'

안타깝게도 지금은 동행들을 생각해서라도 얌전히 있어야 할 때였다. 게다가 굳이 그가 나서지 않는다고 해도 알아서 따라와 줄 터였다.

멀찍이서 마차의 뒤편을 바라보던 크라이온의 이빨이 매섭게 마찰했다.

빠드드득…….

'감히!'

그에게 건방진 시선을 날리는 이를 봤다. 존재하지 않는 왕국의 정점이라고도 불리는 그가 아니던가.

'죽여버리겠다.'

경지를 넘으며 완전히 제압했다고 여긴 마성이 불쑥 솟구쳤다. 이제 막 경지를 넘은 참이기에, 완전히 잠재우지는 못한 것이다. 시간이 해결해 줄 부분이었다. 게다가 굳이 무리해서 잠재우고 싶은 것도 아니었다. 그의 전투에는 적당한 광기가 필요하기 때문이다.

"으득!"

이미 카모룬에 대한 관심은 사라진지 오래였다.

"베힘."

그의 나직한 한마디에 등 뒤로 하나의 그림자가 일어났다. 용병왕의 비밀스런 호위대 중 한명이었다.

"여기 쓰러진 놈 바알슨에게 보내."

한 차례 고개를 숙여 보인 베힘이 카모룬을 어깨에 걸치고는 자리를 벗어났다. 크라이온은 그러거나 말거나 시선한 번 주지 않은 채, 여전히 멀어지는 마차만을 주시하고 있을 뿐이었다.

"죽인다!"

그리고 저 옆의 여인을 차지할 것이다.

'약육강식!'

언제고 들었던 단어가 떠올랐다. 생소한 언어인데다가 인상적인 의미를 내포하고 있기에, 항시 가슴에 새겨두고 있었다.

'강자야말로 법!'

그 법으로써 행동할 생각이었다.

언제 부터였을까?

'용병왕이 사라졌다고?'

바루만 후작은 어느 순간을 기점으로, 용병왕이 자신의 주요 거점에서 보이질 않는다고 소식을 전달받았다.

'역시, 들킨 것인가.'

용병왕의 충실한 심복 중 한명으로써, 그의 두뇌라고도 불리는 존재, 바알슨의 얼굴이 머릿속에 떠올랐다. 신임 트라베스 공작의 명에 의해서, 저들 용병계의 힘을 공작가의 힘으로 끌어들이기 위한 작업을 진행했다.

사실, 온전히 저들을 끌어들인 다는 건 불가능에 가까웠다.

용병왕!

그 존재로 인하여 한 데 뭉친 이들이었다. 말인 즉, 용병왕을 밑에 두어야 한다는 의미인데, 어느 누가 초월적 존재를 마음대로 부릴 수 있겠는가.

적당한 눈속임으로 만족 해야만 했다.

'파스카인 공작과 리베란 공작에게 적대적인 분위기를 만들어 내는 것.'

그게 바루만 후작의 계획이었다.

실제로 저들 두 공작과 적대한다는 건 아니다. 하지만 외형상으로는 그들에게 압박을 가하는 구도가 될 수 있게, 의뢰의 방향을 약간 변경한 것이다.

하지만 바알슨이라는 책사를 알고 있기에, 그들의 행동

거지를 예의주시 해야만 했다.

거래내용을 듣고 어떠한 행동을 보이는지 알아야, 그에 대한 대처를 할 수 있기 때문이다. 그렇게 용병왕의 주변으로 정보원을 뿌렸다. 의외로 그들 주변으로 큰 소란은 일지 않았다.

'잘 속아넘겼나.'

이런 생각이 들며, 점차 안도의 마음이 들 즈음에 새로운 소식이 전해져 온 것이다.

'어디로 간 거냐!'

이를 악 문 그의 머리가 바삐 돌아갔다.

'젠장!'

새삼스레 신임 트라베스 공작에 대한 불만이 올라왔다. 그의 명령으로 인해 용병왕과 괜한 마찰이 빚어질지도 모른다 여긴 까닭이었다.

'헤룬 공자……'

아직도 그는 신임 공작을 인정하지 않았다. 용병왕을 경계하는 한편으로, 은밀히 사람을 시켜 전대 공작의 주변을 조사하고 있었다.

'공작님이 지금 모습이, 공자와 관련된 것이라면……'

아마 많은 것들이 달라질 터였다.

'각오해야 할 것이오.'

당장의 의심만으로 감정을 앞세울 수는 없었다. 어쨌든

지금 그의 위치는 헤룬 트라베스 신임 공작의 밑이기 때문
이었다.

'지금 당장은 용병왕이 먼저지.'

감정은 잠시 밀어둔 채, 다시금 용병왕에게로 생각을 옮
겨갔다.

✦

테룬 아카데미 주변에 아카데미 거리가 있듯, 모던 아카
데미에도 아카데미 거리라고 불리는 장소가 존재했는데,
세레나가 자리를 잡은 숙소는 바로 그 아카데미 거리에 위
치해 있었다.

비록 주말이라고는 하나, 아카데미 거리라는 이름값을
하는 것인지, 거리에는 사람들이 넘쳐나고 있었다.

칼로나 여관.

이곳 아카데미에 와서 사귄 친구의 부친이 하는 여관이
었다.

"남자친구니?"

혹시나 하는 마음에 셀린이 물으니, 세레나가 살짝 얼굴
을 붉히는 것으로 답을 알 수 있었다.

생각해보면 그녀도 어느새 '노' 처녀라는 소리를 듣는
나이였다. 슬슬 짝을 만날 때가 된 것이다.

"어디까지 생각 중이니?"

이렇게 묻고 싶은 마음이 가득 했으나, 셀린은 이 물음을 굳이 내뱉지 않았다. 세레나는 다 큰 성인이었다. 그녀도 자기 앞가림을 충분히 할 거라 여긴 까닭이었다.

'때가 되면 알아서 소개하겠지.'

그러니 지금은 그저 동생의 연애를 축하하는 것으로 마무리를 지을 뿐이었다.

"오늘은 이만 자야겠네."

세레나의 이야기에 셀린도 동의했다. 밤이 너무 깊은 까닭일까? 제니가 어느새 꾸벅꾸벅 졸고 있었다. 장거리 마차 여행의 피로함도 한몫 거들었을 터였다.

"그런데…… 어째서 오빠가 제니를 안고 있는 거야?"

눈을 얇게 뜨며 던지는 질문에 제튼이 슬쩍 시선을 피했다.

"그리고 보니 요상스러운 소문도 퍼졌던데."

지난 번, 제니가 제튼에게 아빠라고 부르면서, 셀린과 제튼의 관계에 대한 이야기가 마을 가득 퍼졌던 적이 있었다. 물론, 지금도 진행중인 이야기로써, 이 부분의 소식이 세레나의 귀에도 들어간 모양이었다.

"어라? 부정들을 안 하네?"

제튼과 셀린 사이에 흐르는 미묘한 공기를 맡아버렸다.

"설마…… 정말?"

동공을 크게 키우며 내뱉는 세레나의 물음에 제니가 몸을 뒤척였다. 그녀의 음성이 생각보다 컸던 까닭이었다.

"으음…… 아빠 시끄러워. 음냐……."

헌데, 그 순간 내뱉은 한마디가 상당히 인상적이었다. 깜짝 놀란 세레나가 셀린을 바라보며 물었다.

"저거, 저거, 제튼 오빠에게 하는 말이야?"

대답 대신 얼굴을 붉히는 셀린의 모양새가 많은 이야기를 해 주고 있었다.

"맙소사!"

경악하는 세레나의 외침에 제니가 재차 몸을 뒤척거렸다. 또 다시 음성이 커진 까닭이었다.

"재우고 올게."

슬쩍 그 말과 함께 제튼이 자리를 피했다. 방위치는 알기 때문에 문제는 없었다. 남자친구 집에서 하는 여관이라서 그런지, 특실을 잡아 놓은 것이다.

"어떻게 된 거야?"

등 뒤로 셀린을 재촉하는 세레나의 음성이 들렸다. 슬쩍 돌아보니 셀린이 난감한 표정으로 그를 바라보고 있었다.

'미안. 누나.'

제튼이 그렇게 입모양을 남기며 후다닥 도망쳤고, 셀린은 세레나의 본격적인 닦달에 시달려야만 했다.

방에 제니를 눕힌 제튼이 슬쩍 창밖으로 시선을 던졌다.
여관 맞은편 건물 사이의 골목길로 익숙한 얼굴이 보였다.

'크라이온.'

마침 그의 시선을 느낀 것일까? 크라이온도 제튼에게로
눈길을 보내고 있었다.

'그러고 보니 천마가 그랬었지.'

〈매를 부르는 얼굴이란 말이야.〉

분명 크라이온은 남자답게 생긴데다가, 크게 흠잡을 곳
없는 외형을 지니고 있었다.

'하지만 이상하게 주먹이 간다고 했던가.'

왠지 지금 이 순간, 그 기분을 알 것도 같았다.

창문을 통해 비치는 얼굴을 봤을 때, 크라이온은 상대가
제법 숨겨진 한수가 있음을 깨달았다.

'내 기척을 느낀 건가?'

그렇지 않고서야 지금처럼 정확히 자신의 위치를 찾아
낼 리가 없기 때문이었다. 눈을 빛내며 어찌 움직일지 생
각할 즈음, 상대편에서 먼저 행동을 시작했다.

덜컹.

창이 열리는가 싶더니, 대뜸 박차고 나오는 게 아닌가.

'제법!'

신묘한 움직임으로 여관지붕 위로 올라가는 모습이 보

통 수준은 넘어보였다.

'건방 떨 수준은 되나보군.'

그 순간 지붕에 올라선 상대가 입을 뻐끔거리는 게 눈에 들어왔다.

〈따.라.와.〉

그러더니 재차 신형을 날려 지붕을 타고 넘어가는 것이 아닌가.

'건방진 놈!'

눈가에 언뜻 붉은 광기가 일렁거렸다.

'어디 촌동네 수준 가지고!'

진정한 강함을 알려 준 뒤 천천히 잔혹하게 그 목을 꺾으리라 다짐하며, 크라이온의 신형도 밤하늘로 올라갔다.

지붕을 타고 넘으며 내달리던 제튼은 슬쩍 뒤를 돌아봤다. 아니나 다를까 크라이온이 그를 따라오는 게 보였다.

'일단 밖으로 나가야 하려나.'

경지를 넘었다면 아무리 가벼운 마찰이라도 주변에 미치는 잔여피해가 엄청날 수밖에 없었다. 당연히 밖으로 나가는 게 옳은 선택지였다. 하지만 제튼은 살짝 방향을 틀어 영지 바깥이 아닌, 영지 안쪽으로 신형을 던지고 있었다.

'모던 아카데미.'

그도 얼핏 들은 정보였지만, 분명 그곳에는 마법적 처리가 된 연무장이 존재한다고 했다. 거기라면 최소한의 피해량 정도는 통제해 줄 수 있을 것 같았다.

'멀리 나갈 수가 없으니까.'

밤의 그림자 속에 숨어있는 크라이온의 호위들 때문이었다. 저들이 혹여 셀린 모녀에게 피해를 끼칠 것을 우려해, 일정 거리를 유지하려는 것이다. 그런 의미로써 모던 아카데미에 존재한다는 강화 연무장의 존재는 지금 상황에 딱이라 할 수 있었다.

물론, 그것만으로는 절대적 경지에 오른 둘의 대결을 감당한다는 건 무리였다. 말 그대로 최소한의 잔여피해를 막는 정도일 뿐이었다.

'그 정도면 충분하지.'

최소한의 영역 그 너머의 피해는 전부 그가 감당할 것이다.

그랜드 마스터.

전설처럼 여겨지는 지고의 영역에 오른 크라이온이었다. 이를 소란 없이 잠재운다?

'경지를 넘었다고 건방떨기에는 아직 어설프지.'

하늘 밖에 하늘이 있다는 걸, 확실하게 가르쳐 줄 생각이었다.

얼핏 들었던 이야기가 거짓이 아니었던 듯, 모던 아카데미 내에는 강화 연무장이 존재했다. 그것도 한 두 개가 아니라, 무려 세 개가 지어져 있었다.

'마법처리도 제법이네.'

연무장에 내려선 제튼은 주변으로 흐르는 마나의 기운을 읽으면서, 그냥 저냥 모양새만 갖춰놓은 강화 연무장이 아니라는 걸 알 수 있었다.

'익스퍼트 상급.'

그 정도는 되어야지 연무장에 피해를 줄 수 있을 것 같았다.

'이런 마나량이라면 보통 마법실력으로는 안 되겠는데.'

게다가 실력 있는 장인의 손 역시 필요할 듯싶었다.

'드워프들의 힘을 빌렸나?'

언뜻 언뜻 드러나는 연무장 주변의 문양이나, 세워진 방식에서 드워프들의 손길이 느껴졌다.

지금 세상에 순혈의 드워프는 보기가 어렵다는 걸 생각한다면, 아무래도 혼혈들의 힘이 더해진 것이라고 여겼다.

'좋네.'

이 정도면 그가 생각했던 것보다 더 많은 피해를 막아줄 수 있었다. 고개를 끄덕이는 그 때에, 등 뒤로 내려서는 싸늘한 기운을 느꼈다.

'왔군.'

쿠우우웅…….

생각하기 무섭게 연무장 바닥을 뒤흔드는 진동에 발 아래가 부르르 떨렸다.

'화났다는 걸 온 몸으로 표현하는 건가.'

요란한 등장을 보여주는 이유였다. 이를 통해서 초반 기선제압을 하려는 의미도 담겨 있었다.

'귀엽게 논다. 귀엽게 놀아.'

고개를 절레절레 흔든 제튼을 향해 크라이온이 으르렁거리는 음성으로 질문을 던졌다.

"너, 이름이 뭐냐?"

이에 제튼은 대답대신 오히려 되물었다.

"내가 누군지 모르겠어?"

그러자 일순 당황한 듯, 크라이온의 양 눈썹이 웨이브를 타는 게 보였다.

'변함없네.'

재차 고개가 저어지는 순간이었다.

'여전히 안면인식능력이 떨어져.'

밀러도 한 번에 못 알아봤을 만큼, 제튼의 외형이 과거와는 다른 이유도 있기는 했다. 하지만 크라이온 쯤 되는 경지에 있다면, 얼굴만이 아니라 느껴지는 기운과 감각 역시 상대를 파악하는 요소로 작용할 터였다.

검작공 오르카가 제튼을 알아본 건, 이런 이유가 제법 크지 않았던가.

'싸울 때 말고는 힘 쓸 줄을 모르는 놈.'

경지를 넘고도 발전이 없는 것 같은 크라이온의 모습에, 슬쩍 한숨도 나올 것 같았다.

"너, 표정이 기분 나쁘군."

일순간에 밀어닥친 크라이온의 살기가 전신을 꽁꽁 옭 아매왔다.

'저릿저릿하네.'

확실히 경지를 넘어서기는 한 모양이었다.

'그래도, 이 정도로는 아직 안 되지.'

파아앙!

순간 공기가 폭발하는 것 같은 소음이 이는가 싶더니, 크라이온의 표정이 급격하게 굳어졌다.

'깨트렸어?'

감히 그의 살기를, 용병왕의 기세를 정면으로 부순 것이 다.

'어지간한 기사들도 감당하기 어려웠을 텐데.'

초반에 확 짓눌러 주려했기에, 좀 과하게 기운을 뿌렸었 다. 이를 깼다는 건, 그 수준이 보통 이상이라는 의미였다.

"재미있군."

크라이온이 제튼을 바라보며 물었다.

"이런 촌동네에 마스터 급의 기사라니."

조금 전 그 살기를 저처럼 평온하게 깨려면, 충분히 경지에 오른 강자여야 했다.

"자신만만해 하는 이유가 있었어."

고개를 끄덕이는 크라이온의 모습에 제튼이 짧게 실소했다.

"재밌다면서 표정은 똥을 씹고 있잖아."

확실히 그 말처럼 얼굴이 심각할 정도로 굳어 있는 상태였는데, 이는 겉으로 드러나려는 분노를 감추기 위함이었다.

"꼴에 '왕' 소리 좀 듣는다고, 겉모양에 신경을 쓰는 거냐?"

제튼의 이야기에 크라이온이 동공을 키웠다.

'나를 알아?'

그러고 보니 좀 전에, 자신을 모르겠냐고 물었던 게 떠올랐다.

'만난 적이 있나?'

머릿속을 뒤적거려 봤으나, 마땅히 떠오르는 이름이 없었다.

'상관없겠지.'

궁금한 건 힘으로 짓누른 뒤 물어보면 될 일이었다.

우우우웅…….

기운을 일으키는 건 한순간에 이뤄졌다. 순식간에 거대한 존재감이 연무장을 잠식해 들어갔다.

'주변이 시끄러워지면 안 되지.'

생각과 동시에 제튼이 움직였다.

"건방진!"

선수를 빼앗겼다는 생각에 크라이온이 눈살을 찌푸리며 주먹을 뻗는데, 그 안에 담긴 거력은 천천히 괴롭히겠다는 생각을 잊어버린 듯, 일격필살의 힘이 어려 있었다.

제튼의 주먹도 그 순간 뻗어졌다. 내지르는 동시에 비튼 뒤 그 힘의 방향을 허공으로 올려친다.

투웅!

생각보다 크지 않은 소음과 함께 크라이온의 주먹이 위로 튕겨 올라가고, 그 안에 담겼던 기운도 함께 하늘로 솟구쳤다.

쿠르르릉…….

마른하늘에 천둥이 치는 듯, 저 높은 하늘 위에서 웅장한 비명성이 울려 퍼졌다. 경악하는 크라이온의 얼굴을 보였다. 하지만 충격으로 경직된 표정과 달리, 몸을 충실하게 다음 공격을 준비하고 있었다.

'거기까지만 하자.'

쓸데없는 소란을 피하려고 먼저 달려든 뒤, 날아들던 거력도 하늘로 올려 보냈다. 염왕십팔도로 쌓아서 거칠기가 손에 꼽히는 기운이었고, 덕분에 허공에 보내고도 남은 잔재만으로 연무장이 부르르 떨고 있었다.

나름대로 조용히 처리한 것이기는 하나, 그래도 만에 하나라는 게 있었다.

'최대한 빠르게!'

제압하는 게 목적이었다.

빠악!

크라이온의 이격이 채 뻗어지기도 전에 제튼의 박치기가 그의 안면을 강타했다.

"컥!"

충격에 고개가 젖혀지는 크라이온의 모습이 보였다.

덥썩!

그 순간 냅다 달려들어 그를 부둥켜안았다.

"이게 무슨? 놔! 당장 놔!"

워낙 억세게 잡은 까닭에, 그의 거력으로도 제튼을 풀어내기가 어려웠다.

'비리비리하게 생긴 놈이 뭔 힘이 이렇게······.'

물론 크라이온이 보기에나 그런 것이었다. 무려 180세르(Cm)를 훌쩍 넘기는 키를 지닌 제튼이었다. 게다가 외형적으로 봐도 제법 탄탄해 보이는 체구가 아니던가.

누가 봐도 힘깨나 쓸 것 같은 체구였다.

"덩치 값 아깝게, 조잘대지 좀 마라!"

그 말과 함께 제튼의 고개가 전방으로 향했다.

빡!

"커헉!"

재차 머리를 뒤흔드는 아찔한 충격에 크라이온이 비틀거렸다. 하지만 그럼에도 불구하고 쓰러지지 않은 채 꼿꼿이 버티고 있었다.

'용병왕의 자존심이라 이건가.'

그 생각과 함께 제튼의 고개가 쉴 새 없이 앞뒤로 오갔다.

빡! 빡! 빡! 빡!

그와 동시에 크라이온의 무릎이 점차 꺾이기 시작했다.

쿠욱!

결국 한 쪽 무릎이 지면에 닿았다.

'이…… 이 미친!'

하도 안면을 두드려대는 박치기 때문에, 제대로 욕지거리도 나오질 않았다.

빡빡빡빡…….

그러는 와중에도 쉴 새 없이 박치기는 안면을 강타했고, 어느새 양 무릎이 바닥에 닿고야 말았다. 그제서야 제튼이 손을 풀어줬다.

"크으으윽……."

정신을 차리고자 고개를 흔들 때마다 사방으로 떨어져

내리는 붉은 핏방울이 보였다. 어느새 시뻘겋게 물을 들인 크라이온의 얼굴이 보였다. 이마에서, 코에서, 입에서 얼굴 곳곳에서 새어나오는 핏물들로 인해, 제 얼굴을 찾아보기가 어려울 정도였다.

"비…… 빌어먹…… 을……."

무릎을 꿇었다는 충격, 일방적으로 당했다는 굴욕감, 그리고 불현 듯 찾아든 패배감까지, 수많은 생각들이 머릿속을 소용돌이치며, 그의 머리를 어지럽게 만들었다.

'이럴 리가 없는데…….'

경지를 넘어선 뒤, 가슴 가득 채워졌던 자신감이 있었다.

"그…… 그 쌍놈도 상대할 수 있다고 생각했는데……."

그런데 이런 촌동네에서 듣도 보도 못한 잡놈에게 패배를 느낀다고?

"말도 안 돼!"

빡!

발광하려는 순간 제튼의 발차기가 그의 턱을 걷어찼다. 그걸로 끝이 아니었다.

빠바바바바박…….

쉴 새 없이 이어지는 발길질에 크라이온의 육신이 땅바닥을 뒹굴기 시작했다.

'워낙 맷집이 좋은 놈이니까. 기회가 왔을 때 다져 놔야

321

지. 특히나 이놈은 맷집으로 버티면서 밀고 들어가는 성격이니까. 금강불괴에 가깝게 단련된 놈에게, 이 정도로는 부족하지.'

그랜드 마스터라는 이름값이 거짓말처럼 여겨질 만큼 너무도 허무한 결말이었는데, 이는 나름대로 상황이 잘 맞아 떨어진 경향도 있었다.

'경지 좀 넘었다고, 벌써부터 건방을 떠는 거냐.'

염왕십팔도!

이름에서 알 수 있듯이, 그것은 '도'라는 병기를 사용하는 천마세상의 무공이었다. 하지만 이곳에는 없는 무기인 까닭에, 대검으로 응용이 가능하도록 약간의 변형을 시켜서 전수했다.

평소라면 항시 등에 대검을 차고 다녔겠으나, 나름대로 정체를 숨겨야 하는 까닭에 대검을 놓고 움직인 것이다. 거기에 크라이온 스스로도 약간의 귀찮음이 있기는 했다.

물론, 워낙 고차원적 수준에 있다 보니, 굳이 대검을 들지 않아도 충분한 강자였다.

실제로 제튼을 마스터로 추정하고도 그 자신감을 잃지 않았던 그가 아니던가. 오히려 충분히 짓이겨버릴 수 있다고 여길 정도였다.

여기도 두 번째 변수가 작용했다.

제튼!

마스터라고 여겼던 존재.

그가 사실은 이미 한참 전에 고차원적 경지에 오르고, 이미 그 너머를 엿보고 있다는 사실이었다. 이제 겨우 경지를 넘어선 크라이온이 허술한 마음으로 상대할 대상이 아니었다.

굳이 비교를 하자면, 아이와 어른?

둘 사이에는 현재 그만큼의 격차가 존재했다.

하지만 크라이온은 결코 만만한 사내가 아니었다. 특히, 그가 익힌 염왕십팔도의 불꽃은 겨우 이 정도로 사그라질 만큼 나약하지 않았다.

오히려 지금과 같은 상황에 더욱 거세게 불타오르는 게 바로 염왕의 불길이었다.

화르르륵…….

아니나 다를까 일순간 크라이온의 눈빛이 돌변하는가 싶더니, 그 내부 깊숙한 곳에서부터 끓어오르는 활화산 같은 기세가 느껴졌다.

빠악!

'그렇게 둘 수는 없지.'

제튼의 발차기가 재차 크라이온의 턱을 걷어찼다.

'염왕십팔도!'

안타깝게도 제튼 역시 무공의 특성을 아주 잘 알고 있었다.

'바로 얼마 전 까지만 해도 이렇게 쉬운 상대는 아니었겠지.'

하지만 운이 좋았다고 해야 할까?

최근 제튼의 마음에 찾아온 변화, 그리고 이를 통해서 넓어진 시야와 관점으로 약간의 발전이 있었다.

물론 이런저런 사정을 모르는 크라이온이야 당연스럽게도 미칠 노릇이었다.

'이…… 이런 촌동네에 왜 이런 강자가!'

날아드는 주먹질과 발길질을 통해, 상대가 예상했던 것을 한참이나 웃도는 강자란 걸 알게 되었다. 그렇지 않고서야 그의 철벽과도 같은 맷집에 이런 고통을 안겨줄 수는 없기 때문이다.

'이 찰진 매질… 왠지 익숙한데.'

끊임없이 밀려드는 고통 속에서도 머리가 빙빙 돌아갈 수 있는 건, 과거에도 이 같은 경험을 지긋지긋하게 해 봤기 때문이었다.

'쌍 놈!'

눈이 번쩍 뜨였다. 한껏 웅크렸던 몸을 살짝 피며 고개를 슬쩍 들었다. 상대의 얼굴이 보였다.

'쌍 놈?'

검은 머리가 아니다. 검은 눈동자도 아니다. 게다가 체구도 크게 느껴지지 않았다.

빡!

잠깐 들었던 그의 얼굴에 정확하게 날아든 발차기가 또다시 턱을 걸었다. 집요할 정도로 턱을 괴롭혀대고 있었다.

'이건… 분명히 그 쌍 놈 방식인데.'

한군데만 집중해서 매질을 하던 '그'가 떠올랐다. 하지만 아무리 생각해도 지금 그를 두드리는 이와 '그'를 동일시하기가 어려웠다.

빠아아악…

그 순간 지금까지 중에서 가장 고통스러운 일격에 복부에 쏟아지며, 그의 신형이 주르륵 땅을 타고 미끄러져갔다.

"우웨에엑!"

오늘 먹은 것들을 전부 내보일 것 마냥, 밀려나며 토악질을 해 대는데, 덕분에 일직선으로 쭈욱 더러운 이물질들이 길을 내고 있었다.

'대단한 놈. 그 와중에도 내장은 멀쩡한가 보네.'

보통 이 정도로 때렸으면, 내부의 장기 찌꺼기 정도는 게워내며 핏물을 쏟아낼 법도 하건만, 얼굴에서 흘린 핏물 말고는 다른 종류의 핏물은 보이질 않았다. 새삼 크라이온의 튼튼함을 깨닫게 되는 순간이었다.

저 앞으로 그를 올려다보는 시선에 언뜻 두려움의 그림자가 비쳤다.

'이제 된 건가.'

매질을 멈추고 대화를 나눌 시간이 온 것이다.

'보통은 그렇게 생각하겠지.'

허나, 상대는 크라이온이었다. 저기서 절반은 더 죽여놓고 이야기를 시작해야 하는 것이다.

〈종자가 다른 놈이다.〉

과거 천마는 그 말을 남기며, 패고 또 패고, 제대로 거동도 못 할 정도가 되어서야 대화를 나눴었다.

제튼 역시 이러한 옛 기억을 살려, 주먹을 힘껏 말아 쥐고 있었다. 하지만 이내 주먹을 풀며 고개를 흔들어야만 했다.

'시간이 얼마 없었지.'

제니를 잠재우겠다고 한 뒤, 잠깐 빠져나온 상황이었다. 오랫동안 끌 만한 여유가 없었다.

'그나저나…… 확실히 때리는 맛이 있네.'

착착 감기는 게, 천마가 그를 옆에 둔 이유가 새삼 기억났다.

〈짜증날 때, 두드리면 딱이다.〉

크라이온은 모르는 그들만의 이야기였다.

"아직도 내가 기억이 안 나?"

천천히 다가가며 던지는 제튼의 물음에, 크라이온의 시선이 날아들었다. 그 얼굴을 조목조목 살피려는 듯, 쉴 새 없이 움직이는 동공이 보였다.

하지만 그럼에도 여전히 눈가에 떠오르는 의문에 한숨이 나왔다.

"이런 놈이 졸개 2호라니. 쯧! 한심하구만."

순간적으로 튀어나온 단어 하나가 크라이온의 턱을 떨어지게 만들었다.

'졸개…… 2호?'

그에게 이런 단어를 사용하는 사람은 한명 뿐이었다.

"쌍…… 놈?"

그도 모르게 튀어나와버린 본심에, 제튼의 발이 움직였다. 마치 순간이동이라도 하는 듯, 거리를 무시하며 다가온 제튼이 재차 턱을 걸었다.

빠악!

'맞구나!'

왠지 모를 익숙한 이 고통이 이제는 납득이 갔다.

'빌어먹을!'

동시에 욕지거리가 새삼 떠올랐다. 제국에서 자취를 감췄다는 전쟁영웅이 아니던가. 그런 그가 하필이면 이런 촌동네에서 모습을 드러내다니.

'재수도 없지!'

필히 바알슨에게 이 죄를 묻겠다 다짐하는 순간이기도 했다. 그가 결정을 내리고 이곳으로 향했다고는 하나, 화풀이 대상을 정하지 않고서는 지금 이 순간을 버티기가 어려운 까닭이었다.

'제대로 먹혀들었나.'

급격하게 꺾이는 크라이온의 기세에 제튼이 눈을 빛냈다. 상대가 전쟁영웅이라는 걸 깨닫자 현 상황에 순응하기 시작한 것이다. 나름대로 만족스러운 결과였다.

'이 정도 반응은 나와줘야지.'

그렇지 않고서야 그 스스로 자신을 밝힌 보람이 없었다.

"그 표정을 보니까. 슬슬 내 정체를 알아챈 모양이네. 그런데…… 쌍 놈? 설마 그게 나를 말하는 거니?"

시선을 피하는 크라이온의 모습이 보였다.

빠악!

재차 턱을 걷었다.

"내 이야기 맞구만."

빠바바박!

순간적으로 폭풍이 몰아치듯, 제튼의 발길질이 크라이온의 전신을 매섭게 난타했다.

"크흐억!"

신음성과 함께 재차 땅을 구르는 크라이온의 모습이 보였다. 발길질에 담긴 힘이 워낙 거세서 밀려나간 것이다.

겨우겨우 멈춰선 그를 향해 제튼이 물었다.

"어때? 간만에 오붓하니, 대화 좀 할 준비가 됐니?"

하얗게 질린 크라이온의 얼굴이 참으로 안타깝게 보였다.

❖

밤이 깊은 시각에도 여전히 대낮처럼 환한 자작령의 야경은, 진정 넋을 놓게 된다고나 할까?

'이런 곳이 촌동네 영지라고?'

제국의 수도를 보면서 지낸 만큼, 사실 충격적이지는 않았다. 그러나 애초에 기대치 이하를 상상하고 온 장소였던 까닭인지, 눈앞에 펼쳐진 광경들은 뜻밖일 수밖에 없었다.

"칼렌…… 여기가 정말 로사테인 자작령인가요?"

믿기지 않는 듯, 옆에서 에리스가 물음을 던져왔다.

"그래."

"대단하네요. 생각보다 잘 꾸며졌다고는 들었지만, 이 정도로 발전되어 있을 줄이야."

"그러게……."

수도 주변의 영지에나 가야 볼 수 있는 풍경이었다.

'정말…… 놀랍군.'

그 말 외에는 떠오르는 단어가 없었다. 그렇게 동공을 한껏 키운 채, 자작령의 야경을 감상하며 숙소를 물색하기 시작했다.

"저기 어때요?"

문득 들려온 에리스의 물음에 칼렌의 시선이 돌아갔다. 저 한쪽으로 제법 잘 꾸며진 아기자기한 여관이 보였다.

고개를 끄덕이며 그곳으로 걸음을 옮길 때였다.

'음?'

왠지 모를 거슬림에 걸음이 멈춰 섰다.

'뭐지?'

시야 한쪽에 뭔가가 걸렸던 기분이었다. 자연스레 시선이 주변을 훑기 시작했다. 하지만 마땅히 이상한 점은 없어 보였다.

"왜 그래요?"

에리스의 걱정스런 물음에 별거 아니라는 듯 대답하려는 찰나였다.

'바알슨?'

저도 모르게 턱이 떨어질 뻔 봤다. 시야에 거슬렸던 부분은 바로 그것이었다.

'어째서…… 용병왕의 두뇌라 불리는 그가 이곳에 있는 거지?'

거리 저 한쪽으로 바쁘게 걸음을 옮기는 바알슨의 모습을 봐버린 것이다. 상당한 거리가 있고, 수많은 인파 사이로 잠시 드러난 것뿐이었으나, 그의 정보원으로써의 노련

한 감각은 이를 놓치지 않았다.

침을 꿀꺽 삼키는 그의 모습에 에리스도 덩달아 긴장했다. 혹여 추적자가 왔나 싶어서 걱정이 된 것이다.

"먼저 숙소를 잡고 쉬어."

"칼렌."

불안감에 흔들리는 에리스의 모습에 칼렌이 고개를 저었다.

"걱정 마. 추적자는 아니야. 단지…… 좀 걸리는 걸 봐서, 확인 좀 하려고 그래."

"조심하세요……."

할 수 없다는 듯, 한 걸음 물러나는 에리스의 모습이 보였다. 숙소 위치를 재차 확인한 칼렌이 거리 저 반대편으로 향했다. 이를 잠시 걱정스레 바라보던 에리스도 이내 걸음을 돌려, 점찍었던 여관으로 걸어갔다.

혹시나 싶었더니 역시나랄까. 칼렌은 자신이 잘못 본 것이 아니었다는 생각에, 재차 놀라야만 했다. 골목길 한편에 붙어 상대를 확인한 그가, 심각한 얼굴로 고민을 시작했다.

'바알슨이 이곳에 온 이유가 뭐지?'

항시 용병왕과 함께 행동한다는 그가 어째서 이곳에 있단 말인가.

'설마…….'

말도 안 되는 생각이 머릿속을 채웠다.

'용병왕도 온 건 아니겠지?'

고개를 휘휘 저으며 부정하는 한편, 긍정하는 자신의 모습도 발견했다.

'어찌 한다…….'

여기서 물러나는 게 옳은 선택지였다. 그는 에리스와 함께 도주를 하는 상황이지 않던가. 쓸데없는 호기심에 괜한 마찰을 빚어서 좋을 게 없는 것이다.

'만약 정말로 용병왕이 이곳에 있다면, 나뿐만 아니라 에리스도 위험해진다.'

결론이 나왔다.

'여기까지. 난 더 이상 그레이브의 요원이 아니니까.'

발을 빼는 것이 정답이었다. 그렇게 왔던 길을 되돌아가려는 찰나, 저 멀리 바알슨이 누군가에게 고개를 숙이는 걸 봐버렸다.

'용병왕?'

순간적으로 든 생각은 그것이었다. 하지만 상대의 체구를 본 뒤, 고개를 저어야만 했다.

'체구가 작아.'

충분히 큰 키를 지니고 있었으나, 용병왕에 비해서는 부족해 보였다.

'누구지?'

정체가 뭐기에 바알슨이 예를 취한단 말인가. 고개를 갸웃거리는 그 때, 또 다른 인상적인 모습을 발견했다.

'지독하게도 당했군.'

바알슨과 의문의 남자 한편으로, 엉망인 얼굴을 한 채 어깨를 늘어트린 사내가 한 명 보였다. 헌데, 그 사내의 덩치가 왠지 모르게 신경이 쓰였다.

'충분히 2미르(m)는 될 것 같은데.'

거기다가 하나 더 시선을 끄는 게 있었다.

'붉은 머리.'

이러한 특징들로 인해 떠오르는 인물이 존재했다.

'용병왕······?'

그럴 리 없다고 생각하면서도, 자꾸만 그럴 수도 있다는 생각이 떠나질 않았다. 바알슨이 고개가 자꾸만 그에게로 돌아가는 걸 본 까닭이었다. 언뜻 눈치를 보는 것 같은 행동처럼 여겨졌다.

그 순간 의문의 사내가 붉은 머리의 거구사내의 뒤통수를 후렸다.

'말도 안 되지.'

설마, 그 용병왕이 저런 몰골로 저딴 취급을 받고 있겠는가.

'미친 거지.'

오랜 여정으로 자신이 지쳤나보다고 생각하고 있을 때, 문득 의문의 사내와 거구 사내가 그에게로 시선을 던져 왔다. 일순간 등 뒤가 오싹해졌다.

'나를 봤다!'

그레이브 내에서 그리 높은 위치를 지니지는 않았으나, 요원으로써의 능력이 뛰어나다 자부하는 그였다. 헌데, 이토록 먼 거리에서 단번에 그의 위치를 잡아냈다?

'젠장!'

시선을 마주치는 순간 깨달았다.

'용병왕이 맞았어!'

저 우스꽝스런 얼굴의 사내가 진정 존재하지 않는 왕국의 정점이었다.

'그럼…… 저건 누군데?'

용병들의 '왕'의 뒤통수를 터치하는 저 의문의 존재는 대체 무엇이란 말인가?

안타깝게도 생각은 길게 이어질 수 없었다.

마치 전설 속의 순간이동 마법이라도 부린 것 마냥, 의문의 사내와 용병왕이 그의 코앞에 나타난 까닭이었다.

"어딜 야려?"

의문의 사내를 제치고 앞으로 나선 거구 사내, 용병왕의 한 마디가 암울한 미래를 예고했다.

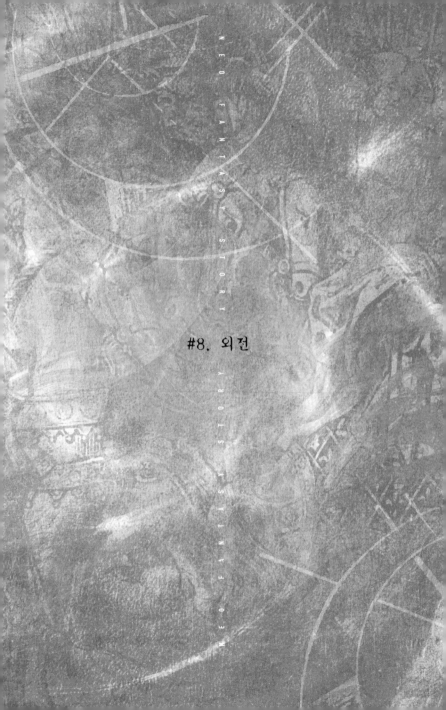

#8. 외전

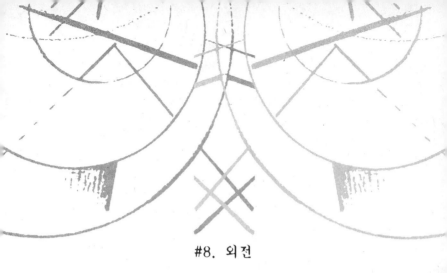

#8. 외전

웃기지도 않았다.

'다른 세상이라고?'

상황을 깨닫기까지 그리 오랜 시간이 걸리지는 않았다. 하지만 머리로 아는 것과 가슴으로 인정하는 건 상당한 차이가 있었다.

절대라고 불리는 경지마저 넘어선 뒤로, 세상의 이면에 숨겨진 다양한 것을 볼 수 있게 되었다. 그 중에는 요괴라 불리는 녀석들도 있었고, 귀신이라는 민간공포의 대상 역시도 있었으며, 그들 중에서도 격이 높아 신성시되는 이들 역시도 존재했다.

나름대로 다양한 경험을 한 그였다.

하지만 전혀 다른 새로운 세상으로 이동해 왔다는 것, 그것만큼은 단번에 이해하고 받아들이기가 어려웠다.

알고 있는 사실임에도, 이를 온전히 받아들이고 수용하는데 걸린 시간이 오히려 더욱 길게 걸렸다.

〈사…… 살려주세요.〉

문득 들려오는 음성에 내부로 시선이 돌아갔다. 그로 인해서 삶을 빼앗겨버린 존재였다.

'이 몸의 원래 주인인가.'

꼬맹이를 떠올리기가 무섭게, 육체에, 머리에, 뇌에 저장된 기억이 정보를 제공해줬다. 올해로 15살이 된 아이의 인생이 한 편의 연극처럼 파라락 하고 동공을 스쳐갔다.

'별 볼일 없는 시시한 삶이군.'

어찌할까?

고민은 짧았다.

"까짓, 살려주지 뭐."

사실은 기력이 딸린다는 이유가 가장 컸다. 다른 세상으로 넘어오면서 지닌바 모든 힘 대부분을 소진해버린 것이다.

'하마터면 소멸해 버릴 뻔 했으니까.'

어마어마한 압력을 버티느라 제정신이 아니었다. 더군다나 육신까지 함께 딸려 온 것이 아닌, 영혼만 따로 이동

되어 온 탓에, 제대로 힘을 내기도 어려웠다. 때문에 피해가 더욱 컸다.

게다가 지금 중요한 건, 내부에서 벌벌 떠는 꼬맹이 따위가 아니었다.

'우선은 좀 쉬고 싶으니까.'

잠을 자고 싶었다.

짧게나마 수면욕을 해결한 뒤 깨어났을 때, 가장 먼저 놀란 건 여전히 피로감이 가득하다는 것이었다. 짜증이 확 하니 치밀었다.

'불균형인가.'

하필이면 들어와도 이딴 꼬맹이의 육신에 들어왔다며, 욕설을 한바가지 쏟아냈다.

세상을 넘어오며 그가 지닌바 힘이 약해지고, 거대하던 영혼의 덩치도 한껏 줄어버렸다. 하지만 그럼에도 불구하고 이 어린 육신으로 감당하기에는 무리가 있었다.

'조금이라도 단련이 되었다면, 문제가 없었을 텐데.'

이대로라면 그는 또 다시 영혼채로 튕겨나갈 것이고, 원주인인 꼬맹이는 육신이 붕괴되며 그대로 세상을 하직할 터였다.

'꼬맹이 따위는 신경 쓸 이유가 없지.'

당장 그 자신이 문제였다. 혹여 여기서 튕겼다가 영영

떠돌게 되는 사태가 발생하면 그것도 큰일이었다. 지금처럼 약해진 상황에서 또 누군가의 육신을 차지한다는 건, 쉬운 일이 아니기 때문이다.

게다가 이 꼬마처럼 우연찮게 자신과 파장이 제법 들어맞는 이를 찾아내기도 쉽지가 않았다. 그의 힘이 온전했더라면 신경 쓸 필요도 없는 부분이었으나, 지금은 여러모로 문제가 컸다.

'수련이 필요하겠어.'

결심을 했다면 바로 행동으로 실천할 때였다.

그리고 그날,

아루낙 마을에서 한 소년이 자취를 감췄다.

제튼 반트.

사라진 소년의 이름이었다.

가벼운 마음으로 시작한 수련이었으나, 그 끝은 결코 가볍지 않았다.

이곳 세상에 넘어온 지 1년째 되던 날, 검기(劍氣)를 깨우쳤다. 실질적으로 이에 대한 깨달음은 지니고 있었기 때문에, 검기를 발현하기에 충분한 내공을 쌓았다고 해야 옳았다.

'이곳에서는 오러라는 이름으로 불린다고 했던가.'

그리고 정확히 2년 뒤, 검강(劍剛)을 완성했다.

오러 블레이드!

이곳에서 검강을 지칭하는 단어였다. 또한 이 경지에 이른 이들을 '초월자'라 칭하며 대륙의 정점으로 꼽는다고도 했다.

'겨우, 이 정도로 정점이라니.'

그의 세상에서는 이 경지에 이른 이들이 차고 넘쳤었다. 당장 그의 밑에 있었던 이들의 숫자만 해도 다섯 명을 넘어갔다. 거기에 가장 적대적이던 정파에도 무려 네 명이 존재했고, 사도라 불리는 쪽에도 세 명이나 있었으며, 이도 저도 아닌 중립이거나 은인자중하며 살아가는 이들까지 포함한다면, 두 손 두 발을 합쳐도 모자랄 터였다.

"우스운 세상이라니까."

실소하며 내뱉은 그의 한마디에 내면 한편이 부르르 떨렸다.

〈자꾸 그런 소리 하지 말라니까요!〉

그에게 육신을 빼앗겼던 원 주인, '제튼'이라 불리는 소년이었다.

"꼬맹이 녀석, 처음에는 벌벌 떨면서 살려달라고 사정사정을 하더니, 요새는 머리가 제법 컸어. 감히 이 몸에게 따지려 들 줄도 알고."

〈아니, 성인식도 치른 몸인데 자꾸 꼬맹이라뇨. 게다가 제 덩치를 보세요. 제가 어떻게 꼬맹입니까?〉

'지금이라도 이놈을 죽여?'

하지만 이내 고개를 저었다. 나름대로 3년여의 시간을 함께 해 왔던 정 때문일까? 손을 쓰기가 좀 꺼려졌다. 게다가 그가 약조한 내용도 있지 않은가.

10년.

그 기간 동안만 이 몸으로 즐긴 뒤, 돌려주겠다고 약속을 한 것이다. 이래저래 걸리는 게 있을 수밖에 없었다.

"쓸데없는 소리 말고, 수련이나 해라."

그가 내면에 만들어 놓은 심상의 세계를 통해, 언제고 그가 떠난 뒤를 대비하게 만들고 있었다.

'열심히 단련해 놓은 육신을 공짜로 줄 수는 없잖아.'

물론, 애초에 남의 몸이었다는 건 고려조건이 아니었다. 그렇게 억지로 제튼을 심상세계로 밀어 넣은 뒤, 가만히 생각을 정리했다.

'더 이상은 발전하기가 어렵단 말이지.'

그의 원래 경지는 마스터라 불리는 영역마저도 뛰어넘은 아찔한 영역의 것이었다. 덕분에 마스터라 불리는 초월적 경지에 겨우 3년 만에 오를 수 있던 게 아닌가.

하지만 여기까지였다.

'원래 경지에 도달하는 건 문제가 없지만.'

시간이 한참 걸린다는 게 걸렸다.

"아무래도 실전 경험이 부족하니까."

머리가 알고 있는 것과 육체가 아는 건 또 달랐다. 그의 깨달음 덕분에 마스터에 이르기는 했으나, 내외부의 미묘한 부조화가 아직 남아서 다음 경지로의 길을 막고 있었다.

이를 위해서 필요한 게 바로 실전이었다.

"뭐, 마침 심심하기도 했으니. 슬슬 내려가 보는 것도 나쁘지는 않겠지."

하산을 결심한 순간, 이미 그의 육신은 산길을 내려가고 있었다.

"실전이라…… 역시 전쟁만한 게 없겠지."

하지만 실제로 전쟁터에 뛰어드는 건, 그로부터 4년이 더 흐른 후였다.

그리고,

이 전쟁이 바로 대제국 탄생의 시작점이었다.

〈4권에서 계속〉